KB181109

고정희 시의 역사성

고정희 시의 역사성

이은영 지음

국학자료원

책머리에

이 책은 1980년대 한국현대시 중에서도 특히 고정희 시의 역사성과 그 의미를 밝히는 것을 목적으로 하였다. 고정희는 과거의 기억을 통해 현재를 변화시키고자 하며 현실의 의미를 철저하게 역사적인 관점으로 재구성한다. 고정희의 시는 삶의 구체적인 현실과 그 현장을 담아내는데 있어, 끊임없이 과거를 재탐구 하며 현재를 인식하는 과정을 보여준다. 고정희의 시가 가진 역사성은 기억의 역동성을 통해 바로 지금의 시간을 만들어 내는 강력한 힘을 내재하고 있다. 고정희의 시는 과거의 기억을 현재로 재구성하여 역사와 사회와 문학의 복합적인 상호작용을 통해 새로운 전망을 고취해 나간다.

고정희는 1970년대 후반부터 90년대 초반까지 시작을 남긴다. 그녀가 쓴 시는 우리 현대사를 관통하며, 현대사 속의 상처와 고통들이 녹아 있다. 이러한 고정희의 시에서 시인이 세계를 이해하는 방식은 조화와 화해가 아닌 이질성이다. 군부정권의 쿠테타와 억압으로 인한 충격은 고정희의 시에 있어 세계를 바라보는 균열된 시선을 드러내게 하였다. 당시 우리나라는 경제계획을 통한 엄청난 생산력의 발전을 이뤄내던 시기였지만 물질적인 발전의 뒷면에는 정치적인 억압과 발전의 한 편에 그것을 위해 희생당할 수밖에 없는 구조적 폐해가 가득했다. 시인은 이러한 세계를 파국으로 바라본다. 물질적으로 풍부해지고 있으나, 사회, 윤리적으로는 퇴행하는 현실에서 시인은 슬픔을 느낀다. 이 슬픔은 멜랑콜리로 시속에 표면화된다. 초기시에 나타나는 죽음과 어둠은 시인이 가진 멜랑콜리적 의식을 드러내며 세계를 바라보는 시선을 느끼게 한다.

고정희의 시는 상실에 대한 관념적이고 존재론적인 멜랑콜리에서부터 시작하여 타자와 세계 상실에 대한 공적 차원의 애도로 나아간다. 고정희의 시는 물질적으로 풍부해지고 있으나, 사회, 윤리적으로는 퇴행하는 현실을 바라본다. 시인은 여기서 느낀 슬픔을 시를 통해 멜랑콜리로 나타낸다. 고정희의 시에 드러나는 죽음과 어둠은 시인이 가진 멜랑콜리적 의식을 드러내며 애도의 자세로 극복하는데, 이는 시인이 세계를 적극적이고 능동적으로 바라보고자 하는 작업에 해당한다. 고정희의 시는 소멸되고 죽어간 주체들, 왜곡되고 은폐된 역사적 사건과 기억들, 억압되고 매장되어 폐허가 된 사회현실에서 균열의 근거를 찾아내고 시대상을 반영한다. 이로써 현실성을 의식하게 하고 과거의 역사의 인물들이 현재의 시간에 공존하게 하는 것이다. 이는 현실의 균열 모습을 몽타주하여 역사와 현실의 총체성을 현재적으로 재구성하는 과정이다. 이것이 알레고리의 방법론이다. 고정희 시에서 그것은 우화, 패러디, 인물을 통한 명명의 수사적 방식으로 이루어지고 있는 양상을 보여준다.

고정희는 시를 통해 자신이 세계를 바라보는 인식을 끊임없이 드러낸다. 고정희는 시 속에서 환유적 구조, 소통구조, 사건의 재현을 중심으로 하는 시 등의 다양한 측면으로 미메시스적인 소통능력을 드러낸다. 고정희의 시 텍스트는 시가 사건이나 함축적인 이야기를 담고 있는 서술시로 시적 주관성을 축적의 원리로 담아 서술하거나, 주관적 묘사를 통한 비판적 관찰을 통해 서정시로서 화자의 판단과 정서에 따라 사건을 묘사하거나 서술한다. 고정희의 시에서 세계를 미메시스적으로 바라보는 유사성이 지니는 의미는 고정희의 시에서 유사성이 문학의 형식적 측면과 연관되는 방식으로 분석 가능하다. 고정희의 시에 나타나는 미메시스는 인식론적인 것으로만 나타나는 것이 아니라, 시적 형식의 측면과 연관되어 있다. 서술시는 다채로운 시대상황을 표현하기 위해, 구체적인 삶의 정황을 그려내거나 사라져가는 삶의 모습을 복원하기 위해 필요한 양식이었다. 고정희의 서술시에는 서술의 층위가 다양한 방식으로 존재한다. 서술시는 미메시스가 시 텍스트에 전경화되고 있는 것이다. 결국 고정희의 미메시스적 세계관은 두 가지의 긴장으로 이루어져 있다고 말할 수 있다. 하나는 서술을 특징으로 하는 언어를 통한 진리 추구가 이루는 긴장이고 다른 하나는 유사성을 통한 현실 극복으로서의 긴장이다. 이를 통해 보이는 것은 역사적 진실을 위한 고정희의 미메시스적 세계관이다. 서술시를 기반으로 한 고정희의 시는 우선 삶에 대한 관찰과 의식의 확장을 보여주는 환유적 구조를 나타낸다. 이와 함께 고정희의 서술시에서 볼 수 있는 주관적인 묘사의 표현 방식은 세계에 대한 객관적인 재현으로 당대를 사실적으로 반영하는 리얼리즘적인 성격을 보여준다. 또한 서정시로서 주체의 내면과 외부의 상황에 따라 발생되는 발화의 구조가 지니는 차이점은 소통의 구조로 분석할 수 있다. 이는 전달의 가능성을 지닌 언어적인 본질을 통해 대상에 들어있는 정신적인 내용이 정신적인 본질로서 합치하기를 지향하는 양상으로 볼 수 있다.

동시에 고정희의 시는 경제발전과 정치적 불안의 상황을 폐허로 보면서도 폐허가 되어가고 있는 파편화된 조각들을 다시 모아서 다른 무엇인가를 세워나가려는 구원의 시선을 보인다. 그것은 고정희의 시에서 공동체의 모습을 하고 있는 시적 화자를 통해 드러난다. 시인이 가지고 있는 공동체적 인식은 시의 화자가 호명하는 '우리'를 통해 볼 수 있다. 시에 나타나는 '우리'는 '우리'라는 시어로 직접적으로 명명되기도 하고, '모든 이', '사람들', '여성들'의 복수인칭대명사로 쓰이기도 한다. 초기 시에서 화자가 호명하는 '우리'는 관념적일 수밖에 없는 현실적 태도를 직시하게 한다. 중기 시에서 인칭대명사는 현실의 절망을 말하지만 그것을 지속적으로 변화시키려는 태도를 보여준다. 후기 시에서 인칭대명사는 우리 사회의 모순과 억압적인 현실을 보여주고 그 시선을 아시아로 향한다. 고정희의 시 세계에서 시인이 공동체의 시선으로 바라본 '우리들'은 현재에서 미래로 향하는 역사가 아니라 역사를 바라보는 중점을 과거에 둔다. 과거의 사실이지만 현재 속에서 면면히 살아 움직여 나갈 권리가 있고 현재는 그 권리를 성취시켜줄 수 있다. 동시에 그와 함께 현재가 변화해 나갈 수 있다는 벤야민의 역사관과 상통하는 것이다.

이와 함께 고정희의 마당굿시는 민중의 목소리를 드러내는 탈놀이와 굿이 결합한 마당굿의 대본으로서의 시로, 현실 풍자와 권력자들의 부당함에 대항하는 목소리를 드러냄과 동시에 억울하게 죽어간 혼들을 달래는 굿의 형식을 함께 빌려와, 공동체의 회복을 공동의 목소리로 나타내고 있다. 이는 전통적인 마당굿을 시에 결합하여 집단의 기억을 정치적으로 해석해 나가는 것이다. 이러한 고정희의 마당굿시는 현실적인 주체의 문제를 도출하는 것에 그치지 않고, 역사적 과정에 대한 정치적 참여의 가능성을 탐색한다고 볼 수 있다.

고정희의 시에서 과거는 끝난 것이 아니다. 과거 속에는 잠재된 욕망이 있고 실현되기를 요구하는 것들이 아직까지 그 안에 있다. 고정희의 시에 나타나는 과거의 인물들, 과거의 기억들, 역사적 사실들은 현재로 이어져 과거의 것이 과거로 끝나지 않고 현재로 무한히 이어지고 있다는 것을 보여준다. 이를 통해 고정희의 시가 드러내고자 하는 역사는 바로 지금, 과거와 현재의 시간적 관계에 의해서 발생됨을 확인하게 한다. 고정희의 시가 말하는 역사성이라는 것은 현실을 직시하면서도 현재 속에서 면면히 살아 움직여 나갈 권리가 있는 과거의 기억을 통해 현재와 과거가 만나게 하는 성격을 지니고 있다. 기억을 통해 지금 이 시간을 바라보는 것은 고정희 시의 역사성을 추동하는 근본적인 힘으로 작용한다.

고정희는 과거의 기억을 통해 현재를 변화시키고자 하며 현실의 의미를 철저하게 역사적인 관점으로 재구성한다. 고정희의 시는 삶의 구체적인 현실과 그 현장을 담아내는데 있어, 끊임없이 과거를 재탐구 하며 현재를 인식하는 과정을 보여준다. 고정희의 시가 가진 역사성은 기억의 역동성을 통해 바로 지금의 시간을 만들어 내는 강력한 힘을 내재하고 있다. 고정희의 시는 과거의 기억을 현재로 재구성하여 역사와 사회와 문학의 복합적인 상호작용을 통해 새로운 전망을 고취해 나간다.

이 책은 나의 박사학위논문을 다듬고 수정하여 재구성한 것이다. 생각의 편린들을 다듬어 하나의 논문이 되기까지 도와주신 심사위원 교수님들께 감사드린다. 부족한 나를 제자로 받아주시고 시 연구의 길로 이끌어주신 문혜원 교수님께 이 자리를 빌어 감사와 존경의 마음을 전한다. 학자로서의 귀감이 되어 주시는 조창환 교수님과 곽명숙 교수님, 아주대학교 국문학과 교수님들의 섬세한 가르침이 없었다면 이만큼의 글을 쓰지 못했을 것이라 생각한다. 진심으로 고개숙여 감사의 인사를 올린다. 항상 따뜻한 격려와 위로를 주시는 선생님들, 나와 인연이 닿아 삶을 함께하는 소중한 분들께도 고마운 마음 가득 담아 전하고 싶다. 부족한 글을 책으로 만들어주신 국학자료원 정구형 대표님과 더딘 교정작업을 기다려 주시며 함께 갈무리 해주신 편집부 우민지 님께도 깊은 감사를 드린다.

건강하게 자신의 생활을 잘 꾸려나가시며 저를 위해 기도해주시는 부모님께도 감사와 사랑을 드리고 싶다. 공부한다는 핑계로 자주 곁을 드리지 못해 죄송스럽지만 오래오래 함께 하시길 빌어본다.

하염없이 사랑하고 품어 안고자 했지만, 부족한 엄마인 나에게 가슴 벅찬 행복을 주는 준서에게 사랑을 전한다. 자연스럽게 아이와 함께 호흡하며, 아이의 삶을 바라보며 이 세상을 걸어나갈 것이다.

마지막으로 친구이자 애인이자 남편의 이름으로 자리하는 당신, 이번 생은 당신이 함께여서, 그 사랑으로 인해 따뜻하다는 말 전하고 싶다.

2018년
저자

목 차

I.
서 론

I. 서론

1. 연구목적

고정희가 시 세계를 구축한 1980년대는 현실적인 혼란과 변화가 새로운 문화적인 힘으로 정립된 시대였다. 정치적으로 제5공화국 즉, 전두환 군부부터 노태우 정권이 들어선 1980년대에 민주화운동은 자유민주주의의 실현이라는 차원에서 한걸음 더 나아가 한국 사회의 모순 구조 자체에 대한 해결을 요구하는 형태로 발전한다.[1] 이러한 변화의 기폭제는 '서울의 봄'[2]과 광주민중항쟁이었다. 1980년에는 1979년 10·26 사태 이후 신군부에 의한 쿠테타와 탄압정치가 계속되자, 시민, 학생들이 유신헌법 폐지, 전두환 퇴진, 비상계엄 해제 등을 요구하

---

[1] 김동택, 「한국사회와 민주변혁론: 1950년대에서 1980년대까지」, 한국정치연구회 사상분과 편저, 『현대민주의론』 II, 창작과 비평사, 1992, 491쪽.
[2] '서울의 봄'은 10·26 사건(1979년 10월 26일) 이후부터 5·17 비상계엄 전국확대 조치(1980년 5월 17일) 까지 대한민국에서 수많은 민주화 운동이 일어난 시기를 말한다.

는 시위를 이어나갔다. 하지만 신군부는 5월 17일 전국적으로 계엄령을 확대하며 주요 정치 인사를 체포하고 구속하였다. 1980년 5월 18일에는 광주 민중 항쟁이 일어났고 계엄군은 광주 시민과 학생들을 무력으로 진압했다. 5월 27일에 상황은 종료되었지만 수백 명의 사상자를 냈다. 이후 전두환 신군부에 의한 군정체제는 계속되었다. 신군부는 정치와 사회를 통제하고 전두환이 통일주체 국민회의 의원의 지지를 얻어 대통령에 선출되었다. 그는 대통령에 당선된 후 유신 헌법을 일부 고쳐 대통령의 임기를 7년으로 늘려 다음 해인 1981년 2월 선거인단에 의해 대통령에 당선된다. 전두환 정부의 강력한 민주화운동 탄압에도 불구하고 국민들의 민주화 요구는 거세졌다. 1987년 전두환 정부가 기존 헌법을 그대로 유지한 채 선거를 치르겠다고 발표하면서 국민들의 시위는 거세져 갔고, 시위 도중 연세대생 이한열이 최루탄에 맞아 사망하면서 전국적으로 정권 반대운동이 일어난다. 그 결과 전두환은 6·29 선언을 통해 민주화 요구를 수용하고 직선제를 채택한다.

한편 경제적으로 1980년대는 저임금, 자본 축적의 논리 아래 전개된 수출 주도형 공업화 정책으로 경제성장과 함께 도시 공장 노동자 수가 전체 노동자 수의 절반에 이를 정도로 급격히 늘어났고, 연 10%의 경제성장을 이룩할 정도로 성장을 이뤘다.3) 하지만 재벌위주의 성장정책에 따라 경제구조의 왜곡은 심화되고 노동자의 처우는 개선되지 않았다. 노동 소득 분배율은 낮았고 노동시간은 길었으며 그에 비해 임금은 낮았다.4) 그 결과 1987년 6월 항쟁 이후 수도권 지역을 중심으로 7·8

---

3) 한국의 국민 총소득은 1970년 80억 달러, 1985년 909달러였다. 통계청, 『통계로 보는 한국의 모습』, 2000, 248쪽.
4) 1985년 한국 노동자들의 주당 노동시간은 53.8시간이었다. 당시 일본은 41.4시간, 미국은 40.5시간이었다. (위의 책, 297쪽) 또한 1980년 한국 제조업 생산 노동자들의 임금은 월 119,139원이었다. 이를 100으로 했을 때 일본 479.7, 멕시코 162.2 이

월 노동자 대투쟁이 전개되었다. 민주 노동조합 운동은 전국으로 확산되었고 1985년에는 조합원 수가 1,004개, 조직률이 16.7%로 높아졌다.[5] 이후 업종별 노동조합협의회의 구성으로 확산되었고 1989년 전국 교직원 노동조합이 결성되었다. 이와 동시에 농민들도 이중 곡가제 실시, 저농산물 가격 정책 등으로 어려운 형편이 지속되었다. 1970년대 후반에 농산물 가격 파동, 높은 물가로 인한 생활 곤란, 실업자 증가 등으로 인해 농민들은 생산한 농산물을 그대로 썩히면서 굶주리는 처지에 놓였다.[6] 이렇듯 1980년대는 정치적, 사회적, 경제적인 격변기이면서 동시에 현실의 폭력성이 실질적 변혁의 요구를 불러온 시기였다.

1980년대의 급격한 산업화와 정치 사회적 통제는 여러 가지 사회적 갈등과 대립을 낳았다. 이러한 현상들은 문학에 그대로 영향을 미쳐서, 민중문학이 탄생하는 계기가 되었다. 민중문학은 농민, 노동자, 도시빈민 등 이른바 사회적으로 소외받아 왔던 사람들의 삶을 온전하게 해 줄 수 있는 사회를 건설하려는 문학적 노력이었다.[7] 그것은 민중이라는 정치적 사회적 주체를 존립근거로 하고 있다는 점에서 태생적으로 역사적 범주의 성격을 지닐 수밖에 없었다.[8]

시의 경우에도 전반적인 시대적 흐름의 영향으로 삶의 문제를 총체적으로 형상화하여 경험적 진실성을 추구하려는 경향이 주를 이루었다. 이 시기의 시는 현실주의 시, 해체주의 시, 서정시로 나눠[9]진다. 현

었다. 박현채, 「문학과 경제」, 『실천문학』 4, 1983, 121~124쪽.

5) 통계청, 앞의 책, 343쪽.

6) 류승렬, 『뿌리깊은 한국사 샘이깊은 이야기— 현대』, 솔출판사, 2003, 451~495쪽.

7) 류순태, 「민중시의 현실인식」, 한국현대시학회 편, 『20세기 한국시의 사적 조명』, 태학사, 2003, 390쪽 참고. 류순태, 『한국현대시의 방법과 이론』, 푸른사상, 2008, 211~216쪽 참고.

8) 곽명숙, 「1970년대 한국시에 나타난 민중의 의미화와 재현 양상」, 서울대학교 박사학위 논문, 2006, 1쪽.

실주의 시는 구체적인 현실을 직접적으로 제시하기도 하고 그것을 일반적이고 보편적인 상황으로 승화시키는 노력을 나타내기도 하였다. 해체주의 시는 현실적 비틀기를 통해 왜곡된 현실을 드러냄으로써 현실적 응전력을 가졌다. 이에 비해 서정시는 시대의 폭력에 대한 비판적 인식을 내면화하고 비유적으로 표현하여 서정적으로 처리했기 때문에 상대적으로 그 비판양상은 두드러지지 않았다.10)

고정희11)는 80년대 민중시의 대표적인 시인으로서 사회문제와 모순을 꿰뚫어 보고 강건한 문체로 역사현실에 대한 투철한 인식을 시로 구현해 냈다. 고정희(高靜熙, 1948~1991)의 본명은 고성애로 전남 해남 출신이며 한국 신학대학을 졸업했다. 1975년 박남수 시인의 추천으로 ≪현대시학≫을 통해 등단하여 '목요시' 동인으로 활동하며, 광주 YWCA 청년, 대학생부 간사, 크리스찬 아카데미 출판부 책임간사로 활동했다. 1979년 첫 시집『누가 홀로 술틀을 밟고 있는가』를 출간하였고 이후 1992년 유고시집인『모든 사라지는 것들은 뒤에 여백을 남

---

9) 오세영 외,『한국현대시사』, 민음사, 2007, 483~532쪽 참고. 이승하 외,『한국현대 시문학사』, 소명출판, 2005, 249~376쪽 참고.

10) 오세영 외, 앞의 책, 500~518쪽 참고.

11) 근대 문학사에서 여성 시인이 등장한 것은 1920년대 초 김일엽, 나혜석, 김명순 등에서 부터인데 이들의 시에서 여성성에 대한 인식은 가부장적인 제도에 대한 개인의 반항으로 나타난다. 이 후 1930년대의 여성시인으로 대표되는 노천명과 모윤숙의 시에서는 여성에 대한 생각이 극히 보수적이고 전통적인 양상으로 나타난다. 여성 시인들의 여성성에 대한 인식이 뚜렷이 나타나는 것은 1950년대 김남조와 홍윤숙의 등장 이후라고 할 수 있다. 70년대 이후 여성시는 고정희, 강은교, 최승자, 김승희 등의 여성시인이 등장하여 여성의 사회적 정체성에 대한 인식을 정면으로 다룬 시들이 본격적으로 문단에 나오기 시작하면서 한국 현대시문학사에서 본격적으로 등장하였다. 그 중에서도 고정희는 역사현실에 대한 투철한 인식을 담아낸 시인으로 평가된다.
문혜원,「모성, 가족, 육체, 환상─여성성의 표지들」,『비평, 문화의 스펙트럼』, 작가, 2007 참고. 서진영,「여성비평적 관점에서 본 한국 현대 여성시의 과정 고찰」,『어문학』113, 2011, 297~326쪽 참고.

긴다』에 이르기까지[12] 그는 사회의 구조적 모순에 대한 문제 인식과 함께 정치, 사회 현실에 대한 전면적인 비판과 민중의 고통스런 삶의 모습을 드러내었다. 그와 동시에 고정희는 억압받는 여성들의 현실을 시와 자신의 삶을 통해 보여주었다.

고정희의 시는 크게 세 시기로 구분할 수 있다.[13] 초기 시는 서정성을 바탕으로 세계에 대한 비관적인 전망을 기독교적 구원의식에 기대어 표현하고 있는 시들로 첫 시집 『누가 홀로 술틀을 밟고 있는가』 (1979)에서부터 네 번째 시집인 『이 시대의 아벨』(1983)이 이에 해당한다. 이 시기의 시들은 개인의 불안과 혼돈을 죽음과 어둠으로 드러내는데, 초기 시에 나타나는 개인의 불안은 구원 받지 못하는 현실에서 구원을 갈구하는 양상으로 나타나며 수동적인 포즈로 닫힌 전망 속에 있다. 초기 시에 나타나는 화자의 내면이 처한 고립과 불안의 양상은 다섯 번째 시집인 『눈물꽃』(1986)에서부터 크게 변모한다. 그의 시는 닫힌 전망 속에서 수동적으로 구원을 기다리는 것이 아니라, 화자 스스로가 죽음의 현실을 극복하고 회복할 수 있다는 의지를 보여준다. 이

---

12) 고정희는 『누가 홀로 술틀을 밟고 있는가』(1979, 배재서관, 1985년 평민사에서 재간행), 『실락원 기행』(1981, 인문당), 『초혼제』(1983, 창작과 비평사), 『이 시대의 아벨』(1983, 문학과 지성사), 『눈물꽃』(1986, 실천문학사), 『지리산의 봄』(1987, 문학과 지성사), 『저 무덤 위에 푸른 잔디』(1989, 창작과 비평사), 『광주의 눈물비』 (1990, 동아), 『여성해방출사표』(1990, 동광출판사), 『아름다운 사람하나』(1990, 들꽃세상), 『모든 사라지는 것들은 뒤에 여백을 남긴다』(1992, 창작과 비평사) 이상 11권의 시집을 상재하였다. 본고는 열 한권의 시집을 대상으로 하며, 본문에서 시 텍스트를 인용할 때에는 2011년, 또 하나의 문화에서 출관한 『고정희 시전집』 1,2를 참고문헌으로 한다.

13) 고정희의 시의 시기 구분은 이경희, 「고정희 시 연구」, 성신여자대학교 박사학위 논문, 2010, 167~174쪽의 고정희 시의 시기 구분의 논의에 동의하고 시기 구분의 시각을 확대, 심화한 졸고, 「고정희의 시의 공동체 인식 변화양상」, 『여성문학연구』 38, 2016, 262~263쪽의 고정희의 시세계에 대한 논의를 가져왔다.

같은 변화의 바탕은 "뜨거운 결속으로 절망의 터널을 지나갈 수 있으리라 믿는다"는 시인의 말에서 볼 수 있듯이, 부정적인 현실을 직시하는 시인의 현실인식에서부터 기인한다고 할 수 있을 것이다. 이러한 경향은 『지리산의 봄』(1987)에서도 계속되며 장시집인 『저 무덤위에 푸른 잔디』(1989)에서는 씻김굿을 통해 우리들의 잘못된 역사를 스스로 치유하려하는 회복의 의지를 보여준다. 이후 중기시에서 계속하여 나타난다. 회복의 의지를 보여주는 중기의 시세계는 1990년에 발표된 여덟 번째 시집인 『광주의 눈물비』에서 더욱 강화되어 후기의 시세계를 이룬다. 후기의 시들은 화자가 역사의 비극적인 현실을 직시하고, 바꿀 힘이 있는 자들로 그려진다. 현실에 대한 날카로운 비판과 함께 비참한 현실을 강요하는 기존의 질서에 대한 저항의 의지를 드러내는 것이다. 고정희 중기의 시세계가 회복에의 의지를 보여주었다면 후기의 시세계에서는 부정적 현실과의 치열한 투쟁과 저항을 자신의 임무로 하는 화자의 태도가 나타난다. 이는 아홉 번째 시집인 『여성해방출사표』에서 시적화자가 여성해방과 여성 평등을 말하며 여성이 세상을 변혁시킬 수 있는 주체로 등장하는 것과 열한 번째 시집인 『모든 사라지는 것들은 뒤에 여백을 남긴다』에서 자본주의 세계에서의 아시아인의 현실을 드러내는 것에서 지속적으로 나타난다.

고정희 시의 중심에는 역사와 현실을 총체적으로 파악하고자 하는 신념이 놓여있다. 고정희는 초기 시에서부터 역사에 대한 관심을 보여준다. 그는 사회의 구조적 모순에 대한 문제 인식과 함께 정치, 사회 현실에 대한 전면적인 비판과 민중의 고통스런 삶의 모습을 드러내며 그와 동시에 억압받는 민중들의 현실을 강한 어조로 보여준다. 역사의 흐름 속에서 소외된 자들이 처한 삶의 비극적 실상을 드러내고 현 시대의 좌절의 근원을 통찰하는 것이다. 이는 역사와 동시대에 대한 긴장을 그대로 유지하면서도 양자 사이에서 끊임없이 새로운 역사적 통로를 개척하는 역사인식을 보여준다.

이 책은 역사와 현실의 의미작용방식을 현재적으로 재구성하는 고정희의 시가 멜랑콜리적이고 파편화된 초기의 시 세계를 지나 1980년대의 시대를 마주하면서 현실지향성을 지닌 시적 실천의 방법을 성취하는 의미 방식에 대해 논할 것이다. 이와 함께 그녀의 시 작품을 통해 역사를 인식하는 경로를 세부적으로 밝히고, 역사의 의미파악을 통해 새로운 역사를 추구하는 과정을 살피고자 한다.

2. 연구사 검토 및 문제제기

지금까지 고정희의 시에 대한 연구는 크게 주제론적인 연구와 형식적 측면에 대한 연구로 나누어진다. 그 중 주제론적 연구는 특정한 방법론에 입각한 연구들과 고정희 시의 주제를 작품 내적으로 설명한 연구로 나뉜다. 먼저, 고정희의 시를 분석한 방법론 중 가장 두드러지는 것은 페미니즘적 시각으로 본 연구이다. 이 연구들은 고정희의 실제 활동에 근거하고 있다. 고정희는 가정법률 상담소의 출판부장으로 일하면서 여성문제를 인식하기 시작하여, 1984년 대안문화 운동단체인 ≪또 하나의 문화≫ 창립에 참여하고, 1989년 ≪여성신문≫의 초대주간을 맡으며14) 여성운동을 활발히 했기15) 때문이다.

---

14) 조형 외 엮음, 『너의 침묵에 메마른 나의 입술』, 또 하나의 문화, 1993, 4쪽.
15) 고정희는 1986년 『또 하나의 문화 2호─열린 사회, 자율적 여성』에 「한국여성 문학의 흐름─시와 소설을 중심으로」라는 글을 통해 근세 이전의 문학에서 문헌상으

김승희16)는 고정희를 한국 최초의 본격적 페미니스트로 평가하며 그녀가 여성적 글쓰기의 특성을 만들고 있다고 본다. 고정희는 아버지의 로고스 중심주의적인 글, 즉 문어체의 말보다 어머니의 말, 즉 구어체의 말들이나 굿거리 리듬, 마당굿 형식들을 통해 시의 형식주의를 해체하고 있으며 남성 영웅의 역사인 his-tory에 대한 대항 담론으로서 여성사 her-story를 써나갔다는 것이다. 이와 함께 고정희의『지리산의 봄』과『여성해방출사표』,「밥과 자본주의」연작시가 제국주의와 민족주의, 가부장제적 자본주의가 어떻게 한국여성을 억압해 왔는지를 가장 날카롭게 고발하고 있다고 본다. 아울러 고정희의 시가 가부장제 자본주의 시장 경제 속에서 하위주체로 살아갈 수밖에 없는 아시아 여성들의 수난을 기록하고 있다고 분석한다.17)

이후 김승희는 후속연구를 통해 고정희의『여성해방출사표』(1990)를 카니발적 상상력을 보여주는 다성적 발화 양식의 텍스트로 규정하여 그 텍스트의 카니발적 생성 요소들을 분석한다.『여성해방출사표』가 공간

로 여성이 최초로 등장하는 시가는 공후인이고 작자는 여옥이라는 여성이라고 보며 삼국시대와 고려, 조선의 유교사회, 개화기, 해방 후에서 60년대를 거쳐 80년대까지 활동한 여성작가를 논의하여 한국 여성문학사를 서술한다. 그리고 80년대 여성문학의 과제를 여성운동과 연관지어 여성 문학은 여성문화양식을 형성해야 하고 여성의 억압을 인간해방적 차원에서 비판하는 고발성과 혁명주의적 문학의식을 창작에 수용해야 한다고 논의한다. 그는 이 글에서 여성이 연대의식을 가지고 공동체적 윤리형성을 통해 부조리한 현실에 맞서나가야 한다고 말하고 있다. 또한 고정희는 1987년『또 하나의 문화 3호-여성해방의 문학』에서 하빈이라는 필명으로 여성의 시대 현실을 드러내는「학동댁」이라는 단편 소설을 썼다. 이와 함께 고정희는 1990년 2월『문학사상』에 여성해방문학론인「여성주의 문학 어디까지 왔는가? 소재주의를 넘어 새로운 인간성의 실험으로」와 여러 글들을 통해 여성주의 시각을 뚜렷이 남겼다.

16) 김승희,「상징질서에 도전하는 여성의 목소리, 그 전복의 전략들」,『여성문학연구』2, 1999, 135~166쪽.

17) 김승희,「한국 현대 여성시에 나타난 제국주의의 남근 읽기」,『여성문학연구』7, 2002, 80~104쪽.

성, 시간성, 텍스트의 스타일, 발화 양식에 있어서 카니발적 양상을 강하게 드러내고 있다고 보며, 시인의 이상은 남성중심주의의 이분법적인 대립을 허물고 대립적인 것들을 포용하는 카니발적 혼합과 경계선을 허무는 사랑에 있음을 말한다. 김승희는 고정희의 『여성해방출사표』가 여성해방의 꿈을 카니발적 다성성의 텍스트로 노래한 한국 최고의 페미니즘 텍스트라고 평가한다.[18] 정과리는 『여성해방출사표』 발문에서 고정희의 시는 남성의 지배적인 질서에 대한 항거 정신과 여성 스스로가 다시 태어나 자기 증진을 하는 사랑의 정신이 담겨 있다고 논의한다.[19] 이는 고정희의 『저 무덤위에 푸른잔디』와 『여성해방 출사표』에 드러난 여성해방적 시세계가 여성시가 지향해야 할 언어적 특성과 미학적 특성을 발견하고자 한 것이라고 한 송명희[20]의 평가와 상통하는 것이다.

여성적 글쓰기라는 측면에서 고정희의 시를 해명하려는 연구는 계속하여 진행되고 있다. 이소희는 '고정희'라는 인물 자체가 우리나라의 여성주의 문화운동의 시발점이 되었다고 평가하며, 그녀가 우리나라 페미니즘사에 끼치는 영향을 보여준다. 이를 통해 고정희의 여성주의 운동의 행보를 되짚어 고정희와 우리나라 여성주의와의 상관성이 얼마나 깊은 것인지를 의미 짓는다.[21] 또한 이소희는 고정희의 유고시집 『모든 사라지는 것들은 뒤에 여백을 남긴다(1992)』에 발표된 「밥과 자본주의」 연작시 중 <몸바쳐 밥을 사는 사람 내력 한마당>이 1991년 6월 8일 고정희가 《또하나의 문화》 월례논단에서 밝힌 여성리얼리즘과 문체혁명의 일례를 보여주는 것으로, 자신의 문학적 입장을 "여

---

18) 김승희, 「고정희 시의 카니발적 상상력과 다성적 발화의 양식」, 『비교한국학』 19-3, 2011, 9~37쪽.
19) 정과리, 「자신을 부르는 소리」, 『여성해방출사표』, 앞의 책, 142쪽.
20) 송명희, 「고정희의 페미니즘 시」, 『비평문학』 9, 1995, 137~164쪽.
21) 이소희, 「"고정희"를 둘러싼 페미니즘 문화정치학」, 『젠더와 사회』 6, 2007, 9~39쪽.

성민중주의적 현실주의"로 명명한 것과 밀접한 관련이 있다고 밝힌다. 또한 이 시는 여성의 수난사를 여성해방적 인식으로 고발하는 여성민중주의적 글쓰기라고 평가한다.[22] 구명숙은 고정희의 페미니즘시를 중심으로 그의 시에 나타난 타자성과 극복의지에 대해 논의한다. 그녀는 고정희의 시가 여성의 문제를 타자의 문제로 인식하면서, 사회에서 소외당한 존재의 상징적인 대상으로서 여성을 설정하였고, 여성을 가부장적인 부정적 세계를 극복할 수 있는 존재로 세워 놓았다고 평가한다.[23] 또한 김향라는 고정희의 시가 여성억압기제를 고발하고 폭로하는 시로 외향적이고 선동적인 문체를 통해 기성의 제도적 글쓰기에 저항하는 여성적 글쓰기의 수사적 특징을 보인다고 말한다.[24] 그러나 김향라의 논의는 고정희의 시를 세밀하게 분석하지 않아 여성적 글쓰기로서의 페미니즘의 특징을 좀 더 명징하게 밝히지 못한 아쉬움이 든다. 또한 고정희의 굿시를 '몸으로 글쓰기'의 전형이라고 밝히지만, 그에 대한 구체적인 논의가 없다. 이렇듯 '몸으로 글쓰기'에 대한 논의가 어떤 방법론으로 무엇을 말하는 것인지 일관성이 없게 전개되어 고정희 시의 여성적 글쓰기에 대한 고찰이 부족해 보인다.

이상의 연구들은 고정희의 시를 우리의 페미니즘 문학사 중 한 부분으로 편입시켜 연구의 지평을 넓히고 있다. 하지만 작품을 페미니즘적 개념들로만 환원시켜 오히려 고정희의 시를 여성주의적인 틀에 가두는 결과를 낳을 수도 있다.

---

22) 이소희, 「<밥과 자본주의>에 나타난 "여성민중주의적 현실주의"와 문체혁명: 「몸바쳐 밥을 사는 사람 내력 한마당」을 중심으로」, 『비교한국학』 19-3, 2011, 99~144쪽.
23) 구명숙, 「고정희 시에 나타난 타자성 연구」, 『한민족문화연구』 28, 2009, 69~196쪽.
24) 김향라, 「한국 현대 페미니즘시 연구-고정희, 최승자, 김혜순의 시를 중심으로」, 경상대학교 박사학위논문, 2010.

고정희의 시를 모성의 측면에서 해명하려는 연구 또한 진행되었다. 유인실과 팽경민의 연구가 대표적이다. 유인실은 고정희의 시를 출간된 순서로 분석하며 존재론적 모성에서 다소 왜곡되고 과잉된 모성으로, 이후 화합과 새로운 비전을 제시하는 여성의식해방의 출구로 변화했다고 논의한다. 모성의 관점에서 바라본 고정희의 시 세계는 페미니즘 관점에서 연구되어 온 남/녀, 지배/피지배의 이원대립적 구도에 머무르지 않고 궁극적으로는 화합과 단결의 새로운 상생의 힘을 내포한 재해석된 모성이 자리하고 있음을 보여주고 있다는 것이다.[25] 팽경민은 논의를 좀 더 확장시켜 고정희의 시에 나타나는 어머니가 생명의 근본, 인간세계의 근본을 품고 있다고 해석한다. 어머니의 혼과 정신을 해방된 인간의 본으로 삼고 모신으로 파악함으로써 치유와 화해의 미래를 지향한다고 본 것이다. 고정희가 궁극적으로 지향하는 이상향은 남성중심 세계의 타파가 아니라 성별 초극의 이상향 실현이며 모성으로서의 포용과 사랑의 실천을 노래함으로써 가능성을 펼친다고 보고 있다.[26]

하지만 페미니즘을 단순히 남, 녀 성별간의 대립으로 보는 것은 문제다. 넓은 의미에서 페미니즘에서의 '여성성'은 '모성성'과 부분적으로 겹치기도 하고 어긋나기도 한다. 이는 고정희의 시를 분석하기 위해서는 여성주의적 개념에서 한 차원을 더 뛰어 넘어야 할 필요성을 제기하는 것이기도 하다. 고정희의 시 전체가 그러한 개념으로 환원되지 않는다는 것은 고정희의 시를 분석하기 위해서는 여성주의적인 논의를 바탕으로, 여성주의에 대한 사유를 넘어 설 필요가 있음을 암시한다.

고정희의 시에 대한 방법론적인 연구로 기독교적 관점의 연구가 있다. 고정희의 시가 기독교적인 사유로 얻은 종교적 전망을 부여하여 현

---

25) 유인실, 「고정희 시의 모성 연구」, 전북대학교 석사학위논문, 2007.
26) 팽경민, 「고정희와 최승자 시에 나타난 모성성」, 『비평문학』 47, 2013, 261~293쪽.

실에 대한 성찰을 획득하였다는 관점이다. 유성호는 고정희가 기독교 정신을 사유의 뿌리로 삼고 줄곧 창작 활동을 해온 것을 바탕으로 하여 기독교 문학이라는 시각으로 시세계를 살펴보고 있다. 이 연구는 고정 희의 시세계가 자유의지를 바탕으로 한 실존적 고통의 승인, 메시아니 즘을 핵심으로 하는 앙가쥬망의 시학으로 내면 성찰과 남은 자의 그리 움을 표상하고 있다고 평가한다.27) 김문주는 고정희의 시가 도달한 "어머니-하느님"은 종전의 신학적 관념을 전복하는 매우 혁명적인 세 계관으로서, 신에 대한 관념뿐만 아니라 신과 인간의 관계, 나아가 현 실과 역사를 바라보는 관점을 수정하는 매우 진보적인 이념이었다고 본다. 고정희의 시는 고난의 현실을 새로운 구원의 지평으로 사유하고 자 하였기에 고정희의 시 세계는 다른 현실주의 시들과 변별 가능하다 는 것이다.28) 권성훈은 고정희의 기독교시에 반영된 폭력 이미지로부 터 고통 받는 신과 세계, 인간과 신, 인간과 세계 등의 관계를 '폭력에 대한 종교시의 의미와 양상'을 통해 고찰하였다. 기독교 시에 나타난 폭력의 이미지를 통해 폭력적인 현실을 시적 언어로 재현하는 과정에 서 신과의 문제를 어떻게 형상화하는지에 대하여 분석하고 있다.29)

이와 같이 고정희의 시세계를 분석하는 데 있어 기독교적인 관점으 로의 접근은 시인이 가진 의식의 바탕을 보는 것으로, 시가 지니는 주 제적인 측면에 있어서 필요하다. 이들 연구들은 고정희의 시에 나타나 는 기독교 세계관적인 특질을 드러내는 데 유효한 의의를 지니고 있다.

---

27) 유성호, 「고정희 시에 나타난 종교의식과 현실인식」, 『한국문예비평연구』 1, 1997, 75~94쪽.
28) 김문주, 「고정희 시의 종교적 영성과 '어머니 하느님'」, 『비교한국학』 19-2, 2011, 121~148쪽.
29) 권성훈, 「고정희 종교시의 폭력적 이미지 연구」, 『종교문화연구』 21, 2013, 273~201쪽.

고정희의 시를 탈식민주의적인 관점에서 해석한 연구들은 주로 2000년대에 이루어졌다. 김승희는 탈식민주의의 대표적 연구자인 스피박의 방법론으로 고정희의 시를 탈식민주의[30]의 관점에서 고찰한다. 하지만 김승희의 논의는 고정희의 시 중 9시집 『여성해방출사표』의 「이야기 여성사」 연작만 분석하고 있어 논의의 대상이 좁다. 정복임[31]의 연구는 탈식민주의로 고정희의 시세계를 바라보아 새로운 평가의 시선을 더했다는데 있어 가치를 지닌다. 하지만 시 분석이 시인의 전기적 사실에 치중하고 있고 방법론을 빌려오는데 있어 그 근거가 모호하며, 절의 분류에 있어 층위가 맞지 않는 오류를 지니고 있다. 탈식민주의에 대한 논의의 타당성에 대한 서술과 시 분석을 통해 고정희의 시가 지니고 있는 탈식민주의는 무엇인지 분석하여 말하는 것이 필요하다고 본다. 유인실은 고정희의 유고시집 『모든 사라지는 것들은 뒤에 여백을 남긴다』의 연작시 「밥과 자본주의」가 탈식민주의적인 인식을 보여주고 있다고 논의한다. 이 시들에는 반언술, 되받아쓰기를 통한 지배이데올로기에 대한 저항, 전유가 나타나고 있다고 분석[32]하는 것이다. 이들 기법을 통해 지배 이데올로기에 대한 저항이 나타나고 있다는 것인데, 도식적인 방법론의 접목으로 피상적이고 자의적인 평가에 그쳐 오히려 작품 이해의 폭을 좁힐 수 있는 가능성이 있다. 이와 함께 이연화는 탈식민주의에서 중요하게 논의되는 저항적 시쓰기와 혼종성에 주목하여 김수영, 고정희, 황지우 시의 탈식민성을 살핀다. 고정희의 시는 되받아쓰기라는 탈식민주의 문화전략을 적극 활용하여

---

30) 김승희, 「한국 현대 여성시에 나타난 제국주의의 남근 읽기」, 앞의 책, 80~104쪽.
31) 정복임, 「고정희 시의 탈 식민주의적 연구」, 단국대학교 문예창작학과 박사학위 논문, 2008.
32) 유인실, 「고정희 시의 탈식민주의 연구-연작시 <밥과 자본주의>를 중심으로」, 『비평문학』 36, 2010, 171~190쪽.

지배 이데올로기의 언술들을 폭로하고 비판한다고 평가한다. 이를 통해 고정희의 시는 소외되고 억울한 타자들을 인식하고, 여성의 연대로 나타나는 탈식민성을 보여주고 있음[33]을 밝히고 있다. 이러한 논의는 기존의 고정희에 대한 민중문학적 평가와 탈식민주의적 평가가 혼합되어 있는 양상이다.

이와 같이 탈식민주의에 입각한 연구들은 고정희의 시를 당대 문학의 흐름과 연관하여 문학사적으로 자리매김하게 하지만 텍스트가 고정희 시의 일부분으로 제한되어 있다는 한계가 있다.

송현호는 고정희의 시 세계를 리얼리즘의 시로 보고 고정희의 시가 리얼리즘의 문제를 시 속에 수용하여 현실적인 문제를 다루고 있다고 평가하고 있다.[34] 이는 고정희 시 세계가 내재하고 있는 풍부한 함의를 이끌어 내는 논의로서, 고정희 시의 연구에 있어서 주목할 만한 주요 개념으로 현실인식과 리얼리즘이 자명함을 이끌어내는 논의이다.

고정희의 시가 지니는 타자적 경향을 밝히려는 시도 또한 있었는데 송현경은 레비나스의 이론에서 도움을 얻어 그의 시를 타자에 대한 이타적인 책임감으로 해석하였다.[35] 하지만 이 논의는 고정희의 시에 나타나는 공동체가 어떠한 과정을 거쳐 형성되었는지 치밀하게 천착하지는 못하고 있다. 왜냐하면 고정희의 시세계가 전면적으로 타자현상의 문제만을 다루고 있지는 않기 때문이다. 공동체 인식을 배재한 채 타자현상의 문제가 공동체적 성격을 이루는 것이라고 다룬다면 이는 무리하게 고정희 시의 본질을 확정하는 것이라 보인다.

---

33) 이연화, 「한국 현대시에 나타난 탈식민성 연구」, 강원대학교 박사학위논문, 2013.
34) 송현호, 「고정희론: 리얼리즘의 시」, 김용직 외, 『한국현대시연구』, 민음사, 1989, 648~659쪽.
35) 송현경, 「고정희 시의 공동체 의식 연구 – 타자윤리를 중심으로」, 이화여자대학교 석사학위논문, 2014.

다음으로는 고정희 시의 주제를 작품 내적으로 분석한 연구들이 있다. 그중 하나는 고정희의 시를 죽음의식으로 해명하는 것이다. 나희덕은 고정희의 시에 '죽음'의 인식이 관통하고 있다고 보고 그것이 종교적, 역사적, 여성적 문제와 연결되어 있다고 평가한다. 그의 시가 시대의 죽음을 치유하기 위한 제의로 작용한다고 보는 것이다.[36] 인하연은 고정희의 시세계를 죽음의식의 세 가지 양상으로 파악한다. 살아있음에 대한 죄책감, 숭고한 희생, 죽음의식의 양분화라는 것이다. 이를 통해 고정희 시에 나타난 죽음의식은 시인이 지식인으로 가졌던 정체성 파악의 도구역할을 했다고 논의한다.[37]

고정희에 대한 연구에서 간과할 수 없는 주제로 '사랑'을 들 수 있다.[38] 문혜원은 고정희의 연시집 『아름다운 사람 하나』에 속한 시들 중에 개작되어 재수록 된 시들에 주목하여 이 시들이 시의 내용을 일반적인 상황으로 바꾸고 의미 영역을 확장하여 대중성을 확보하고 있다고 논의하였다. 이를 통해 고정희의 연시에 나타나는 사랑이 타자성을 인정하며 넓은 차원으로 확장되어가는 모습을 보인다[39]는 것이다. 서석화는 『아름다운 사람 하나』에 주목하여 화자의 언술이 지향하고 있는 부재하는 대상에 대한 독백을 자신의 욕망을 성찰한 되돌아오는 목소리라고 보고 연시에 나타나는 사랑의 표현은 부재하는 것에 대한 그리움을 시속에서 상징으로 나타낸 것[40]이라고 바라보았다. 이경희는 『아

---

36) 나희덕, 「시대의 염의를 마름질하는 손」, 『창작과 비평』 29, 2001,6, 310~327쪽.
37) 인하연, 「고정희 시에 나타난 죽음의식 연구」, 숙명여자대학교 석사학위논문, 2011.
38) 필자는 고정희의 연시를 사랑을 통해 자신에서 벗어나 타자를 바라보는 사랑의 진리 가치로 논의하였다. 졸고, 「고정희의 『아름다운 사람하나』에 나타난 사랑의 의미」, 『한국언어문학』 94, 2015, 305~328쪽.
39) 문혜원, 「고정희 연시의 창작 방식과 의미-『아름다운 사람하나』를 중심으로」, 『비교한국학』, 19-2, 2011, 201~229쪽.
40) 서석화, 『고정희 연시 연구』, 동국대학교 문화예술대학원 석사학위논문, 2003.

름다운 사람 하나』에 수록되어 있는 연시들을 중심으로 내용과 형식의 특성을 살펴보고 있다. 시에 나타나는 지향대상으로서 고정희의 연시에 보이는 사랑의 대상인 '그대'는 초월적인 힘을 지닌 신적인 존재, 자연으로서의 '그대', 구체적 현존으로서의 '그대'로 시에서의 다양한 대상을 수렴하고 있다[41]고 논의한다. 또한 고정희의 연시에 나타나는 다양한 형태적 기법을 분석하고 있다.

다음은 고정희의 시를 형식적 측면에서 연구한 논의들이 있다. 이경수는 고정희의 시가 전기시에서부터 파토스의 분출을 특징적으로 드러내어 숭고의 미학과 친연성을 지니고 있다[42]고 밝힌다. 이경수의 연구는 고정희의 문학 연구를 심화시켜 작품 이해의 폭을 넓히고 구체화 한다고 볼 수 있다. 김란희는 1970 · 80년대 민중시에 나타난 시적 언어의 '부정성'과 언어적 실천을 논의하는데 있어 고정희의 굿시는 모성적 육체성의 회귀, 즉 코라적 맥박을 통한 상징계에 대한 거부가 부정성의 주요 표지를 형성[43]하고 있다고 본다. 양경언은 고정희의 시가 사회 구조적인 모순에 의해 고통 받는 민중, 여성 등의 하위주체들을 죽음의 세계로부터 구원해 내고 살려내는 문학적인 애도작업을 끊임없이 텍스트를 통해 구현해내고 있는 의인화 시학[44]을 보여주고 있다고 규명한다. 윤인선은 내용적인 면과 형식적인 면 모두에서 온전한 굿의 모습을 띠고 있는 『저 무덤위에 푸른 잔디』에 고정희의 삶에 대한 서사, 즉 자서전

---

41) 이경희. 「고정희 연시 연구— 시집『아름다운 사람 하나』를 중심으로」,『돈암어문학』20, 2007, 217~260쪽.

42) 이경수, 「고정희 전기시에 나타난 숭고와 그 의미」,『비교한국학』19-3, 2011, 65~98쪽.

43) 김란희, 「한국 민중시의 언어적 실천 연구— 1970,80년대 민중시에 나타난 '부정성'의 의미화 양상을 중심으로」, 서강대학교 박사학위논문, 2010.

44) 양경언, 「고정희 시에 나타난 의인화 시학 연구」, 서강대학교 석사학위논문, 2010.

적 텍스트성이 나타난다고 보고 있다. 이 시집에 나타난 무교의 모습은 고정희의 삶에서 기독교와 무교 전통과 종교의 길항작용 사이에서 형성된 자아의 흔적으로, 사회운동에 관한 모습은 민중운동과 여성운동의 경계 사이에서 확장되는 고정희의 자아가 텍스트에 각인되었다는 논의45)이다. 박유미는 고정희 시에 나타나는 화자의 유형을 작품 표면에 드러난 현상적 화자와 드러나지 않는 함축적 화자의 경우로 나누어 살피고 있는데, 고정희의 시는 현상적 화자에 의한 경우가 지배적일 뿐 아니라 그 양상이 다양해 이를 다시 자전적 화자와 허구적 화자로 나눌 수 있다46)고 그 필요성을 제기한다. 하지만 자전적 화자와 허구적 화자의 기준이 모호하여 그의 해석에 동의하기 어려운 부분이 있다.

조영희는 고정희 시 의식의 변모양상을 살펴보기 위해 바슐라르의 물질적 상상력을 기본으로 상징적 이미지를 고찰하여 시적 이미지의 전개양상을 분석하고 있다. 이에 따라 고정희의 시는 불, 물, 소리, 고향, 생명의 이미지가 중점적으로 드러나고 있다고 평가47)한다. 하지만 이 논문은 그러한 상징 이미지가 고정희의 시세계를 설명하는데 있어 어떤 의미를 갖는지는 서술하고 있지 않아 총체적 의미를 간과하고 있다. 윤경숙은 N. 프라이의 사계의 원형으로 고정희의 시의 시어지수를 파악하여 고정희 시인의 현실인식이 전기에는 지배적인 겨울이미지를 표상하고 있다고 하였으며, 후기에는 개인적인 고통뿐만 아니라 사회적인 문제까지 열린 세계를 지향하고 있다고 하였다. 이를 통해 고정희의 시가 현실의 어려움을 세계와의 조화와 화합을 통해 지향하고 있

---

45) 윤인선, 「『저 무덤위의 푸른 잔디』에 나타난 자서전적 텍스트성 연구」, 『여성문학연구』 27, 2012, 83~106쪽.
46) 박유미, 「고정희 시의 화자 연구」, 전남대학교 석사학위논문, 2003.
47) 조영희, 「고정희 시의 이미지 연구」, 경희대학교 석사학위논문, 2005.

다48)는 의미를 끌어내고 있다. 박상희는 고정희의 시가 지닌 언어 형식을 중심으로 고정희의 시 텍스트에 나타난 인유의 의미작용을 고찰하여 독서 수행의 재형상화 과정을 살펴본다. 고정희는 성서에서부터 현대사에 이르기까지 다양한 인유를 통해 하나의 작은 사건을 보편의 역사로 끌어올리는 텍스트 생산전략을 취한다49)는 것이다. 김미영은 고정희 시에 나타난 패러디를 원텍스트 유형에 따라 분류하여 크게 연희적 텍스트 패러디, 고전문학 텍스트 패러디, 기독교 텍스트 패러디, 현대문학 텍스트 패러디로 나누어 살펴보고 있다. 이 논문은 패러디 원전과의 비교를 통해 의미를 분석50)하고 있다.

이와 같은 형식적 측면의 다양한 연구들은 고정희 시의 형식적인 특징을 어느 정도 구체적으로 밝혀내고 있다. 이는 고정희의 문학 연구를 다양화시켜 작품 이해의 폭을 넓힌다. 연구의 폭넓은 시각을 통해 고정희의 시 세계가 무엇을 위한 것이었는지를 밝혀 의미의 중층을 이루는 것은 필요하다.

고정희의 시를 주제적으로나 형식적으로 연구한 위의 논의들은 고정희 시세계의 고유성을 파악하고 시적 양상들을 검토하여 고정희 시의 독자적인 특질을 보여주었다는 점에서 중요하다. 고정희의 시를 주제론적으로는 여성주의, 모성, 탈식민주의, 기독교성, 작가론적 논의, 사랑의 문제 설정을 중심으로 고정희의 시가 지니고 있는 의의와 가치를 규명하는 연구들이나 형식적으로는 화자, 원형분석, 의인화, 인유로 분석하는 연구에서 고정희의 역사성의 대상과 방식, 그리고 감정은 부

---

48) 윤경숙, 「고정희 시의 계절 상징 연구」, 부산대학교 석사학위논문, 2010.
49) 박상희, 「고정희 시에 나타나는 인유의 양상 연구」, 서강대학교 석사학위논문, 2013.
50) 김미영, 「고정희 시에 나타난 패러디 연구」, 조선대학교 문예창작학과 석사학위논문, 2014.

분적으로 드러난다. 그러나 그럼에도 불구하고 이 책이 고정희 시의 형식적인 측면을 다시 문제 삼고자 하는 것은 고정희의 시가 지닌 특징이 시와 현실 사이의 관계를 드러내는 방식의 측면을 좀 더 분명하게 밝힐 필요가 있다고 생각하였기 때문이다. 고정희는 단선적인 현실 대응보다는 현실을 사실적으로 직시하면서도 역사와 현실을 현재적으로 재구성하여 사회 역사적인 가능성을 타진하고 있다.

이상의 연구들에서 드러나는 특징들은 개별적으로 나뉘어 있거나, 시기별로 변화하는 것이 아니라, 동시적으로 드러난다. 즉, 주제와 형식이 분리되지 않고, 통합되어 시적인 특징을 형성한다. 예를 들어 억압된 민중의 현실을 고발하고 그것을 해결하려는 의지는 마당굿이라는 형식적 실험으로 드러난다. 또한 여성과 민중, 탈식민이라는 각각의 주제는 제 3세계의 여성을 대상으로 할 때는 중층적인 주제로 작동한다. 이 책은 시를 전체적으로 설명하기 위해서는 주제와 형식의 중층적인 구조로 설명할 수 있는 보다 근본적인 시각이 필요하다고 본다. 따라서 이 책은 고정희의 시를 기반하고 있는 핵심 개념을 '역사성'으로 설명하고, 고정희의 시에 드러나는 역사성의 구체적인 양태와 그 의미를 구체적인 작품 분석을 통해 논의하고자 한다. 그리고 그것을 다시 역사성의 문맥으로 환원하여 검토함으로써 고정희의 시가 가지고 있는 총체적인 지형도를 그려보고자 한다.

3. 연구방법

이 책은 고정희의 시를 '역사성'이라는 측면에서 설명하려는 것이다. 이때 '역사성'은 지나가버린 것들에 대한 단순한 상기나 기억이 아니라, 현재적 맥락에서 그것을 재해석하는 것이다. '역사성'은 역사의 성격으로서 역사가 법칙적으로 진보하지 않으며 매 순간 재구성된다는 것을 의미한다. 즉, 역사적 시대와 현실을 비판적으로 인식하면서 현재적 의미의 사유와 실천을 계속해 나가는 것이다. 그런 면에서 '역사성'은 실천적인 의미가 더욱 강조된다.

고정희의 초기 시는 개인적이고 현실에 대한 파편화된 시선을 멜랑콜리적으로 드러낸다. 고정희의 시는 끊임없는 시적 탐색 속에 1980년 5.18광주 민주화 항쟁, 1987년 6월 항쟁과 민중에 대한 현실인식을 통한 역사에 대한 자각을 거치며 성장해 나간다. 역사와 마주하며 본격적으로 그의 시 안에 과거에 대한 기억을 끌어내어 현재와 마주하는 역사적 인식을 드러내는 것이다. 사회의 모순을 꿰뚫어보는 고정희의 역사적 시선은 시에 있어서 리얼리즘적인 방향으로 선회한다. 관점의 전환은 벤야민의 역사성의 사유과정에서도 드러난다.

벤야민의 초기 저작인 『독일 비애극의 원천』에서 벤야민은 파편화된 신학적 구원으로서의 알레고리를 말한다. 이후 근대에 대한 알레고리로서 보들레르와 그의 문학을 중점적으로 다룸으로써 자본주의 대도시 문화와 상품사회에 대한 비판을 행한다.[51] 벤야민은 「사진으로의 작은 역사」에서 초기의 사진은 모든 것을 지속성에 바탕을 두고 이미지로 고정된 대상이 지속적으로 영향을 미치는 진품들이었으나, 19세기 후반 이후 렌즈 기술이 발전하면서 사진으로 재현된 영상에 인위적

---

51) 강수미, 『아이스테시스: 발터벤야민과 사유하는 미학』, 글항아리, 2011, 94쪽.

으로 아우라를 입히는 기법들은 기술의 진보 앞에서 어찌할 바를 모르는 이 세대의 무력함을 폭로해줄 따름이라고 말한다.52) 이미지들을 전부 해체해 버리면 파편일 뿐이라는 것이다. 벤야민은 세계를 환멸의 시선으로 바라보며 대상들을 전부 파편들의 집합으로 본다. 여기서 벤야민은 연속사의 반복과 그 부당성을 문제시함으로써 기존의 직선적 역사발전 개념 그리고 이 개념 위에선 문학사, 예술사의 작업을 거스르고자 한다. 그의 변증법적 사유는 이런 관념적 가상을 다시 검토하기 위한 성찰의 움직임이다. 벤야민은 현대성을 자연사의 어떤 극점으로 보며 그것이 자연에 그대로 반복 된다고 한다. 그렇기 때문에 현대성 안에서 일어나고 있는 모든 일은 폐허이다. 무엇인가 지어지지만 그것은 이미 무너져 있는 것이나 마찬가지이다. 하지만 그렇기 때문에 알 수 없었던 것을 인식하게 되고 인식하게 됨으로써 처음으로 역사적인 꿈이 생긴다고 말한다. 그것은 자연을 극복하는 역사이다.

세계가 연속성에 의한 단일한 진리에 의해 지배되고 있다고 생각한 근대적 시대에는 문학 또한 그 시대의 질서를 모방한다는 믿음이 있었다. 하지만 그 질서가 무너진 시대에는 새로운 패러다임, 새로운 질서의 창조가 필요하다. 벤야민은 파사젠베르크를 진행하는 내내 변증법적 전도, 즉 "꿈으로부터의 깨어남"이라는 인식을 포기하지 않았다.53) 벤야민은 19세기의 파리라는 모더니티의 원사를 변증법적으로 읽고, 19세기의 문화적 현상들을 현재와의 관계 속에서 새롭게 편성하여 그 대상들에게서 혁명적인 에너지를 찾아낸다.

이렇듯 벤야민 또한 모더니티의 문화적 현상 속에서 신화적인 지형

---

52) 최성만, 「현대 매체미학의 선구자, 발터 벤야민」, 발터 벤야민, 『발터벤야민 선집 2: 기술복제시대의 예술작품』, 도서출판 길, 2007, 15쪽 참고.
53) 강수미, 앞의 책, 123쪽.

을 파악하며, 그것을 현실과의 관계에서 재인식한다. 이를 통해 파국적인 현실과 자본주의의 판타스마고리아를 바라보고 역사속의 현재를 분별해 나간다. 벤야민은 서구 근대의 미래로 향하는 지속적 역사관이 아닌 현재와 과거를 동시에 봄으로써 과거를 통해 현재를 읽어내고자 하는 역사관을 자신의 근본 사유로 삼아나간 것이다.

이렇게 볼 때 고정희의 시를 보는데 있어 벤야민의 역사인식을 통해 보는 것이 유리한 측면이 있다. 고정희는 당대 현실을 직시하면서도 역사와 현실을 현재적으로 재구성하여 사회 역사적인 가능성을 찾아내려 한다. 그녀는 1980년대의 정치적인 야만과 경제적인 불평등 속에서 현실을 파국으로 생각한다. 고정희는 물질적인 삶은 안락해지고 있으나 사회 윤리적으로는 퇴행하는 그러한 현실의 균열된 모습을 몽타주하여 역사와 현실의 총체성을 현재적으로 재구성하는 알레고리의 방법론을 텍스트에 나타낸다. 이것은 우화, 패러디, 명명하기의 시적 표현 방식으로 구체화된다. 그럼으로써 그녀는 죽음과 어둠으로 표상되는 현실을 극복해가는 시적 모색을 드러낸다.

벤야민에게 전통은 바로 지금, 과거와 현재의 시간적 관계에 의해서 태어난 것이다. 과거의 사실이지만 현재 속에서 면면히 살아 움직여 나갈 권리가 있고 현재는 그 권리를 성취시켜줄 수 있기 때문에 존재 가치가 있는 것이다. 과거는 이미지이긴 하지만 생생하게 우리를 지배하는 어떤 계기를 만나게 되면 그 과거가 단순한 과거사실이 아니라 또 하나의 욕망을 불러일으킨다는 것이다. 역사가는 결을 거슬러 역사를 솔질하는 것을 자신의 과제로 보아야 한다.[54] 이런 이유로 해서, 과거의 이미지는 구원의 이미지와 직결된다.

---

54) 발터 벤야민, 최성만 역, 『발터벤야민 선집 5: 역사의 개념에 대하여, 폭력비판을 위하여, 초현실주의 외』, 앞의 책, 336쪽.

이러한 벤야민의 생각은 역사에 대한 기존의 생각들을 부정하는 것으로부터 시작된다. 기존의 역사관에 따르면 역사는 죄가 치유되지 않는 채로 계속 반복되는 과정이다. 문명사는 끊임없이 정의를 요구하지만 그 반복은 폭력을 재생산한다. 이것이 바로 죄의 재생산 관계로서의 인간사로서 끊임없는 폭력이 재생산될 수밖에 없는 구조의 역사이다. 벤야민은 이와 같은 개념의 '역사'를 폭파시켜서 정의로운 역사로 복원(restitution)시키려고 한다. 그것이 벤야민의 새로운 역사개념이다. 그는 '정신적인 것'에 대해서 유물론자들과는 다른 견해를 나타낸다. 고상하고 정신적인 것들은 바로 투쟁 속에서 생생하게 살아 움직여 나가는 것으로서 물질적인 변화운동과 정신적인 변화운동은 떼놓고 생각할 수 없다. '정신적'인 것은 지배자에게 주어진 일체의 승리에 언제나 의문을 제시하는 것이어야 한다. 다시 말하자면 그것은 지배계급들의 승리에 대해 언제나 저항하게 하는 어떤 힘이다.

벤야민에게 있어서 '힘'은 역사의 힘인데, 역사에도 향일성(heliotropism)이 있다. 역사가 해를 향해서 움직여 나가는 힘이 바로 정신적 고상성이다. 과거는 죽은 시간이 아니라 움직이는 시간으로, 무엇인가를 요청하고 있는 향일성적 요청을 가지고 있는 시간이다. 꽃이 해를 향해 움직이는 것처럼, 과거 또한 알 수 없는 향일성에 힘입어서 역사의 하늘에서 떠오르는 그 해를 향하고 있다.[55] 먼 과거는 해를 향해서 향일성을 보여주지만, 이 향일성은 동시에 향일성을 불러일으키는 해라고 하는 현재가 과거를 바로 읽어낼 때에만 떠오르는 것이다. 이것을 매개하는 것이 현재의 시간이다. 벤야민에게 있어서 '역사'는 과거, 현재, 미래가 동시적으로 통합되어 있는 것이다. 미래의 해는 과거의 요청에 의해

---

55) 위의 책, 333쪽.

떠오르고 과거의 요청은 바로 미래라는 해로 인해 생기는 것이다. 우리
는 순간의 스쳐 지나가는 상으로서만 과거를 붙잡을 수 있다. 그것이
바로 이미지이다. 진정한 역사가가 해야 할 의무는 지나가는 순간을 포
착하는 것이다. 역사를 기술하는 순간이 바로 돌아서는 이 순간이다.
시간 속에는 과거 이미지와 현재 시간 속에 관계하는 특별한 지점이 있
는데, 그것이 역사 기술이다. 역사를 기술한다는 것은 기억을 붙잡아
자기 것으로 만드는 것을 의미한다. 이러한 붙잡는 행위를 벤야민은 기
억(Eigendenken)이라고 말한다. 기억은 섬광처럼 스쳐지나가는 것을
붙잡아서 자기 것으로 꼭 붙들고 있는 것을 의미한다.56)

   한편 고정희는 시에서 현실의 균열된 모습을 회피하지 않고 오히려
그것을 적나라하게 폭로한다. 그녀는 현실의 화려한 외양에 숨어있는
폐허와 몰락의 이미지를 읽어낸다. 이것은 폐허의 현실을 그대로 드러
냄으로써 그 균열의 원인과 근거를 찾아내는 벤야민의 알레고리57)와
유사하다. 벤야민의 알레고리는 역사에 대한 새로운 인식의 과정으로

---

56) 위의 책, 333~346쪽.
57) 알레고리의 인식론적 측면은 벤야민의 초기 저작인 『독일 비애극의 원천』을 주목
   할 필요가 있다. 발터 벤야민의 멜랑콜리에 대한 예술적 성찰은 유럽 문학사에서
   전통적으로 전승되어 내려오는 연극형식중 하나인 비극(Tragödie)에서부터 시작된
   다. 벤야민은 비극과 구분해서 슬픔을 주제로 하는 또 하나의 극의 형식을 17세기
   독일 바로크에서 발견했고, 그것을 트라우어 슈필(Trauerspiel) 즉, 비애극으로 지칭
   하였다. 벤야민에 따르면 기존의 비극(Tragödie)과 바로크의 비애극(Trauerspiel)은
   주인공이 왕가출신이라는 것 외에 공통점이 존재하지 않는다. 그러나 그 주인공의
   성격은 완전히 다르다. 비극에서의 주인공은 마치 서사시의 영웅처럼 낮은 신분의
   인물들이나 평범한 일 때문에 고민하는 법이 거의 없다. 그러나 바로크의 주인공인
   군주는 그 자신이 절대적 군주이지만 동시에 우유부단한 한 인간일 뿐이다. 벤야민
   은 17세기 바로크 비애극을 하나의 이론 대상으로 삼아 알레고리와 멜랑콜리라고
   하는 두 개의 커다란 개념을 갖고 재해석 한 것이다. 바로크 비애극은 이전에 독일
   문학사 아카데미에서 전혀 다루어지지 않았던 연극 텍스트들이었다. 벤야민은 독
   일 바로크 비극을 전통적인 기준에서 비극으로 규정할 수 없음을 재차 강조하고 그
   것을 비애극으로 명명한다.

기억을 구제하는 것이다. 인간의 역사는 고통스럽고 억눌린 것들이 항구적으로 지속되는 시간이다.

알레고리는 하나의 의미가 다른 의미를 대변한다는 점에서 상징과 유사하다. 그러나 알레고리는 상징과 다르게 여러 가지로 해석될 수 있다. 알레고리의 동기는 죽음과 폐허에서 오는 공허함에서 오는 우울이고 우울의 사고적 표현이 알레고리이다.[58] 상징이 초월적인 종합과 일치상태를 제시하는 것이라면 알레고리는 현실과 이상, 현상과 본질의 불일치를 그대로 노출한다. 상징이 초월적이고 비역사적인 현상과 본질의 일치를 가정하는 것이라면 알레고리는 역사적 현실과 초월적인 통합의 미적 이데올로기 사이의 균열을 직시한다. 알레고리는 현실의 의미작용양상을 역사적인 관점에서 재구성하는 사유와 글쓰기의 방법론[59]인 것이다. 개념과 형상이 일치하는 상징에 비해 알레고리는 사물세계와 역사적 현재에 멜랑콜리의 시선을 던짐으로써 세계를 뒤덮고 있는 가상을 파괴하고, 깨어진 세계의 파편들을 불안정한 상태로 조립하여 현재를 조명한다. 알레고리의 자의성은 그 의미의 불안정성으로 오히려 기의와 기표가 자연적으로 결합해 있는 것처럼 보이는 미적 가상을 깨뜨린다. 그렇게 해서 총체성의 상징이 불가능한 시대를 드러내어 총체성이라는 거짓된 가상에 대한 믿음을 철회하는 것이다. 이것이 상징과는 다른 알레고리의 진보적 경향이다. 알레고리는 비극적 세계관을 지닌다.[60] 형상적인 존재와 의미작용 사이에 가로놓여있는 심연

---

58) 문광훈, 『가면들의 병기창: 발터 벤야민의 문제의식』, 한길사, 2014, 150~152쪽 참고. 발터벤야민, 김유동·최성만 역, 『독일 비애극의 원천』, 한길사, 2009, 334~337쪽 참고.
59) 정의진, 「발터벤야민 알레고리론의 역사 시학적 함의」, 『비평문학』 41, 2011, 387~394쪽 참고.
60) 박현수, 『시론』, 예옥, 2011, 369쪽.

의 간극을 강조하는 것이 알레고리적 세계관이다. 알레고리의 경험은 근본적으로 슬픈 무상성의 경험이다. 알레고리는 의미 없음의 의미라는 모순 속에서 생겨난다. 그 경험은 고통과 우울을 통해 현실의 진면목, 다시 말해 삶에 결여되고 부재한 것에 다가가는 계기가 된다.[61] 알레고리적인 모습은 현실에서는 폐허의 형태로 주어진다. 폐허와 함께 역사는 자연사의 알레고리로서 끊임없이 이어지는 몰락 과정의 한 단계로 자리한다. 역사는 한편으로 끊임없이 이어지는 쇠락의 과정이기도 하다. 소멸과 몰락의 현상 앞에서 시인은 비애에 젖지만, 그는 균열의 원인과 근거를 찾는다. 알레고리는 이처럼 고통과 우울을 통해 현실의 삶에 결여되고 부재한 것에 다가가는 것이다.

알레고리는 여러 이질적 영역들을 상호 대립적인 역사의 차원에서 대면시킴으로써 역사를 포착한다. 삶의 가장자리에 흩어져 있는 많은 것을 수집하고 배열하여 구성하고 있는 것이다. 이 모든 것을 관통하는 것은 역사의 연속성에 대한 문제제기와 이 문제제기를 추동하는 실험 정신이다. 이런 문제제기를 통해 역사의 비 억압적 가능성, 즉 이성적 삶의 질서가능성을 비로소 탐색할 수 있다. 알레고리적 시선은 사물의 외양과 내부를 동시에 본다. 기표와 기의 사이의 심연을 보는 것이다.

한편, 고정희는 세계를 미메시스적으로 바라본다. 이때의 미메시스란, 발터 벤야민의 식으로 말하자면 유사성을 지각하고 인식하는 능력이다. 인간은 주변 세계와 끊임없이 관계하는 가운데 존재하고 인식하기 때문에, 유사성 관계가 생산되고 작동하는 근원은 주변 세계, 즉 자연 내지 현실에 있다. 벤야민은 인간이 유사한 것을 생산해내는 최고의 능력, 즉 미메시스 능력을 가진 존재라고 본다. 그는 미메시스의 대상

---

61) 문광훈, 앞의 책, 153~154쪽 참고.

을 자연주의적 모사의 의미에서 현상으로 나타나는 대상이라기보다는 대상의 이름 없는 부분, 아직 쓰여지지 않았고 읽히지 않은 부분, 비감각적으로 지각되는 부분이라고 본다. 그는 대상의 언어 또는 대상의 이름 속에는 이미 전달하고자 하는 언어적인 본질이 들어 있어 그것이 전달되는 것이지, 인식 주체가 주관적으로 구성한 정신적인 본질이 언어를 수단으로 전달되는 것은 아니라고 본다.

미메시스 능력은 다른 것에서 유사성을 보는 것이다. 이는 주체와 객체가 서로 밀접하게 연관되어 있다는 것을 알려준다. 그것은 현실에 대한 이해와 역사에 관한 서술의 관계성을 보여준다. 나와 대상, 주체와 객체의 유사성은 벤야민에 따르면 마치 섬광처럼, 마치 불꽃처럼 순간적으로 나타난다.[62] 그러므로 우리는 이 유사성 속에 깃든 진실을 읽어내야 한다. 진리를 빛 밖으로 드러내는 것은 모든 언어행위의 핵심이다. 또 그렇게 할 수 있다면 미메시스적 행위는 그 자체로 공식적 담론과 지배문화로부터 제외된 것을 구출해내는 행위가 된다.[63] 비감각적 유사성은 벤야민 자신의 규정에 따르면 '간단히 말해 말하여진 것과 의미한 것뿐만 아니라 쓰여진 것과 의미된 것, 그리고 말해진 것과 쓰인 것 사이의 팽팽한 긴장을 일으키는 것'이다. 비감각적 유사성은 상상된 일치의 상태를 지칭하는 것이다. 대상과 기호, 언어와 의미는 완벽하게 일치하기 어렵다. 그러므로 우리가 상정할 수 있는 것은 둘 사이의 팽팽한 긴장과 이 긴장에서 나오는 어떤 생성적 변형적 가능성일 것이다. 같은 의미의 단어라도 말의 의미는 전체 구조 아래 또 다른 단어와의 관계 속에서 잠시 규정된다. 우리는 언어의 비의도적, 자의적 계기를

---

62) 발터 벤야민, 「미메시스 능력에 대하여」, 최성만 역, 『발터 벤야민 선집 6: 언어일반과 인간의 언어에 대하여, 번역자의 과제 외』, 도서출판 길, 2008, 215쪽.
63) 문광훈, 앞의 책, 682쪽.

믿듯이, 의미의 비의도성과 잠정성 그리고 불확정성을 전제하는 가운데 그 나름의 진리를 추구할 수 있다.[64]

벤야민은 정신적인 본질이 미메시스적 객체성 또는 모방 가능성을 가진 한에서만 전달 가능성의 언어적인 본질과 합치한다고 본다. 인간은 비감각적 유사성의 매체인 언어와 문자를 통해 세계를 인식하고, 인간의 정신적인 본질은 언어로부터 영향을 받는다. 벤야민은 이렇게 미메시스 능력의 변천 과정 속에서 언어가 인간의 인식에 근본적인 토대로 작용하게 되었다고 주장함으로써 의미가 언어 밖, 초감각적인 현존인 이성에 있다고 전제한 계몽주의의 모순을 극복하고자 했다.[65] 인간의 미메시스는 대상과의 조응 속에서 이루어진다. 사물의 언어가 인간의 언어로 번역될 수 있는 것은 사물과 인간이 서로 조응하기 때문이다. 인간은 비감각적 유사성의 매체인 언어와 문자를 통해 세계를 인식하고, 인간의 정신적인 본질은 언어로부터 영향을 받는다. 인식행위란 감각을 넘어 포착해내는 능력이다. 그러므로 미메시스적 능력은 감각적 차원을 넘어서는 정신적 차원을 포함한다. 대상과 기호, 사물과 언어는 일치하지 않는다. 언어의 의미론적 균열로 인한 사회적 갈등은 많은 경우 여기서 발생한다. 모든 언어는 이 균열을 일치시키고자 한다.

고정희의 미메시스적 사유는 인식론적인 것으로 그치지 않고, 서술시를 기반으로 한 시적 형식의 측면과 연관된다. 서술시는 다채로운 시대상황을 표현하기 위해, 구체적인 삶의 정황을 그려내거나 사라져가는 삶의 모습을 복원하기 위해 필요한 양식이었다. 고정희의 서술시에는 서술의 층위가 다양한 방식으로 존재한다. 서술시는 미메시스가 시 텍스트에 전경화[66]되고 있는 것이다. 결국 고정희의 미메시스적 세계

---

64) 위의 책, 770쪽.
65) 강수미, 앞의 책, 70쪽.

관은 두 가지의 긴장으로 이루어져 있다고 말할 수 있다. 우선 서술시를 기반으로 한 고정희의 시는 삶에 대한 관찰과 의식의 확장을 보여주는 환유적 구조를 나타낸다. 서술을 특징으로 하는 언어를 통한 진리 추구가 이루는 긴장을 드러내는 것이다. 다음으로 고정희의 서술시는 주관적인 묘사의 표현 방식을 세계에 대한 객관적인 재현으로 당대를 사실적으로 반영하는 리얼리즘적인 성격을 보여줌으로써 유사성을 통한 현실 극복으로서의 긴장을 드러낸다. 이를 통해 보여지는 것은 역사적 진실을 위한 고정희의 미메시스적 세계관이다. 또한 서정시로서 주체의 내면과 외부의 상황에 따라 발생되는 발화의 구조가 지니는 차이점은 소통의 구조로 분석할 수 있다. 이는 전달의 가능성을 지닌 언어적인 본질을 통해 대상에 들어있는 정신적인 내용이 정신적인 본질로서 합치하기를 지향하는 양상을 분석하여 밝히는 것이다.

이와 동시에 고정희는 집단의 기억을 통해 공동체적 인식의 변화 양상을 나타낸다. 고정희의 시에 드러나는 '우리'라는 공동체에 대한 이러한 태도는 그의 시 세계를 이루는 중요한 요인으로 작용한다. 이는 집단 공동체에 대한 벤야민의 생각과도 유사하다. 벤야민은 인간학적 유물론에서 인간 집단의 지각과 현존의 생생한 경험, 그리고 집단이 현실을 변혁할 실천적 행위의 기제와 사회적 방식을 논한다. 벤야민에게 공동체의 혁명은 집단적인 신체를 통해 형성된다. 집단적인 신체는 집단의 무의식 속에 잠들어 있는 '지배와 착취 없는 사회'라는 꿈을 이미

---

66) 전경화(foregrounding)는 얀 무카르보스키 (Jan. Mukařovsky)의 시학에서 제시된 용어로 형상과 토대에 기초해서 낯설게 하기의 개념을 발전시킨 것이다. 전경화는 독자들의 주의를 환기시키기 위해 전체 문맥에서 그 부분이 앞으로 도출되어 있음을 말한다. 무카로브스키는 "시적 언어의 기능은 발화의 전경화 극치에서 존재한다"고 말한다. 제레미 M. 호손, 정정호 외 옮김, 『현대문학이론 용어 사전』, 동인, 2003, 187쪽.

지로 기억해내고 집단적인 지각과 경험을 공유하면서 현재를 변혁하기 위해 사회적으로 행동하는 것이다.67) 고정희의 시에서 공동체, 즉 '우리들'은 역사가로서 과거로부터 희망의 불꽃은 점화할 수 있는 재능이 주어진 사람, 벤야민 식으로 말하면 과거의 희망에 불을 붙이는 사람이다.

벤야민은 자신의 후기 유물론적 사유에서 인간과 세계와의 조화로운 관계맺음, 지배와 착취없는 사회를 인류의 원사적인 꿈으로 상정하고 그 소망의 성취를 새로운 인간학의 목표로 삼는다.68) 이를 벤야민은 '인간학적 유물론'이라 지칭한다.69) 그에 따르면 인간이 사회의 고립된 개별 인격체가 아니라 공동체적 지각을 공유하는 집단으로 거듭난다

---

67) 발터 벤야민, 「기술복제시대의 예술작품 관련 노트들」, 최성만 역, 『발터 벤야민 선집2: 기술복제시대의 예술작품』, 앞의 책, 200~201쪽 참고.

68) "이미지 공간은 '안락한 방'이라는게 없는 보편적이고 완전한 현재성의 세계이며 한마디로 정치적 유물론과 신체적 피조물이 내적 인간, 영혼, 개인 또는 우리가 그것들에게서 비난하고자 하는 그 밖의 것을, 변증법적 정의에 따라 그리하여 어느 부분도 그것에서 찢겨나가지 않은 채로 있지 않도록, 서로 공유하는 공간이다. 그럼에도 ―아니, 바로 그와 같은 변증법적 파괴 뒤에에― 그 공간은 여전히 이미지 공간이며, 더 구체적으로 말해 신체공간일 것이다. 왜냐하면 아무것도 소용이 없고 이러한 고백을 해야 할 때가 되었기 때문이다. (중략) 인간학적 유물론으로 단절 없이 넘어갈 수 없다. 잔재가 남는다. 집단 역시 신체적이다. 그리고 기술 속에서 그 집단에게 조직되는 자연은 그것의 정치적이고 객관적인 현실에 따라 볼 때 저 이미지 공간 속에서만, 즉 범속한 각성이 우리를 친숙하게 만드는 그 이미지 공간에서만 생성될 수 있다. 그 자연 속에서 신체와 이미지 공간이 서로 깊이 침투함으로써 모든 혁명적 긴장이 신체적인 집단적 신경감응이 되고 집단의 모든 신체적 신경감응이 혁명적 방전이 되어야만 비로소, 현실은 공산주의자 선언이 요구하는 것처럼 그 자체를 능가하게 될 것이다." 발터 벤야민, 「초현실주의」, 최성만 역, 『발터벤야민 선집 5: 역사의 개념에 대하여, 폭력비판을 위하여, 초현실주의 외』, 도서출판 길, 2008, 166~167쪽.

69) "벤야민이 '인간학적 유물론'이라는 용어를 처음 사용한 것은 「초현실주의」에세이에서였다. 이 에세이에서 그는 자신이 추구하는 역사적 유물론의 방법과 인식론을 스스로 '인간학적 유물론'으로 특징짓는다." 최성만, 『발터벤야민 기억의 정치학』, 앞의 책, 171~172쪽.

면 지배와 착취 없는 사회는 실현 가능해지리라는 것이다. 이 과정에서 예술은 역사적 경험의 매체로서 사회적으로 기능한다.[70] 벤야민의 인간학적 유물론은 비역사적인 개별 신체를 논하고 있는 게 아니라 역사적으로 형성되어 온 공동체[71]의 실체를 문제 삼는 것이다. 벤야민은 혁명적 실천은 친숙하게 만드는 이미지 공간에서 범속한 각성이 열려야만 가능하고 이때 이미지 공간은 신체 공간과 상호 침투해야만 한다고 지적한다.[72] 인간학적 유물론에서 근대 집단의 현재 과업으로 의무화하는 혁명은 지배와 착취 없는 사회를 향한 공동체의 실천이다. 벤야민에 따르면 사물세계를 극복하는 것은 과거를 향한 역사적 시선을 정치적 시선과 맞바꾸는 시선 아래에서 드러난다.[73] 동시에 이 이론에서 집단이 혁명의 주체로 형성되고 실천적 행위로 나아가는 것은 '예술'을 통해서이다.[74]

벤야민은 근대의 위축되고 소외된 인간 경험의 극복은 신체와 이미지 공간이 상호 침투하여 모든 혁명적인 긴장이 신체적이고 집단적인 신경 감응이 될 때 가능하다고 본다. 이와 같은 신체와 이미지 공간의 상호 침투 과정에 예술이 특수한 역할을 하는데 이것이 벤야민이 부여한 예술의 사회적 기능이다. 이렇게 보면 집단적 신체, 정치적 행위의 이미지 공간, 공동체 삶 속에 예술가의 기능전환은 모두 맞물려져 이루어져야 한다. 고정희의 시에서 집단의 기억을 드러내는 대표적인 시적 형식은 마당굿시이다. 이것은 과거의 기억을 통해 현재를 변화시키는

---

70) 강수미, 앞의 책, 294~395쪽 참고.
71) 노르베르트 볼츠 · 빌렘 반 라이엔, 김득룡 역, 『발터벤야민: 예술, 종교, 역사철학』, 서광사, 2000, 114쪽.
72) 최성만, 『발터 벤야민 기억의 정치학』, 도서출판 길, 2014, 180쪽 참고.
73) 발터 벤야민, 최성만 역, 「초현실주의」, 앞의 책, 151쪽 참고.
74) 강수미, 앞의 책, 297쪽.

역사의 힘을 통한 회복의 의지를 강력하게 나타내는 것이다.

이 책은 이러한 분석틀을 연구의 주된 방법으로 삼아, 고정희 시에 나타나는 역사성이 역사와 현실을 비판적으로 인식하면서 현재적 의미의 사유와 실천을 계속해 나가는 것이라는 점을 설명하려 한다. 이를 위해서 고정희의 시가 역사성의 시적 대응과 시적 변모를 통해 진정한 역사성의 완성의 통로를 향해가고 있음을 새롭게 조망해 보고자 한다.

II장은 군부정권과 한국의 근대화과정에서 심화된 정치적인 야만과 경제적인 불평등 속에서 시인이 세계를 파국으로 바라보는 시선을 살펴보려 한다. 고정희는 물질적인 삶은 안락해지고 있으나 사회 윤리적으로는 퇴행하는 현실을 균열된 것으로 본다. 그것은 주로 초기시에서 죽음과 어둠으로 형상화 되며 애도를 통해 극복된다. 그러한 현실의 균열 모습을 몽타주하여 역사와 현실의 총체성을 현재적으로 재구성하는 것이 알레고리의 방법론이다. 그러한 알레고리의 방법론이 우화, 패러디, 인물을 통한 명명의 수사적 방식으로 이루어지고 있음을 밝힐 것이다.

III장에서는 역사적 상황에 대응하는 고정희의 미메시스적인 모습과 그것이 반영된 문학적 양식의 측면을 논의해 보고자 한다. 고정희의 시는 세계에 대한 재현을 바탕으로 하는데, 이것은 시적 형식의 측면과 연관하여 파악할 수 있다. 서술시를 기반으로 한 고정희의 시는 우선 삶에 대한 관찰과 의식의 확장을 보여주는 환유적 구조를 보여주고 있다. 이와 함께 고정희의 서술시에서 볼 수 있는 주관적인 묘사의 표현 방식은 세계에 대한 객관적인 재현으로 당대를 사실적으로 반영하는 리얼리즘적인 성격을 드러내는 것이다. 또한 서정시로서 주체의 내면과 외부의 상황에 따라 발생되는 발화의 구조가 지니는 차이점은 소통의 구조로 분석할 수 있다. 이는 전달의 가능성을 지닌 언어적인 본질이 대상에 들어있는 정신적인 본질과 합치하기를 지향하는 양상을 분석하는 것이다.

Ⅳ장에서는 고정희가 가지고 있는 공동체적 인식이 집단의 기억을 통해 반영되는 양상을 분석하여 서술하고자 한다. 고정희의 시에 나타나는 화자 중 '우리'는 집단의 기억을 보여준다. 그것은 '모든 이', '사람들', '여성들'의 복수화자로 쓰이기도 한다. 복수 화자는 시 세계의 변화에 따라 그 태도를 달리하며 변화하지만 집단의 공동체라는 공통된 특질을 갖는다. 그들을 통해 시인이 역사를 바라보는 중점은 과거에 있다. 과거의 사실은 현재 속에서 그 영향력을 발휘한다. 고정희의 시에서 집단의 기억을 드러내는 대표적인 시적 형식은 마당굿시이다. 마당굿시는 민중의 목소리를 드러내는 탈놀이와 굿이 결합한 마당굿의 대본으로서의 시이다. 마당굿시는 현실 풍자와 권력자들의 부당함에 대항하는 목소리를 드러냄과 동시에 억울하게 죽어간 혼들을 달래는 굿의 형식을 함께 빌려와, 공동체의 회복을 공동의 목소리로 나타내는 것이다. 고정희의 시는 과거의 기억을 통해 현재를 변화시키는 역사의 힘으로 회복의 의지를 보여준다. 이처럼 고정희의 시는 과거의 사실을 현재적 맥락에서 수용하고 재해석하여 '역사성'을 발화한 텍스트로서 이를 성공적으로 구현한 예라고 평가할 수 있다.

II.

역사적 주체로서의

자기정립

II. 역사에 대한 인식과
역사적 주체로서의 자기정립＊

1. 역사에 대한 인식의 변화

1) 억압의 세계와 멜랑콜리

고정희의 초기 시가 바탕을 두고 있는 1980년대는 신군부 정치세력의 탄압과 이에 저항하는 민주화 운동과 경제적 불평등의 심화가 이어지는 시대였다. 1979년 12·12사태에 의해 신군부 세력이 군부 내 주도권을 장악하고 1980년 5월 17일 비상 계엄령을 발표하며, 민주주의를 위한 운동을 억압하였다. 이후 신군부 세력은 무력으로 광주 5·18 항쟁을 진압하고, 그 해 9월 전두환이 11대 대통령에 취임하였다. 이와함께 1960년대 박정희 정권에서부터 진행되어 온 경제 건설은 값싼 농산물 가격, 저임금, 자본 축적의 원칙하에 수출주도형 공업화 정책에

＊ 본 논문의 II장은 필자가 발표한 졸고, 「고정희의 시에 나타나는 역사에 대한 인식의 양상」, 『여성문학연구』 36, 2015, 295~328쪽. 논의에서 제기한 문제의식을 심화하고 확장하는 가운데 작성한 것이다.

집중되어 농촌경제에 파탄을 초래했다. 낮은 노동 소득 분배율은 노동 운동을 일으키는 원인이 되었다.

　이러한 사회적, 역사적 환경 아래에서 고정희는 자신이 처한 현실을 비관적으로 바라보고 있다. 고정희가 바라보는 현실은 물질적인 삶은 안락해지고 있으나 사회, 윤리적으로는 퇴행하는 세계이다. 고정희는 이러한 현실을 파국이라고 보고 그것의 참혹함을 보여준다. 이러한 인식을 바탕으로 한 그의 초기 시에는 죽음과 어둠이 가득하고 침묵과 비극적인 인식이 자리해있다.

　　　　비탈에서 소나무가 노랗게 죽은 날
　　　　푸르기를 그친 하늘이
　　　　사나운 바람을 들녘에 쏟았다
　　　　우르르 우르르 들녘이 울고
　　　　꽝꽝 파도가 어둠을 섞었다
　　　　파도에 고기떼 나자빠진 대낮
　　　　냉동기 속에서 아이가 죽었다
　　　　연인들 다정스런 능금밭 혹은
　　　　푸른 배추 포기에도 우리들
　　　　저녁 식탁으로 실려 오는 암호가 포장되고
　　　　그대 젓가락에 암호가 집히는 아침마다
　　　　누군가? 순수의 못에 정(釘)을 박는 손,
　　　　밤마다 으악으악 소리 나는 시체실
　　　　돌아오지 않는 강에 떠가는 햇빛
　　　　　　　　－「아우슈비츠 1 － 주여 불쌍히 여기소서」
　　　　　　　　（『누가 홀로 술틀을 밟고 있는가』, 1권, 44쪽）

이 시는 "노랗게 죽은 날"과도 같은 삶의 배경을 잘 보여준다. 시적 화자가 바라보는 세계는 "아이가 죽"고 "순수의 못에 정을 박"고 "시체 실"에서 소리가 나는 세계이다. 시적 화자의 모습은 시의 표면에 드러나지 않은 채 세계에 대한 파멸의식과 공격성, 분노, 자학의 감정과 울음이 가득한 침울함이 간접적으로 전달된다.

> 등성이 갯바람 몰려 와
> 하루종일 허리 휘어지는 대숲에
> 열 손가락 손톱 버려져 운다
> 피흐르는 열 손가락 손톱 운다
> 죽정에 찔린 손톱 운다
> 우는 손톱과 함께 대밭 뿌리가 운다
> 우는 손톱과 함께 대밭 허리가 운다
> 우는 손톱과 함께 댓잎이 눈물내고
> 우는 손톱과 함께 대밭 일대가
> 곡소리로 들끓는다
>
> 뛰어가는 아이들이 잠시 귀기울이고
> 여인들 외면하여 눈물 닦는다
>   -「신연가 1 - 진양조」(『실락원 기행』, 1권, 101쪽)

이 시는 죽은 자들의 곡소리로 가득하다. 시적 화자가 "우는 손톱"이 있는 "대밭"의 울음을 바라보며 "대밭 일대가 곡소리로 들끓"는다고 보는 것은 살아있는 자들을 죽은 자들이 지배하고 있음을 의미한다. 이 시에 등장하는 대상들은 모두 죽음의 상태이다. 시의 배경인 "피흐르는" "대숲"도, "버려"진 손톱"과 우는 "대밭 뿌리"도 "죽정에 찔"려 모두 다 죽음의 상태인 채로 곡소리만이 가득한 것이다. 화자는 살아있지만 "운다"라는 서술어와 대숲의 소리에서 나타나는 죽음의 수사는 죽음과 울음을 계속해서 반추하게 한다. 죽은 자들에 대한 기억은 사라지지 않는 고통과 낙심과 슬픔 속에서 시적 화자를 빈곤하게 한다.

그의 초기 시에는 '울음', '홀로', '단절', '아픈', '외로운', '죽음'과 같은 단어가 빈번하게 사용된다. 이들 시에서 시적화자가 머무는 공간은 "무덤 안"(「카타콤베―6ㆍ25에게」) 같은 곳이고 그 곳은 "오살 놈의 한"(「차라투스트라」)이 당도하는 "슬픈 죽음"(「차라투스트라」)의 장소이다.

이러한 울음의 언어는 시적 화자의 내면이 상실되고 결여된 대상으로 인해 멜랑콜리에 빠져 있음을 보여준다.

> 돌아오는 길에, 형
> 어두운 골목에서 리어카에 카셋트를 가득 싣고
> 집으로 돌아가는 아저씨를 만났어요.
> 카바이트 불빛이 반짝거리는
> 그 리어카에서 어찌나 로맨틱한 경음악이
> 흘러나오는지 무심코 서서
> 그 음악을 들었어요.
> (…)
> 그 아저씨는 음악에는 무관심한 듯
> 굳고 어둡게 긴장된 표정으로 횡단보도를 건너
> 어둠 저편으로 가물가물 사라졌어요.
> 여전히 음악소리는 끊겼다 들렸다
> 했습니다. 그때 저는 생각했습니다.
> ― 그래, 삶이란 저런 것이지, 저런 것이야……
> 서러운 음악을 등에 지고
> 서럽지 않게 사라지는 것이나
> 무심히 지는 낙엽이

슬프게 느껴지는 것, 그 모두가
어두운 삶의 일면인지도 모르지요.
(…)
1985.10.

－「편지글을 통해 본 고정희의 삶과 문학」 부분

(『너의 침묵에 메마른 나의 입술』, 38~39쪽)

아래의 「후기」보다 3년 정도 후에 쓰인 이 편지는 고정희가 가까운 친구들에게 보낸 편지 중 하나로, 그의 생각의 편린들을 읽어낼 수 있는 자료이다. 화자는 리어카로 카셋트 장사를 하는 아저씨가 틀어놓은 음악을 들으며 현실을 살아가는 삶의 모습을 "슬프게" 바라보며 "어두운 삶의 일면"을 느끼고 있다. "리어카를 끄는 아저씨"는 정착할 수 있는 공간도 없이 떠도는 삶을 사는 자로서 어두운 현실을 살아가는 민중의 모습을 대표한다고 할 수 있을 것이다. 시인은 민중을 바라보며 "삶이란 저런것이지"라고 말하며 다소 체념적인 태도를 드러낸다고 볼 수 있다.

언제나 구체적 진실들과는 물 맴을 도는 자리에서 스스로 정신의 쐐기만 박는 데 절박했다. 내 스스로 지쳐버린 고통의 쐐기. 마치 마태복음 25장에 나오는 미련한 다섯 처녀처럼, 기름 없는 램프만을 들고서 어두워 오는 들판으로 밤마다 떠났다. 그때 나에게는 늘 두 가지의 고통이 뒤따르고 있었다. 그 하나는 내가 나를 인식하는 실존적 아픔이고 다른 하나는 나의 세계안에 가로놓인 상황적 아픔이었다. (…)
나와 삶을 같이하는 뜨거운 사람들에게 실속은 적지만 고통을 달여 부은 축제를 바친다.
1981년 단오절에

－「나의 지성이 열망하는 정신의 가나안」 부분

(『실락원 기행』, 1권, 188쪽)[76]

고정희의 2시집인 『실락원 기행』의 「후기」인 이 글은 시인의 내면을 드러낸다. "실존적 아픔"과 "상황적 아픔"은 시인을 둘러싸는 조화로운 세계가 붕괴되었음을 말한다. 시인은 "세계 안에 가로놓인 상황적 아픔"이 자신의 고통의 원인임을 예민하게 인식하고 있다. 어두운 현실을 반복적으로 확인하며 시인은 깊은 절망을 느끼고 있다. 이는 그의 시의 주체가 기본적으로 멜랑콜리에 있는 것을 보여준다.

고정희의 초기 시를 지배하고 있는 이 애상은 개인적인 멜랑콜리와 강압적인 통치체제에서 발현하여 내면화된 집단적 멜랑콜리[77]의 동시적인 측면을 보인다. 고정희의 시는 자본주의로 인한 물신화, 군사 독재로 인한 정치적 혼란 등의 사회 구조적인 모순에 의해 고통 받는 민중과 그들이 사는 시대를 상실감과 우울한 시선으로 바라보는데, 이는 벤야민의 멜랑콜리 개념과 유사하다. 벤야민에 의하면 역사는 자연사의 기호로서 끊임없이 이어지는 쇠락의 과정이다. 벤야민이 비애극에서 보여주는 감정은 이러한 멜랑콜리의 감정이다. 멜랑콜리는 균열을 바라본다. 세계는 항구적 전락가능성 아래 서 있기에 개념이나 언어도 지배력을 상실하고 만다. 그렇기에 멜랑콜리의 감정은 피할 수 없다. 사물과 언어, 기호와 의미의 상호관계는 전적으로 불안정하고 불투명하기 때문이다.

벤야민은 멜랑콜리커는 사물 세계와 역사적 현재에 우울과 멜랑콜리의 시선을 던져 세계의 가상을 파괴하고, 세계의 파편들을 불안정하게 조립하여 현재를 다시 바라보는 역할을 한다고 말한다. 이 시에서도 나타나듯이 고정희는 자신이 처한 시대를 인식하고 표현하는 기제로서 파편화된 상황을 바라본다. 현실의 상황을 어쩔 수 없이 맞닥뜨리면서도

---

76) 본고는 고정희 시의 텍스트를 고정희, 『고정희 시 전집』 1 · 2, 또 하나의 문화, 2011.로 한다. 인용 면수는 해당 전집의 면수를 말한다.
77) 이승하 외, 앞의 책, 258쪽.

그 무엇도 할 수 없는 화자의 무력함을 통해 그들이 처한 비애를 여실히 보여주고 있는 것이다. 초기의 시들에서 화자는 외부의 거대한 압력에 의해 현재의 상황에서 물러나 자신의 내부로 후퇴하여 자신의 우울과 그것에 대한 원인마저도 자기 내부로 숨겨 자기 형벌적인 죽음과 소멸의 이미지로 빠져들고 있다. 그러나 폐허를 관조하고 침잠하는 멜랑콜리적인 시선은 진정한 역사의 구제를 위한 변증법적 도약의 계기이다. 고정희의 중기 시에서 몰락한 역사의 흔적을 바라보는 시인의 멜랑콜리커로서의 모습은 그것들의 의미를 발견하여 역사적으로 구원하는 자로 변화한다. 이는 억압의 과정에서 무의식으로 밀어냈던 상실의 원인을 받아들여 무의식에 망각한 상실된 대상을 인정하는 것이라 할 수 있다.

멜랑콜리는 삶의 핵심으로서의 죽음을 직시하고, 사물의 심부에 집요하게 다가서고자 한다. 멜랑콜리한 인간은 불확정적 관계를 의식하고 이 관계의 이질성 차이의 세부 안으로 파고든다. 고정희의 초기 시 역시 멜랑콜리를 주요 정조로 취한다. 하지만 이것은 점차 현실에 대한 인식과 더불어 그것을 극복하려는 의지로 연결되어 나간다. 그 예로 다음 시에서 화자는 죽은 자들을 부르며 그들의 희생을 기리고 있다.

> 자느냐 자느냐 자느냐
> 떠다니는 혼들은 다 날아와
> 대학시절 수유리 숲정이 흔들 때
> 징그러운 바람소리 수유리에 매달려
> 자느냐 자느냐 자느냐
> 고기비늘처럼 빛나는 야심을 흔들 때
> 조금씩 깊은 잠들 귀막고 돌아누워
> 불덩이 하나씩 따뜻한 젊음,
> 불끈 쥔 두 주먹에 음악도 뽑히고

자느냐 자느냐 자느냐
유리창 부서지고 램프 불 꺼지고
자느냐 자느냐 자느냐
간밤 굳게 잡은 단꿈도 엎어지고
숲이란 숲은 함께 울부짖으며
세차게 세차게 서로 목 부빌 때

자느냐 자느냐 자느냐
한 밑천이 흔들리고 두 기둥이 흔들리고
수멀수멀 수멀수멀 네 벽이 흔들리고
수유리가 흔들리고 도봉구가 흔들리고
인수봉이 흔들리고 서울이 흔들리고
흔들리고 흔들리고
한반도가 흔들릴 때
흔들리고 흔들리고
땅덩이가 흔들릴 때

갈가리 찢기는 우리 실존 그러안고
뉘 모를 곳으로 떠나간 사람들
쨍그렁 쨍그렁 요령이 되어
새벽이슬 마시며 떠나간 사람들
한밤에 가만히 다녀갔구나
가뭄들린 대학 숲에 홍건한 눈물
  ─「수유리의 바람」(『실락원 기행』, 1권, 117쪽)

　화자는 수유리의 숲을 바라보며 그 숲의 흔들림을 혼들의 몸부림으로 비유한다. 이 시를 주도하고 있는 것은 "혼"과 "숲"의 이미지이다. 이 시는 "혼"에 대한 상상력에 의해 쓰이고 있는 것이다. 이 시의 1연에서 암시되고 있는 "떠다니는 혼들", "따뜻한 젊음", "불끈 쥔 두 주먹",

그리고 2연에서 "서울" 이곳, 저곳을 "흔드"는 주체, 그리고 3연에서 "떠나간 사람들"이 모두 "혼들"에 대한 비유이다. 그리고 이것들은 시에 고루 나타나고 있다는 점에서 이 시는 총체적으로 "혼들"에 대한 비유가 중심을 이룬다고 볼 수 있다. 시의 1연에서 수유리는 "떠다니는 혼들이 다 날아와" 자리하는 곳으로 이 시의 중요한 이미저리는 "수유리"와 "혼들" 사이에서 일어나고 있다.

시에서 "젊음"은 "떠다니는 혼들"로 비유된다. 화자는 "혼들"이 "수유리"의 "숲"을 "흔들"고 그 흔들림은 더욱 확대되어 2연에서 수유리가 있는 도봉구와 도봉구를 감싸는 인수봉과 인수봉이 있는 서울이 흔들리고, 한반도 전체를 흔든다는 상상에 빠져 있다. 화자는 숲을 흔드는 젊은 혼들이 처한 상황이 무엇인지 1연에서 보여준다. "혼들"은 눈물과 폭력이 창궐하는 상황에서 "함께 울부짖"을 뿐이다. 시적 화자는 이 세상의 삶이 끝난 혼들조차도 삶의 상실감으로 인해 벗어나지 못하고 헤매는 부정적인 상황으로 이 세계를 인식하고 있는 것이다.

위 시의 시간적 배경은 밤이다. 이와 마찬가지로 초기 시에서 드러나는 시간적 배경은 주로 밤이며 어둠에 처해 있는 시간인 경우가 대부분이다. 밤은 무의식과 내면의 시간으로서 진실이 외면당하는 시간이고 "찢기"고 "흔들리"는 불안과 두려움의 시간으로 나타난다. 그러므로 밤의 어둠은 주체의 내면이 처한 혼돈과 "어둠"의 상황 그 자체를 정직하게 드러내는 것이기도 하면서 가혹한 현실로부터 고립된 공간으로서의 의미를 지닌다. 이러한 밤은 신에게도 구원 받지 못하고 개인의 혼돈과 불안이 공존하는 존재의 내면 상황에 대한 은유로 작용한다. 이렇듯 죽었지만 완전히 죽지 못한 혼들이 시의 세계 속으로 지속적으로 개입해 들어오며 시적 화자가 지닌 고통과 절망은 표출된다.

그러나 이것들은 단순히 어둠만을 강조하는 것이 아니라 그들의 회생을 기억함으로써 다음의 행위로 이어질 조짐을 담고 있다. "자느냐 자느냐"가 계속 반복되는 것은, 죽은 혼들과 살아있지만 죽은 것과 마찬가지인 민중들을 동시에 호명하는 행위이다. 이러한 기억과 호명 행위는 다음 시에서 보다 구체적으로 형상화된다.

첫눈 내린 골목 끝에서
검은 상복을 태우는 아름다운
여자들은 살 속 꿈틀이는 그늘을 본다
우리의 피 속에 우리의 도시 속에
햇살 한 번 들 수 없는 죽음의 그늘이
암세포처럼 누워 있는 겨울 오후
여자들은 품속에서 어둠을 만진다
품에 손을 찌르면
따뜻하게 만져지는 죽음의 살
그 진혼곡 한 소절이 별처럼 은은한
문밖에서 여인들은 마저 상장을 태운다
그러나 노인은 보지 못하리
수유리에 고이는 새벽 약수가
그대 무덤 흘러온 무심한 피임을
그대 어둠 지나온 기나긴 목숨임을.
　　　－「그늘」(『누가 홀로 술틀을 밟고 있는가』, 1권, 83쪽)

이 시의 "여자들"은 "우리" 속에 있는 "죽음의 그늘"을 보고 "어둠을 만진다." "노인"과 같이 이 세상을 오랜 시간 살아온 자들도 "보지 못하"는 우리의 피 속의 어둠을 바라보는 것은 여자들이 범속하지 않은 영매적 존재로서 자리하고 있음을 암시한다.

또한 "여자들은 ~한다"가 3번 반복하여 연속성과 운율감을 갖게 한다. 이는 정적인 느낌으로 여자들이 처한 어둠과 죽음의 상황과는 다른 여자들의 내적인 평온 상태를 보여주기도 한다. 이렇게 볼 때 이 시의 후반 부분에 있는 노인들이 보지 못하는 수유리의 새벽약수가 그들의 무덤과 어둠을 흘러온 무심한 피라는 표지는 이 시의 "여자들"이 처한 공간이 죽음과도 같은 고통의 공간임을 역설적으로 표현하기 위함임을 알 수 있다.

하지만 이 시에서 여자들은 자신이 처한 위치 안에서 그 상태를 받아들이며 있다. 그들은 그들의 "품"을 "죽음"으로 인식하고 "어둠을 만지"고, "마저 상장을 태우"며 자신의 삶이 처해 있는 현실을 받아들이는 것이다. 여자들은 노인들과 대칭되며 자신이 사는 세계를 차분하고 명징하게 꿰뚫어 보고 있다. 그리고 어둠을 만지고 죽음을 만지며 모순과 갈등이 점철된 세상을 감싸 안는 주체로서 자리한다.

세계의 공허성은 멜랑콜리 같은 깊은 슬픔을 갖는 자에게만 지각된다. 우울은 세계의 벽과 만나 생겨나는 상실과 공허, 죽음에 둘러싸인 감정의 상흔이다. 소멸과 몰락의 세계 앞에서 시인은 멜랑콜리하다. 그러나 멜랑콜리한 자는 마냥 슬퍼하지 않는다. 오히려 죽은 사물의 균열의 원인과 근거를 찾으려 하는 것이다. 슬픔에는 침묵의 경향이 내재하며 훨씬 더 많은 것을 함축한다.[78]

역사를 폐허로 바라보는 멜랑콜리한 시선은 동시에 폐허가 된 역사의 잔해들 속에서 잊혀지고 간과한 의미를 발견해 현재의 시점에서 이들을 새로운 의미의 관계망 속에 위치 시켜 구제하려는 시선이다. 역사를 파국으로 바라보는 멜랑콜리적인 시선은 결국 진정한 역사의 구제

---

78) 발터 벤야민, 김유동·최성만 역, 『독일 비애극의 원천』, 앞의 책, 336~337쪽 참고.

를 위한 계기인 것이다. 멜랑콜리한 시선은 바로 구제에의 희망을 동시에 담보하고 있는 양가적인 시선[79]이다. 초기 시에서 보여주는 시인이 바라보는 현실의 황망한 폐허에 대한 멜랑콜리적인 시선은 쇠퇴의 과정으로서의 역사를 보여준다. 하지만 그 폐허에 대해 관조하는 멜랑콜리한 시선은 숨겨진 의미를 발견하여 새롭게 역사적 차원에서 세계를 인식하고자 하는 성찰의 자리로 변화한다.

고정희의 시에서 역사의 연속성을 불연속적으로 구성하고 단절적으로 기억하는 것은 그 자체로 현실을 다르게 보고 시간을 다르게 구성하는 것이다. 기존의 현실인식을 그대로 따르는 것이 아니라, 새로운 구성 속에서 현실의 은폐된 성격이 절로 드러나게 하는 것이기 때문이다. 고정희의 시에서 과거의 시간은 죽은 시간이 아니라 여전히 살아있는 시간이다. 과거의 시간을 지금 이 시간으로 받아들이고 과거의 부당한 사건에 대해 여전히 해결을 기다리고 있는 것이다. 고정희는 그의 시에서 억울하게 죽은 사람들, 억울하게 고통을 받은 사람들, 해결해야 한다고 하는 과거의 문제들을 시 안의 지금 이 시간 속에서 면면히 살아가게 한다. 멜랑콜리의 감정을 통해 지금 이 시대의 사람들에게 과거의 시간들을 바로 지금 다시 돌아보도록 요청하고 있는 것이다. 현실적 질곡의 근원을 이루는 슬픔의 기원을 지금 이 시간으로 가져와 시대의 요청에 대해 응답할 수밖에 없는 임무를 스스로 자각하게 만든다.

---

79) 윤희경, 「안젤름 키퍼의 작품에 재현된 역사의 이미지」, 『현대미술사 연구』 35, 2014, 94쪽.

2) 애도를 통한 부정적 인식 극복

앞 절에서 보듯이, 고정희의 초기 시는 세계에 대한 멜랑콜리를 드러내지만, 그것이 단지 우울과 비관으로만 끝나는 것이 아니라, 역사적 시선을 통해 새로운 시간으로 도약하려는 의지를 담고 있다. 멜랑콜리와 혼재되어 있으나 동시에 멜랑콜리를 넘어 서고자 하는 변모의 모습을 보임으로써 역사의 폐허 속에서 의미를 새롭게 발견하고자 하는 것이다. 이것은 우울이 애도의 과정을 거쳐 극복되는 양상[80]과도 유사하다.

고정희는 1986년 상재한 5시집 『눈물꽃』 이후 이전의 시 세계와는 다른 인식론적인 전환을 보여준다.[81] 현실의 고통을 대상의 상실로만 여기던 태도에서 벗어나 어떻게든 슬픔의 상처를 치유하려 하는 태도가 나타난다. 이것은 애도를 통해서 이루어진다. 사랑하는 대상의 상실을 깨닫고 슬퍼하며, 슬픔을 통해 마음을 치유하는 과정에 성공하여 대상상실로부터 자유로워지는 것[82]이다. 이에 따라 죽음을 극복하고 회복하는 새로운 관계를 정립하고 다음 세대에 대한 희망과 역사적 전망을 모색하기 시작하는 것이다.

---

80) 이는 사랑하는 대상이 존재하지 않는다는 것을 알고 그 대상에 부과되었던 리비도를 철회해야하지만 일반적으로 리비도적 입장을 포기하려 하지 않는 사람들이 보통의 경우 현실에 대한 존중이 우세하여 많은 시간이 경과되어 조금씩 받아들여지게 되는 애도와 공통의 작용을 한다고 볼 수 있다. 애도의 작용 동안에도 잃어버린 대상은 마음속에 계속 존재하며 사랑하던 대상에 리비도를 집중시켰던 때의 기억과 기대가 되살아날 때 리비도가 과잉 집중되기도 하지만 현실을 존중하는 가운데 리비도의 이탈도 이루어지는 것이다. 사람들은 고통의 불쾌감을 당연한 것으로 받아들이고 슬픔의 작용은 완결된다. 그 후 자아는 다시 자유롭게 되는 것이다. 지그문트 프로이트, 「슬픔과 우울증」, 윤희기 역, 『정신분석학의 근본개념』, 2014 재간, 245쪽.

81) 이 변모의 조짐은 고정희 시의 예외적 형식인 마당굿시를 처음 시도하는 3시집 『초혼제』에서도 다소간 표면화되며 나타난다.

82) 지그문트 프로이트, 윤희기 역, 앞의 책, 244~246쪽 참고.

다 평안하신지 잠잠한 오월
다 무고하신지 적막강산 오월
나 또한 단잠으로 살오른 오월에는
왜 이리 고향이 마음에 걸리는지
왜 이리 해남이 목젖에 걸리는지
다북솔밭 어디서나 철쭉꽃 흐드기고
백운대 어디서나 산목련 어지러운 오월에는
서울이 왜 이리 거대한 침묵인지
서울이 왜 이리 조그만 술집인지
봄비에 젖어 눕는 수유리 숲에서는
나 또한 한 장의 한지로 젖어 누워
안익태의 코리안 판타지를 걸어놓고
그것을 고향의 함성이라 이름한다
그것을 고향의 부름이라 이름한다
그것을 고향의 눈물이라 불러 본다
뿌리 있는 것들만 성난 오월에는
뿌리 있는 것들만 꽃지는 오월에는
바람이 따다 버린 병든 이파리를 보며
그것을 우리의 말이라 이름한다
그것을 우리의 믿음이라 불러 본다
그것을 우리의 사랑이라 불러 본다
그것을 우리의 침묵이라 불러 본다
바람이 몰고 가는 푸른 가랑잎을 보며
그것을 서울의 꽃이라 불러 본다
그것을 서울의 자유라 불러 본다
그것을 서울의 환상이라 불러 본다
다 잠드셨는지 어두운 오월
다 항복하신지 문 닫는 오월
병든 이파리처럼 말없는 오월에는
푸른 가랑잎처럼 떠나가는 오월에는

왜 이리 고향이 갈 수 없는 땅인지
왜 이리 고향이 신화보다 슬픈지
　　　　　　　　　－「서울사랑 － 침묵에 대하여」
　　　　　　　　　(『이 시대의 아벨』, 1권, 321~322쪽)

이 시의 화자는 과거의 "오월"을 다시 회상하고 있다. "오월"을 슬픔으로 기억하는 화자는 무력한 상태이고 그가 자리한 "서울" 또한 "거대한 침묵"의 상태에 있다. 화자는 자신이 처한 현실 속에서 그 무엇도 하지 못하고 "침묵"하고 "조그마"해진 개인의 모습을 하고 있을 뿐이다. 하지만 침묵하는 작은 개인인 화자는 유년의 미래상이 작용했던 고향의 함성, 부름, 눈물을 떠올리고 있다. 화자는 고향으로의 회귀를 통해 정체성을 모색한다.

그가 떠올리는 고향은 "마음에 걸리"는 고향이고 "목젖에 걸리"는 고향이다. 고향은 정신적 육체적 자양분을 제공해 주고 의지의 대상이 될 수 있는 곳[83]이다. 그렇기에 고향은 과거의 한때로만 머물러 있는 곳이 아니라, 화자의 현재 상태를 점검하고 조정하는 작용을 할 수 있다. 유년의 장소감으로 남아있는 고향은 화자의 현재 상태를 점검하는 작용을 하는 것과 동시에 미래에 투사되어 바람직한 미래상을 구상하는 추동력이 되기도 한다.[84]

화자는 고향을 떠올리면서 병들어 버린 우리의 "침묵"을 극복할 수

---

83) 이푸 투안은 고향은 대부분의 인간집단에게 세계의 중심으로 간주되는 경향이 있다고 말한다. 별은 사람들이 살아가는 집, 즉 그들의 고향을 중심으로 도는 것으로 인식되며 그들의 집을 우주의 중심으로 최상의 가치를 부여한다. 이러한 고향의 파괴는 한 개인에게는 우주의 파괴이다. 이 푸 투안, 구동회 · 심승희 역, 「고향에 대한 애착」, 『공간과 장소』, 도서출판 대윤, 2011, 239~259쪽 참고.

84) 이명찬, 『1930년대 후반 한국시의 고향의식 연구』, 서울대학교 박사학위논문, 1999, 11쪽.

있는 주체가 우리 스스로라는 것을 포착한다. 억압된 현실 속에서 "오월"을 떠올린 화자가 절망의 조건 속에서 "다 향복하신지" 묻는 것은 "병든 이파리"와 같은 아픔을 인정하고 "오월"을 "푸른 가랑잎처럼 떠나"가도록 하는 것이다. 이 시의 중요한 시적 계기가 되는 "오월"은 고정희 시의 연속성에서 파악 할 때 5 · 18 광주 민중항쟁을 의미한다고 볼 수 있을 것[85]이다. 시인은 "오월"을 슬픔과 좌절로 받아들이지만 고통의 구체적인 계기를 자각하고 있다.

> 아름다워라
> 세석고원 구릉에 파도치는 철쭉꽃
> 선혈이 반짝이듯 흘러가는
> 분홍강물 어지러워라
> 이마에 흐르는 땀을 씻고
> 발아래 산맥들을 굽어보노라면
> 역사는 어디로 흘러가는가,
> 산머리에 어리는 기다림이 푸르러
> 천벌처럼 적막한 고사목 숲에서
> 무진벌 들바람이 목메어 울고 있다
> 나는 다시 구불거리고 힘겨운 길을 따라
> 저 능선을 넘어가야 한다
> 고요하게 엎드린 죽음의 산맥들을
> 온몸으로 밟으며 넘어가야 한다
> 이 세상으로부터 칼을 품고, 그러나
> 서천을 물들이는 그리움으로
> 저 절망의 능선들을 넘어가야 한다
> 막막한 생애를 넘어

---

85) 이 시가 수록된 4시집 『이 시대의 아벨』은 1983년에 출간되었다.

용솟는 사랑을 넘어
아무도 들어가지 못하는 저 빙산에
쩍쩍 금가는 소리 들으며
자운영꽃 가득한 고향의 들판에 당도해야 한다
눈물겨워라
세석고원 구릉에 파도치는 철쭉꽃
선혈이 반짝이듯 흘러가는
분홍강물 어지러워라

　　　　　－「지리산의 봄 4 － 세석고원을 넘으며」

　　　　　　　　　　(『지리산의 봄』, 1권, 562쪽)

　이 시는 시대와 역사에 의해 죽음을 당한 죽은 자들에 대한 슬픔이 중요한 키워드로 등장한다. 이 시에서 화자의 슬픔은 "죽음의 산맥들"을 "넘어가"는 것으로 과거에 죽어간 사람들의 죽음의 의미를 재규정해 나가는 역할을 한다. 시적 화자는 "역사는 어디로 흘러가는가" 물으며, 자신이 올라온 산, 자신이 가야하는 산맥을 "절망의 능선"으로 규정한다. 그리고 "울고 있"는 "들바람"을 만나고 "죽음의 산맥들"을 넘어간다. 시적 화자의 의지는 고향의 들판을 바라보며 "막막한 생애를 넘"고 "용솟는 사랑을 넘어" 상승한다. "반짝이듯 흘러가는" "강물"과도 같은 슬픔을 넘어서가는 시적 화자의 모습은 현재의 순간에 자리하는 과거의 파편들을 자각하는 모습이다. 이것은 벤야민이 바로크 비애극에서 발견한 '애도'와 유사한 성격을 가지고 있다.

　바로크 비애극에 나타난 애도는 파편적인 것에 연관된다. 파편이란 어떤 총체적 가상에 대한 파괴로 대상에 대한 만족의 감정이 깨져 슬픔의 감정을 출현하게 한다. 이때 슬픔은 단순한 절망이 아니라 만족감을 형성하는 어떤 아름다운 가상이 파괴되는 것이다. 벤야민이 비애극에 나타난 애도의 감정을 멜랑콜리에 비유하는 것도 이러한 맥락에서이다. 벤야민이 말하는 멜랑콜리란 덧없음에 대한 자각의 증세로 그는 이러한 애도의 감정을 창조적인 것으로 보았다. 왜냐하면 멜랑콜리의 주체는 그러한 덧없음의 자각을 통해서 과거의 가상이라는 굴레로부터 벗어날 수 있기 때문이다. 멜랑콜리커는 역사적 현재에 멜랑콜리의 시선을 던짐으로써 세계를 뒤덮고 있는 가상을 파괴하고, 깨어진 세계의 파편들을 불안정한 상태로 조립하여 현재를 조명하는 이다.[86] 그런 표현을 통해 폐허와 깨진 파편들로 인식된 시대를 깨우는 해독제 역할을 하는 것이다.

2. 역사적 주체의 자기 정립의 시적 표현

1) 과거와 현재의 소통을 통한 역사적 주체 정립

이러한 애도의 과정은 7시집 『저 무덤위에 푸른잔디』에 이르면 '씻김굿'의 형식을 통해 적극적이고 실천적인 방식으로 이루어진다. 고현철은 굿시를 마당극과 굿을 이중으로 패러디한 장르로 보고, 그 예로 고정희의 『저 무덤위에 푸른잔디』를 논의한다. 이 논의에서 굿시는 굿이라는 과정을 통해 죽은 자에 대한 풀이가 살아있는 자들의 삶의 방향성을 잡아가게 하는 기능적 죽음의 역할을 하고 있다고 여겨진다.[87] 이러한 고찰은 고정희가 시도한 마당굿시라는 양식을 보편화된 장르체계로 자리매김하고자 하는 시도라는 점에서 의미를 가진다. 그러나 이

---

86) 강수미, 앞의 책, 95쪽.
87) 고현철, 『현대시의 패러디와 장르이론』, 태학사, 1997, 138쪽 참고.

관점은 현대시의 패러디와 장르를 문학사에 위치시키려는 노력의 일부분이었기에 고정희의 『저 무덤위에 푸른잔디』의 전모를 설명하는 틀로써는 비좁을 수밖에 없다. 다음으로는 이 시집을 마당굿시라는 장르로 보면서도 동시에 이 시집에서 계속하여 호명되는 '어머니'에 주목하여 분석한 논의가 있다. 모든 억울한 죽은 혼들을 어머니를 의인화하여 살려냄으로써 씻김굿을 통해 표현해 낸다는 것[88]이나 굿시의 언어적인 형식은 코라적 맥박을 통한 상징계에 대한 거부가 부정성의 주요 표지를 형성한다고 고찰하는 것[89]이다. 이러한 연구는 내용과 형식의 종합적 의미추론이 아쉽지만 고정희의 마당굿시를 보다 거시적이고 다양한 차원에서 구명하기 위한 풍부한 참조 틀로 작용한다. 이러한 연구 성과를 토대로 본 절은 고정희의 7시집 『저 무덤위에 푸른잔디』를 애도를 통한 과거와 현재의 소통과정으로 고찰해 나가고자 한다.

7시집인 『저 무덤위에 푸른잔디』는 장시집으로서 마당굿시의 형식을 취하고 있다. 일반적으로 우리가 말하는 굿은 무속제의의 절차[90]를 말한다. 씻김굿은 망자를 위한 무속의례인 사령(死靈)굿의 전라도식 명칭[91]이다. 이 시집에서 패러디한 굿의 형식은 씻김굿이다. 씻김굿의 핵심은 무엇보다도 망자를 극락으로 천도하는 부분이다. 이는 무녀 혼자 출연하는 것이 아니라 망자, 가족들과 심지어 동네 구경꾼들의 적극적

---

88) 양경언, 앞의 책.
89) 김란희, 앞의 책.
90) 이상일, 『한국인의 굿과 놀이』, 문음사, 1981, 156쪽 참고.
91) 황루시, 「절제된 한풀이의 미학− 상징적 의례로서의 씻김굿」, 김수남 외, 『한국의 굿 6 − 전라도 씻김굿』, 열화당, 1985, 76~77쪽. "씻김굿은 망자를 위한 무속의례인 사령(死靈)굿의 전라도식 명칭이다. 우리나라 무당굿의 대종을 이룬다. 이는 지역에 따라 명칭이 다양하여 함경도는 망묵굿, 서울, 경기도, 황해도에서는 지노귀굿, 동해안에서는 오구굿, 평안도는 수왕(十王)굿, 전라도는 씻김굿 등으로 불린다. 그 내용은 대동소이하다."

인 참여가 이루어지는 가운데 연출된다. 이는 아직 이승에서 떠도는 망자를 청하여 한을 풀어주고 씻겨서 저승으로 보내는 과정을 모의함으로써 주술적 효과를 얻으려는 목적의식을 갖는다. 사람들이 그 안에서 죽음과 이별이라는 주제를 담은 연극에 적극적으로 출연하고 참여함으로써 죽음이라는 사건을 이해하게 된다. 삶과 죽음의 분리, 철저한 삶의 보호의식은 이러한 의례를 통하여 더욱 보강되고 앞으로 그들의 삶이 충실한 것이 될 수 있도록 도와준다. 죽음의 의례를 통해 죽음을 생생히 체험함으로써 그것을 극복해내려는 의지가 씻김굿이 지닌 가장 중요한 의미인 것이다.[92]

> 이 시집에서 나는 우리의 삶 구석구석에 스며있는 '어머니의 혼과 정신'을 '해방된 인간성의 본'으로 삼았고 역사적 구난자요 초월성의 주체인 어머니를 '천지신명의 구체적 현실'로 파악하였다. (…) 민족 공동체의 회복은 '새로운 인간성의 출현과 체험'의 회복을 전제로 한다. 그 새로운 인간성의 모델을 우리는 어디에서 찾을까? 나는 그것이 수난자 '어머니'의 본질에 있다고 믿는다. 잘못된 역사의 회개와 치유와 화해에 이르는 큰 씻김굿이 이 시집의 주제이며 그 인간성의 주체에 어머니의 힘이 놓여있다.
> ─「후기」(『저 무덤위에 푸른잔디』, 2권, 121쪽)

위의 글은 시집『저 무덤위에 푸른잔디』[93]가 지니는 역사성을 다시

---

92) 위의 책, 90~91쪽.
93) 『저 무덤위에 푸른 잔디』는 "첫째 거리─ 축원마당", "둘째 거리─ 본풀이 마당", "셋째 거리─ 해원마당", "넷째 거리─ 진혼마당", "다섯째 거리─ 길닦음 마당", "여섯째 거리─ 대동마당", "일곱째 거리─ 통일마당", "뒤풀이─ 딸들의 노래"로 이루어져 있다. "첫째 거리─ 축원마당"에는 남성중심의 사회에서 억압받는 여성을 어머니로 표상하여 나타내고 있고 "둘째 거리─ 본풀이 마당", "셋째 거리─ 해원마당"에는 역사의 흐름 속에서 소외받은 민중들, 현실의 폭압적 질서 아래 희생

한 번 확인해준다. 이 시집에서 계속하여 나타나는 '어머니'는 "해방된 인간성의 본"이고 "초월성의 주체"로서 현실 "회복"의 "모델"이다. 시인은 어머니를 통해 역사를 되돌아보고 자신이 "회복"시켜야 할 역사적 책무가 무엇인지를 말한다. 역사의 중심에 "회개와 치유와 화해"의 문제가 놓여있고 "민족 공동체의 회복"을 위해 그 문제에 천착함으로써 역사의 회복에 도달할 수 있다는 것이 바로 고정희가 이 시집에서 말하고자 하는 '씻김굿'의 함의이다. 씻김굿이라는 형태는 회복을 위한 방법적 절차이며 그것의 목표는 역사적 회복인 것이다. 고정희의 시는 역사적 회복이 바로 민족 공동체 회복의 문제라는 것, 그 뒤에는 어머니와 같이 억압과 고난에서 해방된 인간성의 본질이 작용하고 있다는 것을 드러내고자 하는 것으로 보인다. 이는 고정희가 역사에 대해 집중적인 탐구와 끊임없는 모색의 과정 속에 있음을 보여준다. 그에게 있어 역사란 고통의 현실을 되돌아보며 회개하게 하고, '어머니'라는 근원적인 존재를 통해 충분히 애도되는 대상이었고 치유의 가능성을 지닌 재구성의 대상인 것이다.

3. 사람이 사람에게 무릎꿇는 세상은

옳음 때문에 사람이 죽어가는 세상은 세상이 아닙니다
자유 때문에 사람이 죽어가는 세상은 세상이 아닙니다
독재 때문에 사람이 십자가에 못박히는 세상은

된 혼들의 모습을 어머니의 모습으로 고발하고 있다. "넷째거리— 진혼마당"과 "다섯째거리— 길닦음 마당"은 광주민중항쟁을 배경으로 민족, 민중의 해방을 염원한다. 이 시집은 무가의 무속제의 전개과정을 따르고 있다. 이 중 진혼마당은 공수거리에 해당되는 것으로 볼 수 있는데, 공수거리는 죽은 자의 혼을 불러 그 죽은 혼을 달래어 잠들게 하는 과정으로 애도의 과정이라 할 수 있다. 이상일, 앞의 책, 214~252쪽 참고.

세상이 아닙니다
공복이 내리치는 채찍 아래
사람이 무릎꿇는 세상은 세상이 아닙니다
청송감호소나 삼청교육대
대공분실이나 지하 취조실에서
못 당할 고문으로 으악으악
사람이 죽어가는 세상은 세상이 아닙니다
풍년 농사에 한숨짓고
김 풍작에 눈물짓는 세상은
세상이 아닙니다
지체 높은 양반네들 술잔이나 기울이면서
시원한 말 한마디 내뱉지 못하는 세상은
사람 사는 세상이 아닙니다

4. 눈물없이 부를 수 없는 이름 석자

이런 세상을 등짝에 지고
사람 사는 세상 한번 만들자
불꽃 치솟았으니
사람들은 그것을 광주사태라 부릅니다
사람들은 그것을 광주학살이라 부릅니다
사람들은 그것을 광주민중항쟁이라 부릅니다
아니 사람들은 그것을
광주의 해방구라 부릅니다
피비린내 자욱한 그날의 함성 속에
눈물없이 부를 수 없는 이름 석자
우리 가슴에 비수로 꽂히는 이름 석자
우리의 식탁에 피바다로 넘치는 이름 석자
우리의 잠자리에 악몽으로 엉겨 붙는 이름 석자
앉으나 서나 자나 깨나

바람결에 달려오는 이름 석자
전화선을 타고 들려오는 이름 석자
강물 위에 어른거렸다가
청명 밤하늘에 별로 가득했다가
사무치는 달빛으로 떠오르는 이름 석자
그 사연 끌어안고 어머니 웁네다
그 사연 끌어안고 영산강 흐릅니다
그 사연 끌어안고 오월바람 붑니다
어디 이게 한 어미 사연이리까
어디 이게 한 고장의 피눈물이리까
열에 열 손가락 모아
백에 백 사람 마음에 물어본들
광주사태 사연 속에
우리 사연 있습니다
광주학살 눈물 속에
우리 눈물 있습니다
광주항쟁 고통 속에
우리 혁명 있습니다
광주민중 죽음 속에
우리 부활 있습니다
잠재울 수 없는 남도의 바람 속에
우리의 염원, 우리의 개벽 있습니다
그러므로
광주오월항쟁 연유에 묻은
피 닦아주사이다
광주오월항쟁 원혼 불러
넋 씻어주사이다
　　　 ―「넷째거리 ― 진혼마당 넋이여, 망월동이 잠든 넋이여」
　　　　　　　　　 (『저 무덤 위에 푸른 잔디』, 2권, 43~44쪽)

화자는 어머니의 목소리를 통해 광주항쟁이 일어난 배경과 광주항쟁의 결과를 제시한다. 하나는 "사람이 죽어가는 세상"을 살아가는 현실이며 또 하나는 그로 인해 일어난 "광주의 해방구"가 일어난 후의 결과이다. "사람이 죽어가"고 "사람이 무릎꿇는" 세상에서 "사람 사는 세상 한번 만들"기 위해 일어난 광주항쟁은 이 시가 위치한 현실에서 사람이 놓여있는 조건을 자각하게 한다. 당대에서의 사람과 세상의 관계에 주목하게 하는 것이다. 이로써 현실에서 사람의 위치가 어떤 것인지 명확하게 한다.

사람이 죽어가는 파멸의 세상에서 사람들은 "사람 사는 세상 한번 만들"고자 하지만 사람들은 죽어서 발견된다. 화자인 어머니의 목소리는 이 현실에서 "앉으나 서나 자나 깨나" 모든 자연만물에 "이름석자"를 떠올린다. 말하자면 죽은 이름, 죽은 자에 대한 기억은 반복해서 화자의 가슴에서 떠오르며 이 반복은 슬픔과 고통의 상황이 끝나지 않을 것을 암시하는 것이다. 화자가 무엇을 해도 반복해서 상기되는 것은 죽은 이들에 대한 기억이고 이러한 현실에 대한 고통이다. 화자의 슬픔의 고통은 가슴 깊이 "비수로 꽂"혀 있었던 것이다.

하지만 어머니의 목소리는 자신의 슬픔의 원인을 명확하게 알고 그것을 변화시키고자 한다. 이는 화자가 슬픔을 애도하는 과정으로서 사랑하는 대상을 잃어버린 현실의 고통을 적극적으로 표현하는 것이다. 어머니의 목소리는 외부의 폭력에 의한 죽음의 고통 속에서 역전의 계기를 발견한다. 그것은 개인적인 상황에 머무르지 않고 "우리"의 상황을 자각하는 것이다.

"사람이 죽어가는 세상"이 아닌 세상 속에서 "사람 사는 세상"을 만들어 가려는 사람들의 의지는 어머니에 의해 "우리"의 차원으로 정립된다. 어머니의 목소리에 의해 마주치는 현실의 고통은 우리의 바람으로 이어지고 우리의 염원으로 이해되며 "피 닦아주"고 "넋 씻어주"어 소멸해야 할 슬픔으로 의미지어진다. 어머니의 목소리에 의해 발화되는 슬픔은 개인적인 절망감과 비애를 넘어선다. 광주 민중의 죽음은 우리의 부활의 길로 연결되어 엄혹한 상황에서 현실 사회의 비극을 적대적 모순으로만 여기는 것이 아니라 당대의 현실을 넘어서 역사적 변혁을 성취해 나가고자 한다. 다음의 시에서 현대사의 비극에서 오는 고통을 애도하는 화자는 찌를 듯한 고통에서 비롯된 마음을 직선적으로 함축하여 넋을 씻어 주기를 염원하는 진혼을 보여준다.

> 보고잖거 보고잖거
> 우리 애기 보고잖거
> 얼굴이나 한번만
> 봤으면 원 없겠네
>
> 영정 위에 후두두둑 쏟아진 눈물
> 불이 되고 칼이 된 눈물은
> 어머니 태아 주신 하늘로 올라가
> 궁핍한 목숨들 잠든 밤이면
> 사무치는 이 강산 황토흙 적시듯
> 이월 찬비 내린다, 너구나
> 삼월 단비 내린다, 너구나
> 사월 꽃비 내린다, 너구나
> 오월 큰비 내린다, 너구나
> 유월 장마비 내린다, 너구나
> 칠월 작달비 내린다, 너구나
> 팔월 장대비 내린다, 너구나

구월 소낙비 내린다, 너구나
시월 늦비 내린다, 너구나
동짓달 겨울비 내린다, 너구나
섣달 눈비 내린다, 너구나
　　－「넷째거리 － 진혼마당 넋이여, 망월동이 잠든 넋이여」 부분
　　　　　　　　（『저 무덤위에 푸른 잔디』, 2권, 54~55쪽）

　　화자인 무당은 어머니의 목소리로 죽어야만 했던 자녀를 잃은 슬픔을
직접적으로 표현한다. "우리 애기"를 보고 싶은 어머니의 마음이 모두들
잠든 밤에까지 계속되는데, 화자는 그 사무친 슬픔을 밤마다 내리는 비
로 형상화 한다. 화자가 사람에게 주어진 모든 시간에 비가 내린다고 생
각하는 것은 화자의 현재 상태를 보여주는 것이다. 화자가 바라보는 강
산은 모조리 슬픔에 휩싸인 화자처럼 왜곡된 상태이다. "비 내리"는 세
상을 통해 보는 "너"는 어머니의 "사무치는" 마음속에 있을 뿐 어디에도
없다. "너"의 형상은 "황토 흙 적"서 구별 불가능한 비처럼 어디에도 없
는 것이다. 어머니는 그가 처한 현실 앞에서 사랑하는 대상에 대한 의지
를 내려놓지 않으려 하지만, 그 대상을 현실에서 거주할 곳을 박탈당한
자연물의 형상으로 기억할 뿐이다. 화자인 어머니의 목소리가 자녀인 그
들을 예외상태의 존재로 느끼는 것은 상실의 슬픔을 고조시킨다.
　　이러한 애도의 태도는 대상을 향한 반복의 언어로도 드러난다.94) '~
비 내린다, 너구나'의 반복은 호격 조사와 감탄형 어미의 반복으로 슬
픔의 애도를 비탄적 어조로 강화하는 것이다. 이러한 사태 속에서 상실
의 슬픔은 가득하다.

---

94) "애도의 언어는 데리다, 폴 드만의 지적처럼 호격의 근원적 절규, 의인법, 호격, 이름
　　의 반복, 작별의 허구를 반복하기 등의 언술 형식을 보여준다." 김승희, 「전후시의
　　언술특성: 애도의 언어와 우울증의 언어」, 『한국시학연구』 23, 2008, 128~129쪽.

넋이여,
망월동에 잠든 넋이여
하늘이 푸르러 눈물이 나네
산꽃 들꽃 피어나니 눈물이 나네

누가 그날을 잊었다 말하리
누가 그날을 모른다 말하리
가슴과 가슴에서 되살아 나는 넋
칼바람 세월 속에 우뚝 솟은 너

진달래 온 산에 붉게 물들어
그날의 피눈물 산천에 물들어
꽃울음 가슴에 문지르는 어머니
그대 이름 호명하며 눈물이 나네

목숨 바친 역사 뒤에 자유는 남는 것
시대는 사라져도 민주꽃 만발하리
너 떠난 길 위에 통일의 바람 부니
겨레 해방 봄소식 눈물이 나네
　　　　－「넷째거리 － 진혼마당 넋이여, 망월동이 잠든 넋이여」 부분
　　　　　　　　　　　　　（『저 무덤위에 푸른 잔디』, 2권, 62쪽）

　　2연에서 화자가 연속적으로 질문을 던지는 것은 시에 격정적인 리듬
감을 주기도 하지만 다른 한편으로는 시의 화자가 처해 있는 상황에서
오는 절박한 마음의 반영이기도 하다. 죽어간 존재의 희생이 잊혀지는
위기가 오지 않기를 절절히 바라는 마음에서 오는 질문인 것이다. 위의
시에는 "넋"을 통해 죽음이 가진 역사에 대한 희생의 이미지와 그럼으
로써 "자유"를 남기는 희생의 이미지가 하나로 결합되어 죽음이 새로

운 역사를 위한 재생의 이미지로 드러난다. 화자인 어머니의 목소리는 억압적이고 폭력적인 "칼바람 세월 속"의 국가 권력에 대한 민중적 대결에서 "우뚝 솟은" 심리적 거점으로 "너"의 "넋"을 승화시킨다. "가슴과 가슴" "겨레"와 연대를 확인함으로써 "역사"에 새겨진 "민주"와 "해방"의 민중의 역사로 슬픔의 역사를 환원시킨다.

역사로의 귀결을 보여주는 치열한 목소리는 혹독한 슬픔을 그대로 견뎌내고 상실의 대상을 기억하며 애도의 작업을 수행해 나간다. 직선적 역사에 대항하여 과거를 현재의 시간에 호명함으로써 새로운 의미들을 도출하여 대상상실로부터 자유로워지는 애도의 모습을 보이는 것이다.

이처럼 고정희의 시에 나타나는 멜랑콜리와 애도의 감정은 폭압적인 현실에 의한 죽음과 부정적인 상황과 밀접하게 관계되어 있다. 죽어가는 민중과 민족을 바라보아야만 하는 엄혹한 상황에서 화자는 멜랑콜리에 빠지지만, 결코 현실에서 도피하지는 않는다. 당대의 부정적인 폭력 앞에서 그것을 애도하는 화자의 시선은 역사적 비극 앞에서 역사에 대한 감응력을 가지고 그 순간에 적극적으로 대응하는 것이다. 이 점에서 고정희의 시가 가지고 있는 멜랑콜리와 애도의 감정은 역사와 현실의 총체성을 현재적으로 재구성하는 방법이 된다.

이렇듯 고정희의 시는 과거가 끝난 것이 아니라 과거에 내재된 문제들을 지금으로 가져와 우리에게 해결해주기를 요구하고 있는 역사개념을 보여준다. 이 과정에서 현실을 바라보는 멜랑콜리한 시선은 애도로 변화되고, 적극적인 현실 비판과 극복의 태도로 변화할 수 있는 발판을 마련하게 된다.

고정희의 시에서 화자는 현실의 불의에 좌절하고 점차 애도를 통해 그것을 극복해가면서 '역사성'을 인식하는 적극적인 '역사적 주체'로 거듭난다. 그것은 현실을 선조적 시간성의 '현재'로서가 아니라 과거와 미래를 통합하는 계기인 '지금 이 순간'으로 파악하는 것이다.

먼저, 고정희의 시에서 고정희는 역사를 인용하는 방식으로 시간의 연속성에 간섭한다. 역사를 인과관계 속에서 파악하여 각 시대가 가지고 있는 고유한 가치를 올바로 파악하려는 것이다. 벤야민은 인용이라는 개념 속에는 그때그때의 역사적 대상을 그것의 관련성으로부터 떼어 내는 작업이 포함되어있다고 말한다. 이러한 방법을 통해 진보가 아닌 현실성을 불러일으키는 것[95]이 가능하기 때문이다.

고정희의 시 안에서 과거의 역사적 사건들은 현재 속에서 면면히 살아 움직여 새로운 역사를 구성해 가는 바탕이 된다. 고정희는 미학적 도구인 시를 통해 지배계층에 의한 연속성의 역사가 아닌 억압된 자들의 흔적을 기억하려 한다. 그의 역사인식은 역사를 종결된 것으로 보는 게 아니라 과거의 의미를 지금, 여기에서 늘 새롭게 파헤치는 것이다. 시인은 역사적 인물들을 먼 과거에서 현재로 자리하게 하여 죽음과 상실, 슬픔을 이어간다. 고정희의 시에서 역사적 인물들은 1시집에서부터 마지막 11시집까지 꾸준히 나타나며, 시인이 가져온 정치성과 참여성을 아우른다. 그녀는 역사 속에서 시대성을 가진 인물을 호명한다. 그들은 역사적 사건들 속에 등장하거나 과거의 역사를 보여주고 있는 인물로 시대를 대표하는 인물이다. 이 인물들은 현재의 시인이 처한 시간과 공간 속에 동시에 공존하는 또 하나의 인물로 그려지면서 현재적 풍경의 일부로 작용하여 실감을 부여한다.

> 가이없구나, 이 끝 모를 숲쩡이에서
> 물소리 바람소리 가리마 지르며
> ―김주열 열사여……

---

95) 발터 벤야민, 조형준 역, 『아케이드 프로젝트』 2, 새물결, 2005, 1051쪽, 1082쪽.

참죽나무 숲이 운다
—전태일 열사여……
조팝나무 숲이 운다
—김상진 열사여……
물비나무 숲이 운다
—김태훈 열사여……
박달나무 숲이 운다
—황정하 열사여……
쥐엄나무 숲이 운다
—한희철 열사여……
윈뿔나무 숲이 운다
—박관현 열사여……
비술나무 숲이 운다
—김경숙 열사여……
가시나무 숲이 운다
—김세진 열사여……
개암나무 숲이 운다
—이재호 열사여……
쥐똥나무 숲이 운다
—이동수 열사여……
꽝꽝나무 숲이 운다
—김종태 열사여……
작살나무 숲이 운다
—김의기 열사여……
화살나무 숲이 운다
—송광열 열사여……
이팝나무 숲이 운다
—박영진 열사여……
생달나무 숲이 운다
—박종만 열사여……

충충나무 숲이 운다
—이동수 열사여……
굴참나무 숲이 운다
—광주 이천 열사여……
사시나무 숲이 운다
—박종철 열사여……
느릅나무 숲이 운다
—이한열 열사여……
야광나무 숲이 운다
—열사여, 열사여, 열사여……
고욤나무 숲이 운다
홰나무 아그배나무 숲이 운다
박태기나무 순비기나무 숲이 운다
염주나무 보리수나무 통나무 숲이 운다
숲이란 숲이 모두 따라 운다
이 비 내리는 한반도에서(!)

　　　　　　　　　—「지리산의 봄 9 – 물소리, 바람소리」
　　　　　　　　　　（『지리산의 봄』, 1권, 570~572쪽）

　이 시는 지리산의 나무숲의 이름과 열사의 이름만 변화할 뿐 계속해서 "운다"라는 표현이 반복된다.[96] 우리나라의 숲에서 볼 수 있는 종류의 나무이름과 무참히 죽어간 열사들의 이름이 등가적으로 반복되며 그 끝에 "운다"로 귀결되는 반복적인 진술은 슬픔의 정서를 심화시킨다.

　이 시에는 한국 현대사에서 정치적 암흑기였던 1970년대의 유신체제와 1980년대의 신군부에 의한 탄압의 시대가 암시되어 있다. 호명된 "열사"들은 1970년대, 1980년대 민주화운동, 인권운동으로 죽임을 당

---

96) 졸고, 「고정희의 시에 나타나는 역사에 대한 인식의 양상」, 앞의 책, 304쪽 참고.

한 사람이다. 이 시가 담긴 『지리산의 봄』이 광주민주화 운동 이후 민주주의 운동이 절정에 다다른 시기인 1987년에 출간되었다는 것은 이를 증명한다. 이 시에서 호명되는 이름들은 시대를 대표하는 인물의 전형성을 가지고 있는 것이다.

이 시의 화자는 자신이 처한 현실을 열사들의 이름을 명명함으로써 주어진 현실에 몸을 맡긴 채 살아가는 것이 아니라 그 타성을 깨어 나가기 위해 현실의 재앙을 직시한다. "전태일"을 비롯한 열사들의 이름은 개인의 이름만을 표상하지 않는다. 그들의 이름은 투쟁을 통해 민중의 권리를 획득해 내었던 민주시민의 의식을 드러내는 대표로 명명되는 것이다. 화자의 슬픔은 마지막 연에서 "비내리는 한반도"로 확산되고 그 울음이 어느 순간 역동성을 가지고 비가 되어 한반도 전체를, 이 땅을, 이 땅에 사는 사람들을 적신다.

가까이 가까이 봄이 오고 있을 때
K시인(詩人) 처마 밑에 봄이 오고 있을 때
대구시(大邱市) 곳곳에 봄이 오고 있을 때
살 속 곳곳 영산홍 꽃물이 고일 때
봄이 오고 있을 때

보리는 보리끼리 개나리 홍도화
벙그는 꽃길에 저마다 깊은 잠 비늘벗고 있을 때
그대 치부 깊은 곳 술이 익고 있을 때
봄이 오고 있을 때

전봉준의 철퇴가 지리산 내려오고
팔방에 한밤내 눈 비비는 시인이

오지 않는 가슴에 정을 박고 있을 때
정 박는 소리 울릴 때
오고 있는 봄으로도 어쩌지 못할 때
봄이 오고 있을 때
(…)

–「미궁의 봄 · 7」부분
(『누가 홀로 술틀을 밟고 있는가』, 1권, 41~42쪽)

특징적인 것은 고정희의 시에 드러나는 역사적 인물들이 세계에 대한 시인의 관점의 변화를 그대로 반영한다는 것이다. 1시집의 「미궁의 봄 · 7」에서 계절은 "영산홍 꽃물이 드는 봄"이지만 사회적 현실은 전봉준이 동학혁명을 일으키던 그 때와 다를 것이 없다는 것을 "전봉준"이라는 인물에 비유하여 써내려간다. 이 시는 과거의 역사적 인물에 비유하여 현재의 죽음이 가득한 세계에 대한 부정적 인식을 드러낸다.

이러한 시인의 자세는 4시집의 「이 시대의 아벨」에서부터 적극적으로 변화한다.

(…)
오그덴 10호는
몇 명의 수부들을 바다 속에 쳐넣고
벼락을 때리며 외쳤습니다.
오 아벨은 어디로 갔는가
너희 안락한 처마 밑에서
함께 살기 원하던 우리들의 아벨,
(…)
너희 고통을 짊어진 아벨
너희 족보를 짊어진 아벨

너희 탐욕과 음습한 과거를 등에 진 아벨
(…)
낙원의 열쇠인 아벨
아벨 아벨 아벨 아벨 아벨 아벨 ……

그때 한 사내가
불 탄 수염을 쥐어뜯으며
대지에 무릎을 꿇었습니다
그리고 이렇게 외쳤습니다.
— 우리가 눈물 흘리는 동안만이라도
주는 우리를 용서하소서
(…)

— 「이 시대의 아벨」 부분
(『이 시대의 아벨』, 1권, 331~336쪽)

「이 시대의 아벨」은 성서에 나타나는 아벨의 삶에 1981년 8월에 한반도에 상륙했던 태풍 오그덴 10호를 연결하여 그것이 1980년 일어난 학림사건과 결합하고 있음을 암시한다. 1980년의 역사적 사건에 카인과 아벨이라는 성서의 역사에 나타나는 인물을 가져온 것이다. 고정희는 우리가 과거에 이루지 못한 꿈이 지금 실현될 수 있는 가능성이 있다는 것을 시 안에서 경험하게 한다. 과거의 설화 속 인물인 카인과 아벨을 통해 과거 속에 깊이 내재해 있는 실현의 힘을 현재에 끌어 오는 것이다. 이는 현재와 과거의 역사적인 관계망을 총체적으로 제시하는 것이다. 시인은 과거 속에 있는 희망을 현재에 자리하게 한다. 시인은 과거를 지금 여기에서 늘 새롭게 파헤치려 한다. 역사의 의미 형성 과정은 한 방향으로 결정된 내용의 임시적 결과물일 수 있다는 것이다. 무엇이든 그것의 가치를 형성한 기준은 언제든지 무너져 내릴 수 있다.

참된 역사는 이러한 무너져 내림, 즉 폭파를 통해 매 순간 현재적으로 재구성되는 것이다. 시인은 과거를 현재에 자리 시키며 그것이 말하는 진리적 가치에 귀 기울여 나간다.97)

> (…)
> 보시지요 우리
> 그 사람은 가고 있습니다
> 흐린 눈보라 속에서
> 두 눈 크게 뜨고
> 우릉우릉 몰려오는 고기압 속에서
> 귀를 곧게 세우고
> 아늑한 길 하나 내며
> 저 자유의 성을 향해
> 우리의 그 사람이 가고 있습니다
>
> 아슬아슬한 절벽에 서 있던 사람,
> 권력의 관(棺) 속으로 들어갈 뻔했던 사람,
> 저승의 전답에 터 잡을 뻔했던 사람,
> 아아 조금만 한눈을 팔았거나
> 조금만 방심했어도
> 하루아침 조기(弔旗)로 펄럭일 뻔했던 사람,
> 우리의 그 사람이 가고 있습니다
>
> (…)
> 전봉준이 가다가 좌초해 버렸고
> 안중근이 가다가 객사해 버렸으며
> 서재필이 가다가 실종되어버린 그

---

97) 발터 벤야민, 최성만 역, 「역사의 개념에 대하여」, 앞의 책, 330~336쪽.

땅을 향하여
우리의 그 사람이 가고 있습니다
뒤돌아 보지 않고 가고 있습니다
(…)

－「프라하의 봄 · 7 － 85년의 C형을 묵상함」 부분
(『눈물꽃』, 1권, 446~448쪽)

이 시는 시집 『눈물 꽃』에 실려 있는 「프라하의 봄」 연작 시 15편 중
한 편이다. 이 시는 "그"로 호칭되는 대상이 등장하고 화자가 "그"에게 일
어난 일을 이야기 하는 것으로 되어있다. 그 이야기는 사람을 향한
대화체이기도 하고, 화자가 자신에게 하는 이야기인 독백체적인 성격
을 보이기도 한다.

화자는 "길"을 떠난 "그 사람"을 그리워하며, "그"의 위대함을 말하고,
"그 사람"이 이루어 나가는 길을 끝없이 지켜보고 있다. 하지만 "그 사
람"이 길을 찾아 떠난 이유가 무엇인지에 대해서는 분명히 나타나있지
않다. 그러나 이 시가 「프라하의 봄」 연작시라는 것과 부제인 "85년의 C
형을 묵상함"을 통해 짐작해 보면, 그가 가는 길이 민주화 운동의 길이라
는 것은 확실하게 유추할 수 있다. "프라하의 봄"은 1968년 체코슬로바
키아의 민주화시기를 비유하는 말이다. 또한 우리나라에서는 '프라하의
봄'에 비유하여 '서울의 봄'[98]이라고 불린 시기가 있었다. 이 시에서의
"프라하의 봄"은 "1985년의 C형"이라는 부제를 통해 "서울의 봄"과 연
결된다. 또한 그가 가는 길이 민주화운동의 길이라고 해석할 수 있는 근
거는 2연에서 "그 사람"이 "자유의 성"을 향해 가고 있다는 것과 3연에
서 "권력의 관"에 속으로 들어갈 뻔했다는 시적 진술을 통해 알 수 있다.

---

98) '서울의 봄'은 1979년 10월 26일부터 1980년 5월 17일 사이를 일컫는 말이다. 이는
1968년 체코슬로바키아의 '프라하의 봄'에 비유한 것이다.

이러한 역사적 사건이 시의 맥락과 결합하고 있음을 알고 이 시 텍스트를 보면, 화자는 "그 사람"을 통해 박해와 고통이 가득한 이 땅에서 혁명의 길을 통한 구원의 길을 갈망함이 드러난다. "그 사람"은 역사가 흘러가는 시간 속에서 비극적 상황으로 내몰린 현실을 부정적으로 인식하면서도 자신의 의지를 분명히 내세워 강한 자의식 속에 자기를 실현시키고자 한다. 역사적 인물인 "전봉준"과 "안중근"과 "서재필"의 고난과 역경을 기억하며 그들이 지배자의 수탈로 인해 좌절했던 역사적 사건들을 부각시킨다. "전봉준"과 "안중근"과 "서재필"은 현실을 개혁할 수 있는 주체의 잠재성을 믿고 꿈꿔왔던 세계를 이루기 위해 투쟁하며 자신을 희생한 인물이다. 그러한 과거의 역사는 이 시에서 과거의 지나간 것으로 치부되지 않는다. 그들이 "좌초"하고 "객사"하고 "실종"되어버린 그 길을 따라 "그 땅을 향해" 화자가 바라보는 "그 사람"이 다시 한 번 가고 있는 것이다. 이는 절대적 신념을 바탕으로 한 의지가 작용한 것이다. "그"가 가는 길은 서울의 봄, 광주 민주화 운동과도 같은 민중을 억압하는 역사적 체험에 바탕을 두지만 그것은 "그"를 현실적인 환멸에 빠지게 하지 않는다. 그것은 과거의 역사적 사실들을 현재로 끌어와 "그"가 향하는 땅과 합치시켜 바라보는 화자의 인식 속에서 드러난다. 이렇게 볼 때 이 시에 나타나는 역사적 인물들이나 "그 사람"은 모두 과거의 힘을 바탕으로 한 구원의 의지를 드러내는 자질을 가진 인물을 알레고리화 하여 명명한 것이라 할 수 있다.

이 시의 인물들에게 있어 지금의 현재는 공허한 동질적 시간이 아니라, 역사의 억압성을 폭파시킬 수 있고, 그럼으로써 잊혀지고 억눌린 과거와 작별하면서 새롭게 출발할 수 있는 구원의 시간이다. 지나간 것의 의미는 이런 식으로 현재적 시간의 인식적 가능성 속에서 새롭게 재구성된다.99) 이는 현재의 순간을 인식하며 그것을 역사속의 과거의 진실한 순간을 통해 배치시켜 나가는 화자의 의지 속에서 나타난다. 화자는 "그"를 통해 "우리 곁의 사람들"이 그의 길을 따르는 혁명의 날이 오리라는 믿음을 드러낸다. 화자는 억압과 고통 속에서도 현실적 전망을 잃지 않고 자신의 역사적 신념을 통해 우리 역사의 진정한 승리가 민중의 의지로 이루어 질 수 있다는 것을 말하며 투철한 역사의식을 보여준다.

고정희의 세계에 대한 관심은 여성주의적 인식과 함께 변화를 나타내는데, 이와 동시에 그의 시 속에 드러나는 역사적 인물 또한 변화한다. 6권『지리산의 봄』에서「여성사 연구」라는 부제가 붙은 연작시를 통해 '반지뽑기 부인회'라는 역사적 사실로, 과거에서부터 계속된 여성의 주체성을 드러내기도 하고 '여성독립전사 남자현'을 통해 여성의 역사적 역할을 말하기도 (「남자현의 무명지」)한다. 또한 9시집『여성해방출사표(1990)』에서는 황진이, 이옥봉, 신사임당, 허난설헌과 같은 과거에 주체적으로 자신의 삶을 살고자 한 역사적인 여성인물을 통해, 여성의 인생을 여러 시각에서 역사적, 사회적으로 그려나간다. 그럼으로써 여성해방의 희망을 이야기 하고, 역사적인 일들을 비판하기도 하며 여성끼리의 화합의 필요성을 역설한다. 그리하여 여성의 생명성이 가진 힘을 이야기한다.100) 또한 고정희는 역사적인 사건이나 기록을 현재적으로 해석함으로써 현실을 바라보는 '역사적 주체'로서 거듭나기를 시도한다.

---

99) 발터 벤야민, 최성만 역, 「역사의 개념에 대하여」, 앞의 책, 333~334쪽.
100) 졸고, 「고정희의 시에 나타나는 역사에 대한 인식의 양상」, 앞의 책, 307~310쪽 참고.

2) 현실의 균열을 드러내는 미학적 장치인 알레고리

고정희의 초기시에서 화자는 현실을 어둠과 죽음의 세계로 파악하고 멜랑콜리적인 반응을 나타내다가 애도를 거쳐 상실감을 극복해낸다. 이 과정을 거치며 화자는 현실 속에서 역사성의 계기를 발견하고 적극적인 '역사적 주체'로 거듭난다.

본 절에서는 이러한 변모의 과정이 미학적으로 어떻게 나타나는가를 살펴보고자 한다. 이때 사용되는 것이 벤야민의 알레고리적 방법론이다. 세계의 폐허 앞에서 갖게 되는 의식이 멜랑콜리라면 알레고리는 현실내부의 균열지점을 바라보는 사유이자 그것의 시적 표현 방법이다. 인간의 역사도 넓은 의미의 자연사의 일부로 있고, 그래서 사라지는 자연의 한 기호로 자리한다. 알레고리는 이 폐허를 표현한 비유의 형식이다. 모든 소멸하는 것은 우울의 명상 속에서 알레고리적 형식을 통해 죽음과 망각에서 구제되는 것이다. 따라서 알레고리란 폐허를 구제하는 예술형식이다.101)

알레고리는 하나의 의미가 다른 의미를 대변한다는 점에서 상징과 유사하다. 그러나 알레고리는 상징과 다르게 여러 가지로 해석될 수 있다.102) 알레고리의 동기는 죽음과 폐허의 공허함에서 오는 우울이고 우울의 사고적 표현이 알레고리이다. 상징이 초월적인 종합과 일치상태를 제시하는 것이라면 알레고리는 현실과 이상, 현상과 본질의 불일치를 그대로 노출한다. 알레고리는 현실의 의미작용양상을 역사적인 관점에서 재구성하는 사유와 글쓰기의 방법론103)인 것이다.

---

101) 문광훈, 앞의 책, 595쪽.
102) 발터 벤야민, 최성만·김유동 역, 『독일 비애극의 원천』, 앞의 책, 278쪽 참고.
103) 정의진, 앞의 책, 387~394쪽.

이 모든 것을 관통하는 것은 역사의 연속성에 대한 문제제기와 이 문제제기를 추동하는 실험정신이다. 이런 문제제기를 통해 역사의 비 억압적 가능성, 즉 이성적 삶의 질서가능성을 비로소 탐색할 수 있다. 알레고리적 시선은 사물의 외양과 내부를 동시에 본다. 기표와 기의 사이의 심연을 보는 것이다. 그것은 화려한 외양에 숨어있는 폐허와 몰락의 이미지를 읽어낸다. 모든 살아있는 것은 소멸의 그늘까지 비추어 질 수 있을 때 진실하다. 이렇듯 알레고리는 여러 이질적 영역들을 상호 대립적인 역사의 차원에서 대면시킴으로써 역사를 포착한다.

고정희의 시는 이러한 알레고리적 방법론을 바탕으로 하고 있다. 알레고리는 사회 곳곳에 내재한 구조적 모순과 정치적 탄압이라는 당대의 시대 상황을 예각적으로 비판할 수 있는 수사법으로 채택된 것이다. 정치적 억압과 경제적 급변의 위기의 사회를 폐허로 보고 그 세계를 뒤덮고 있는 가상을 깨뜨림으로써, 시대의 진리를 드러내는 방식인 것이다. 수사학적으로 볼 때 알레고리는 어휘 하나만으로 비유가 형성되는 것이 아니라 어떤 이야기 구조가 형성되어 있어 그것이 표면적으로 완결되어 있어야 하며, 참과 거짓의 분명한 기준을 가지고 있다. 따라서 작가의 진리에 대한 판단을 전제로 하여 어떤 진리를 나타낸다. 표면적으로는 하나의 완결된 담론이 독립적으로 존재하지만 전달하고자 하는 주제는 그 이면에 따로 숨어있는 표현을 말하는 것이다. 그러한 알레고리는 현실비판의식과 밀접한 관련을 지닌다.[104] 이를 위해 고정희는 알레고리의 수사학적 방법으로 패러디, 명명하기를 보여주기도 하고, 동물이나 식물의 의인화, 그로테스크의 표현을 함께 취하는 우화적 알레고리를 보이기도 한다.

---

104) 박현수, 앞의 책, 367~380쪽.

패러디는 알레고리적으로 폐허의 세계를 바라보는 시인의 의식을 극대화 할 수 있는 시적 표현방법으로써 하나의 텍스트에 다른 언술이 개입하여 열린 체계를 구축한다. 패러디의 어원인 'paradio'는 '모방하는 것'의 의미를 지녀, 일반적으로 패러디는 '원전의 풍자적 모방'으로 정의된다.105) 패러디는 패러디의 요소들이 과거의 원래 문맥에서 가지는 의미와 현대시에 도입된 새로운 문맥에서 가지는 새로운 의미의 병치적 융합이라는 의미론적 풍부성을 획득하기 때문이다.106)

　　여보시오 광주 시민 문 좀 열어 주시오
　　천성도(泉城島) 도미(都彌) 안해 문전걸식 왔수다
　　두 눈 빠진 우리 서방 봉양 왔수다
　　더도 말고 찬밥 한술 정에 얹어 주신다면
　　버림받은 백제 땅 한을 씻겠나이다
　　까막눈 되어서도 진실은 만나고
　　청맹과니 가슴에도 숨구멍 있사오니
　　풀뿌리 캐먹고도 연명은 하지만요
　　더도 말고 찬손 한번 잡아 주신다면야
　　인간마다 주신 지조
　　고이 품겠습니다

　　여보시오 광주 시민 귀 좀 빌어 주시오
　　천성도 도미 안해 문전 안부 왔수다
　　두 눈 빠진 우리 서방 전갈 왔수다
　　천성도 특산물 산당귀 뿌리
　　백 년 묵은 마비증도 냇물처럼 풀리고요
　　천성도 천하일품 산바람 소리

---

105) 김준오, 앞의 책, 235~236쪽.
106) 위의 책, 228쪽.

육천 마디 미움까지 닦아 간대요

여보시오 광주 시민 혼 좀 열어 두시오
　－「신연가 · 4 － 휘몰이」(『실락원 기행』, 1권, 104쪽)

이 시는 『삼국사기』 권 48 열전 8에 수록[107]되어 있는 '도미 설화'[108]를 시의 모티프로 삼고 있다. 『삼국사기』 권 48 열전 8의 마지막 이야기인 '도미' 편에 의하면 도미는 백제의 양민으로 신분이 높지 않으나 의리를 아는 사람이다. 그의 부인은 용모가 아름답고 정절 또한 높다. 도미의 부인이 정숙하다는 소문을 들은 개루왕이 계책과 협박으로 도미부인을 취하려 하지만 도미부인은 이에 굴하지 않고 정조와 부부의 신의를 지켜 낸다. 그 과정에서 왕에 의해 도미는 두 눈이 뽑히고 쫓겨나지만 그 둘은 천성도에서 만나 풀뿌리를 캐어먹으며 살다가 고구려에서 겨우 살아남아 생을 마친다.

이 시는 이러한 도미 부부의 이야기를 모티브로 하였다. 도미부부가 살았던 백제의 지리적 위치는 현 시대의 지리적 위치로 보면 광주가 속해있는 전라도를 포함한다. 시의 화자인 도미 아내는 시의 1연에서 "광주 시민"에게 자신의 처지를 말하며 "찬밥 한술"의 "정"을 요청한다. 그리고 광주시민의 그 행동이 자신과 남편의 "한을 씻게"하고 인간답게 하는 것이라고 알린다. 그리고 2연에서 자신이 광주시민들에게 묻는 "안부"를 전하고 도미의 "전갈"을 전하고자 한다. 도미의 전갈은 모든

---

107) 김부식, 이강래 옮김, 『삼국사기』 II, 한길사, 1998, 865~866쪽.
108) 도미설화는 설화, 열전, 전기 등 다양한 장르로 분류되었지만 그 근원을 설화로 파악하고 있다. 정제호, 「『삼국사기』 소재 「도미설화」의 구비 전승과 변이에 대한 연구」, 『인문논총』 72-2, 2015, 273쪽, 손정인, 「『도미전』의 인물형상과 서술방법」, 『어문학』 80, 2003, 355~362쪽 참고.

현실의 고통을 해소할 수 있는 산당귀 뿌리이다. 도미 부부는 백년 묵은 마비중을 풀고자 한다.

각 연의 첫 행 "문 좀 열어 주시오", "귀 좀 빌어 주시오", "혼 좀 열어 두시오"에서 "~시오"는 명령의 뜻을 나타내는 종결어미이면서 도미부부가 광주 시민에 대해 강한 요청을 하는 것을 포함한다. 그 요청은 물질인 "문"과 신체인 "귀"를 지나 정신의 영역인 "혼"의 세계까지 연결된다. 그럼으로써 화자의 광주 시민들에 대한 위로가 정신의 영역까지 확장되고 반복되는 의미를 형성한다.

도미부부가 광주시민에게 모든 미움을 닦아 내는 천성도의 산당귀가 필요하다고 생각한 것은 광주 시민의 고통이 그만큼 아프고 힘든 것이라는 반증이라 볼 수 있다. 그렇다면 백제에서 고구려를 향할 수밖에 없었던 도미 부부가 1연에서 광주 시민에게 자신의 손을 잡아 달라고, 밥 한 술의 정을 달라고 한 요청은 자신의 처지를 알고 받아들여 줄 수 있는 사람에 대한 요청이었다고 해석할 수 있을 것이다. 이는 패러디를 통해 시대를 관통해 제기되고 있는 현실인식을 보여주는 것이다. 고정희는 도미설화 이야기의 모티프이자 주인공인 도미 부부를 현대적 공간인 "광주"로 불러들이고 있다.

시인은 과거와 현재를 인과적 선후관계로 바라보는 것이 아니라 과거와 현재의 시간을 시인의 상상 속에 떠올림으로써 한 순간의 섬광 같은 이미지로 정지시킨다.[109] 이때 과거는 낡고 미숙한 것이 아니라 현실을 바꿀 수 있는 각성의 에너지가 된다. 진정한 역사는 과거와 현재가 맺는 특별한 관계 속에서 하나의 이미지로 새롭게 생성[110]되는 것이다.

---

109) 발터 벤야민, 조형준 역, 『아케이드 프로젝트』 2, 앞의 책, 1054쪽.
110) 문광훈, 앞의 책, 164~165쪽 참고.

1592년 6월이었습니다
한 달 전에 왜군에게 한양을 빼앗기고
평양성에 도착한 조선 닝금은
평양 백성과 함께 조선을 지키겠다 약속해 놓고서는
자신은 몰래몰래 도망치고 있었습니다
도망치던 길에 혼비백산하여
계사니의 주막에 들렀습니다
쫓기는 신세로야 일개 졸장부와 다름없는 닝금은
계사니에게 왜 도망치지 않느냐고 물었습니다
어케 도망칩네까?
여기가 내 땅인데 어케 도망칩네까
그리고 계사니는 왜놈 장정 여섯 명을
때려눕히고도
쓰러지는 조선땅 기둥뿌리 하나를 붙잡고 있었습니다
1593년 10월이었습니다
나라 찾아 환궁길에 오른 닝금은
계사니의 주막에 어가를 멈추고
소원이 무엇이냐 물었습니다
계사니는 이를 갈며 대답했습니다
아무것도 없습네다
그때 계사니의 두 눈 속에는
오직 조선땅의 힘없는 백성들이
어른댔을 뿐입니다
              ─「평안도 계사니」(『눈물꽃』, 1권, 419~420쪽)

이 시는 이근삼의 희곡 「게사니」111)를 소재로 한 작품으로서, 1592

---

111) 「게사니」는 이근삼의 희곡작품으로 총 10장으로 구성되어 있다. 「게사니」의 시
대 배경은 임진왜란이며, 게사니는 평양교외에 살고 있는 인물이다. 이 작품은 게
사니와 주변인물이 임진왜란을 겪는 참담한 생활상을 서사하여 임진왜란 당시의
권력층과 서민들의 애환을 드러낸다. 이근삼, 「게사니」, 『이근삼 전집·4 희곡』,

년 6월 왜군에게 침략당한 조선에서 그 땅을 지켜나가는 계사니를 통해 우리 민족의 현실을 알레고리화 하고 있다. 게사니[112]는 평안도 사투리로 거위이고, 희곡 「게사니」에서 게사니는 임진왜란 당시 삶의 맨 밑바닥을 억척스럽고 당당하게 살아가는 한 여인이었다.[113] "계사니"는 "닝금"에게 현실의 진실성을 올바르게 포착하여 말하는 자이다. 왜군에 의해 자신의 터전을 빼앗기게 된 현실과 그 땅을 지키겠다 말해놓고 도망치는 임금은 당시 우리 민족의 현실인 것이다.

이 시의 화자는 역사의 비극적 운명을 대변하는 "계사니"를 통해 자신의 역사적 인식을 전달시키고 있는 것이다. 화자는 "쓰러지는 조선땅 기둥뿌리를 하나를 붙잡고 있"는 "계사니", 자신의 나라를 버리고 도망갔다 돌아오며 소원을 들어주겠다던 임금에게 "이를 갈며 대답"하는 "계사니", "오직 조선땅의 힘없는 백성들이/어른대"는 "계사니"와 동일화 하고 있다. 그 결과 시적 대상인 "계사니"의 우리민족의 현실에 대한 분노는 시적 화자 자신의 분노로 감정이입 됨으로써 비극적 운명에 대한 인식을 간접적으로 드러내 공감하게 한다.

> (다메섹 도상에서였지요. 나 도마에게
> 한 나그네가 물었습니다)
> 「너희는 어디로 가느냐?」
> 천국으로 가는 길입니다.
> 「너희는 천국이 어디에 있느냐?」
> 천국은 하늘에 있습니다.

연극과 인간, 2008, 509~580쪽.
112) 이근삼의 희곡에서는 '게사니'로 고정희의 시에서는 '계사니'로 표기되어 있어 시에 관한 표기에서는 '계사니'로 희곡에 관한 표기는 '게사니'로 한다.
113) 고정희, 『고정희 시 전집』1, 앞의 책, 419쪽.

(…)
그럼 천국은 어디에 있습니까?
「바로 너희 마음 안에 있다.
그러므로 나는 너희에게 말한다.
먼저 너희 마음과 화친하라
네 뜻을 다하여 마음을 이기고
네 정성 다하여 마음을 다스리라
그때 비로소 너는 너를 알 것이요
너를 아는 곳에 천국이 열리리라」
(들을 귀가 있는 자는 들으라)
                        ―「도마복음」 부분 (『실락원기행』, 1권, 171쪽)

이 시의 제목이자, 패러디의 원 텍스트인 「도마복음」은 예수의 어록을 모아놓은 외경(外經)으로 전통 기독교에서는 이단시하여 신학적으로 봉쇄해온 성경이다.

이 시에서 "너희는 어디로 가느냐" "너희는 천국이 어디에 있느냐"라는 질문과 "너희 마음 안에 있다"는 답은 시의 표층에 드러나 있다. "도마"는 "나그네"의 물음에 "천국은 하늘에 있"다고 대답하고 나그네의 대답을 듣는다. 하지만 도마는 다시 "천국은 어디에 있습니까"라고 재질문한다. 이는 도마가 "천국"을 동경하고 있고 그곳을 절실히 찾아 헤매고 있음을 나타낸다. 하염없는 괴로움에 사로잡힌 도마에게 "천국"은 "너희 마음 안에 있다"는 예수의 답은 현실의 고통을 해결하는 "천국"같은 방법은 없으며 그런 질문은 의미가 없다는 것을 말한다고 볼 수 있다.

도마복음의 예수는 지혜의 교사로서 이미 와 있다는 하나님 나라의 현재적 내재성을 말한다.[114] 고정희가 「도마복음」의 패러디를 통해 보

---

114) 김동호, 「「도마복음」에 나타난 하나님 나라의 현재적 내재성―「도마복음」의 신비성과 관련하여」, 『종교연구』 66, 2012, 250쪽 참고.

여주고자 한 초월적 시선을 따라가 보면 그가 현실의 탈출구로 선택하고자 한 것은 신의 세계인 "천국"이다. 하지만 "너희"의 천국은 각자의 "마음"에 있다는 대답은 현실을 벗어날 전복의 가능성은 없는 것을 보여준다. 시인은 "천국"을 찾아 가고자 하는 인간의 모습을 통해 역설적으로 현실의 불모성을 드러낸다. 화자는 초월적인 세계로 도피조차 할 수 없는 "도마"의 모습을 통해 역사에 능동적인 대처조차 할 수 없는 현실 세계를 민감하게 그려내고 있다. 마지막 연의 "들을 귀가 있는 자는 들으라"라는 요청은 지금의 현실적 상황이 드러내는 역사적 파편들이 제시하는 가치를 발견하고자 하는 의지라 볼 수 있다. 불모의 현실에서도 "마음"을 통한 회상과 기억의 방식이 세계를 보는 새로운 사유가 될 수 있는 가능성을 표현하는 것이다.

> 존경하는 배심원 여러분,
> 소인이 본 법정에 출두하여(죽지 않고)
> 변론을 맡게 되어 감개무량합니다
> 아시다시피 오늘 공판내용은
> 민중의 유일한 젖줄이요 밥줄인
> 중민농장의 가을걷이 농작물을 모조리
> 싸그리 거덜내고 먹어치워 버린
> <4인방 황소에 관한 기소> 사건이올시다
> (…)
> 동물은 인간과 똑같은 감정으로
> 감동하고 생각하는 기능을 가졌으며
> 재치와 속임수로 식량을 확보하고
> 힘과 폭력으로 짝을 짓는다고 합니다
> 그들은 정신과 영혼을 가졌으며
> 권력지향적인 성향을 가졌다고 합니다

(…)

동물과 인간이 한 종족임을 입증하고 있다고 합니다.

(…)

서기 824년에서 금세기에 이르기까지

동물 범법행위에 관한 기소사건은

총 194건에 이릅니다

(…)

이상과 같은 조례만 보더라도

짐승들의 범법행위란

세계적 보편화의 현상임과 동시에

격에 맞는 처형이 사필귀정이온 바

확실한 조직과 무모한 폭력으로

민중의 집단생존권을 박탈한 4인방

황소의 범법행위야말로

세계 어느 나라에도 유례가 없습니다

사형선고를 촉구하는 바입니다

(믿거나 말거나……)

　　　　　　－「현대사 연구 · 12 － 동물처형 재판조례」 부분

　　　　　　　　　　　　（『눈물꽃』, 1권, 491~495쪽）

　위의 시는 변호문을 패러디하고 있다. 고정희는 "민중의 집단생존권
을 박탈한" 현실을 변호문 안에 담아내고 있다. 하지만 억압적이고 암
울한 현실인식은 직접적으로 말해지지 않고 "짐승들"의 행위로 나타나
현실상황과 대조된다. 이는 표현과 의미의 불일치를 바탕으로 하여 현
실의 파편을 둘러보는 알레고리의 성격을 바탕으로 한다. "동물과 인간
이 한 종족"이라는 시어와 이 시의 패러디 원 텍스트가 변호문이라는
사실은 "세계 어느 나라에도 유례가 없"는 "폭력"적인 현실을 내재하고

있다. "황소의 범법행위"에 대해 "격에 맞는 처형"을 변론하는 상황은 억압된 현실을 벗어나고자 하는 민중의 바람을 가감 없이 드러낸다. 이 시의 화자는 "황소의 범법행위"에 대해 "사형선고를 촉구하는 바"라고 한다. "무모한 폭력"을 휘두르는 바에 대한 "사형"은 폭력적이고 답답한 현실에서 벗어나고자 하는 화자의 절실함을 읽을 수 있게 한다. 극단적인 정황은 현실의 폭력성을 뒤집어 보여주고 있는 것이다.

화자는 위의 변호문을 통해 현실의 억압에 대한 강한 인식을 나타내고 그러한 세계를 벗어나고자 하는 심정을 토로한다. 하지만 파편적인 현실에 대한 고뇌는 마지막 행에서 "믿거나 말거나"라고 마무리 된다. 이는 화자가 자신이 자리한 현실의 위치를 깨닫는 태도를 드러낸다. 화자의 발화를 통한 현실의 알레고리가 현실을 온전하게 밝힐 수 없다는 것에 대한 인식인 것이다.

하지만 이 시가 패러디를 통해 알레고리화하는 현실의 균열지점은 여기서 더욱 확실하게 나타난다. 현실을 전복하려는 현실인식이 동물에 비유한 우화적인 알레고리를 통해 변호문으로 패러디되고 있는 것은 현실이 동물의 세계에서도 나타나기 힘든 "믿"기 힘든 상황이라는 것을 보여준다.

또한 고정희는 의미의 중층구조 안에서 우회적으로 현실을 반영하기도 한다.

<여름밤이었습니다 당당한 북소리가 바다를 두들기고 어둠에
갇힌 파도가 먼데 산 하나를 핥아 댔습니다 산 밑등에 지진이 일고
굳게 잠긴 창살이 부서졌습니다>

창살 밖에 한 죄수가 섰습니다.
창살 밖에 두 죄수가 섰습니다
창살 밖에 세 죄수가 섰습니다

창살 밖에 네 죄수가 섰습니다
창살 밖에 다섯 죄수가 섰습니다
<당당한 북소리가 지천을 흔들고>
한 죄수가 무대 위로 올랐습니다
두 죄수가 무대 위로 올랐습니다
세 죄수가 무대 위로 올랐습니다
네 죄수가 무대 위로 올랐습니다
다섯 죄수가 무대 위로 올랐습니다

<당당한 북소리가 저승까지 흔들고
오 그
달콤한 비명 속에서>

한 죄수가 목을 흔들었습니다
두번째 죄수가 허리를 비틀었습니다
세번째 죄수가 물구나무를 섰습니다
네번째 죄수가 혹 혹 삿대질했습니다
다섯번째 죄수가 바위처럼 꼿꼿이 굳었습니다
<둥그런 불빛이 무대 위에 박히고
어둠 속에서 관중은>
한 죄수가 목을 꺾는 것을 보았습니다
두번째 죄수가 무릎을 꺾는 것을 보았습니다
세번째 죄수가 나자빠지는 것을 보았습니다
네번째 죄수가 어둠 속으로 사라지는 것을 보았습니다

은은한 상여소리가
머리 위로 떠가는 것을 보았습니다
여름밤이었습니다

－「변증법적 춤－캠프파이어 · 1」

(『누가 홀로 술틀을 밟고 있는가』, 1권, 71~72쪽)

이 시는 화자가 눈앞에서 연극이 상연되는 것을 보는 것처럼 말하고 있다. "죄수"들은 부서진 창살 밖의 무대에 올라 "비명"의 고통의 결과로 목이 꺾이고, 무릎이 꺾이고, 나자빠져 어둠의 상태로 빠져든다. 이 시에서는 두 번째 연에서 "창살밖에", "죄수가", "무대 위로"와 "섰습니다", "올랐습니다"가 반복되고 네 번째 연에서는 "번째"와 "죄수가", "~를", "~을", "~것을" 등, 연속적으로나 사이사이에 동일한 단어가 반복되어 나타난다. 이것은 상황의 절박성을 강조하여 극적 분위기를 고조시키고 그 의미를 강화한다. "어둠속으로 사라"져 "상여소리"와 함께 떠나가는 원혼들은 거대 역사담론에서 포섭하지 못하는 타자들이다. 억울하게 죄수가 되어 죽어간 타자들의 죽음은 상여소리와 함께 이승의 하늘을 떠가는 것이다.[115]

이와 동시에 고정희의 초기 시에서는 무엇인지 모를 어떤 것을 상실한 화자가 이 세계를 파편화된 것들로 바라보는 시선이 나타나기도 한다.

> 산짐승 몇 마리 마을에 끌려와
> 죽은 목숨처럼 길들고 있다
>
> 포수는 총에 손질을 끝내고
> 길들다 숨진 사슴의 골반을 흥정한다
> 길들다 숨진 사슴의 뼈를 추린다
> 길들다 숨진 사슴의 골반을 흥정하는 포수와
> 길들다 숨진 사슴의 뼈를 추리는 포수가
> 햇빛 쨍한 대낮 길들다 숨진
> 사슴 한 마리 박제를 끝낸다

---

115) 졸고, 「고정희의 시에 나타나는 역사에 대한 인식의 양상」, 앞의 책, 313~314쪽 참고.

박제된 사슴 한 마리 속에
퍼렇게 박제된 한 세대의 본능
박제된 사슴 한 마리 속에
삭정이처럼 박제된 한 시대의 이성
박제된 한 세대의 꿈을 아는 건
박제된 한 마리 사슴뿐이고
박제된 한 시대의 생명을 아는 건
박제된 한 마리 사슴 뿐

바벨탑에 가위 눌린 푸른 신경 하나
포수의 총에 꽂히면 어디선가
한 마리 또 한 마리 짐승이 끌려오고
그때, 여전히 노역을 떠나는 마을 사람들
어깨 너머 소소히 부는 바람
잠든 본능 속으로 스며든다

- 「바벨탑과 마을 - 망원경 · 2」
(『누가 홀로 술틀을 밟고 있는가』, 1권, 47쪽)

이 시의 배경은 끌려온 산짐승들이 길들여지는 "마을"이고, "마을"에서 산짐승인 사슴들이 처한 상황이 시적 진술의 주 대상이다. 이 시의 화자는 "마을"에서 벌어지는 일들을 말한다. "길들다 숨진 사슴"과 "길들다 숨진 사슴 한 마리 박제를 끝내"는 "포수"의 상황 대치 위에 "여전히 노역을 떠나는 마을 사람"들이 보이는 지금의 상황을 이 시는 제시하고 있다. 이 상황에서 본능, 이성, 꿈, 생명을 찾아보지만 박제된 사슴한 마리만이 그것을 알 뿐 어디에도 그것을 아는 사람은 존재하지 않는다. 화자는 "마을"을 관찰할 뿐이다. 화자는 "마을"의 관찰을 통해 "마을"의 문제를 자각할 필요성을 드러낸다. 그 자각의 내용은 "바벨탑에 가위 눌린 푸른 신경 하나/포수의 총에 꽂히면 어디선가/한마리 또 한 마리 짐승이 끌려오고"라는 구체적 형상을 통해 암시되고 있다. 화자는 마을에서 벌어지는 일을 구체적으로 세밀하게 보여주는 것이다.

　구약성서의 창세기에 실려 있는 바벨탑에 관한 이야기는 인간들의 오만함으로 인해 신들이 본래 하나였던 언어를 여럿으로 분리하게 한 사건을 말한다. 이 시의 4연은 포수가 총을 쏘는 계기가 되는 것이 바벨탑임을 암시하고 있다. 이는 이 마을의 박제된 본능, 이성, 꿈이 바벨탑을 쌓으려다 혼돈 속에 분리된 언어와 관계되어 있음을 나타낸다. 그렇다면 화자가 마을의 모습을 알레고리적으로 표현한 마을에서 일어나는 일은 분리된 언어로 인한 것이라고 할 수 있을 것이다.

　이와 같이 고정희는 불행하고 상실감이 가득한 세계에서 현실의 어두움과 삶의 고초를 비극적으로 인식한다. 시인은 현실에서 마주치는 멜랑콜리가 원초적인 제약을 가진 언어의 관계와 겹치는 것을 알레고리적으로 바라보고 있다. 결국 시인에게 "바벨탑에 가위 눌린 푸른 신경"을 꽂은 포수가 있는 "마을"은 침묵만을 강요하며 세계와의 동일성을 노래하지 못하게 하는 구체적인 현실이다.

> 어느날 제우스가 지상에 내려와
> 햇빛 쏟아지는 거리를 내려다보고 있었다
> 몇천년 만에 내려오는 지상, 제 잘나서
> 걸어가는 수많은 사람 중 일격의 화살을 겨냥.
> 쓰러지는 건장한 사내
> <운명인지 우연인지 혹은 필연인지>
> 사내는 동물원에 감금되고
> 제우스는 디저트로 사내를 바라보았다
> 첫날 사내는 불을 뿜는 눈으로

고래고래 악을 쓰며 길길이 뛰었다
둘째날 사내는 먹이를 내던지고
창살 밖으로 욕설을 퍼부었다
셋째날 사내는 동물원 간수에게
집으로 가는 편지를 부탁했다
넷째날 사내는 먹이를 받아먹고
다섯째날 사내는 먹이를 기다렸다
여섯째날 사내는 지나가는 간수에게
목례를 보냈다
일곱째날 제우스가 다가왔을 때
사내는 고맙다는 큰절을 하며 빨간
사과를 받아먹었다
<이승인지 저승인지>

　　　　　　　　　　　　　　　　－「동물원 사육기」
　　　　　　　　　　(『누가 홀로 술틀을 밟고 있는가』, 1권, 67~68쪽)

　이 시는 제우스의 신화를 빌어 "사내"의 이야기를 말한다. 우화적 수
법을 사용해 허구적 거리를 두고 투사하는 것이다. 특히 이 시는 인간
의 행태를 동식물에 빗대어 풍자적으로 폭로하고 비판한다. 폭로된 사
회 현상과 동물세계 현상을 등치시켜 우리 사회가 가지고 있는 부조리
한 면모를 폭로한다.

　"사내"는 시인이 상상해낸 알레고리적 인물이다. 그는 허구화, 희화
화 되어있다. 이 시에서의 사내는 정신은 사라진 채 식욕만 남아있는
모습을 보여준다. 삶에 대한 생각이 빠져나가고도 그는 사과하나에 절
을 하는 육체의 허기만 남아 살아 움직이는 것이다. 정신과 육체가 전
도된 그의 모습은 그래서 더 그로테스크한 느낌을 준다. 이처럼 정신은
쉽게 권력에 전복되어 죽음과 다름없는 감옥에 가둬져 있다. 그럼에도

불구하고 자신의 진정한 처지를 인식하지 못하는 사내의 육체는 우둔하고 가련하게도 살아남고자 권력에 복종하는 것이다.

이 시에서의 사내의 현실은 한 시대의 집단적 현실의 알레고리이며, "사내"는 고통스러운 삶 속에 처한 민중에 대한 알레고리라 할 수 있다. 사내는 한 시대의 거대한 부조리와 맞서지도 못하고 고통스런 삶의 현실에서 좌절하여 자신을 권력 앞에 내놓아 버릴 수밖에 없는 민중들의 현실을 보여준다. 권력의 힘 앞에서 육체의 허기밖에 남아 있지 않은 사내의 모습은 고정희가 대상화하는 이 시대 민중의 처참한 처지라 할 수 있다. 이들이 처한 공간은 "이승"안에 처한 공간이라고 볼 수 없을 만큼 처참하고 막막한 "저승"의 모습으로 인식된다. 이러한 현실에 처한 "사내"는 이 부조리한 공간 안에서 어쩌지 못하고 시대의 흐름에 무릎 꿇어 버리는 우리 자신의 모습을 자책하는 것이라 할 수 있다. 이는 동시에 정신까지도 억압하는 시대의 모습을 바라보는 알레고리적인 시인의 세계관을 드러내는 것이기도 하다.

섬의 청년들은 총명했다
가난했지만 당당했고
아는 것이 적었지만
정의로웠다
그물을 던져 끼니를 이어가나
아득한 수평선에 마음을 두었고
니것 내것에 선을 긋지 않았다

그런 이 섬에 태풍이 몰아닥쳤다
오그덴인가 키트인가 하는 태풍은
케이섬에 정치와 돈을 몰고 왔다

폭풍으로 폐허가 된 해당화 밭에
육지 사람들의 별장이 건설되고
높직높직한 빌딩이 들어섰다
수심이 얕은 갯벌을 이용하여
정치가의 표밭이 양식되는 동안
섬 청년들은 돈과 명예에 눈떴다
니자리 내자리에 색깔이 칠해지고
눈부시게 생활이 윤택해졌다
오랄비로 광을 낸 이빨 사이에선
근대화와 역사가 끼어 놀았고
에이스 침대에선
안락과 행복이 굼틀거렸다
케이섬은 이제 케이섬이 아니었다

그러나 웬일일까
거친 파도가 밀려올 때마다
섬의 뿌리는 일 미리, 일 미리씩
뽑히기 시작했고
만선의 기쁨을 알리는 배에선
정신마비 질환이 하선되고 있었다
　　　　　　 ─「뿌리」(『눈물꽃』, 1권, 400~401쪽)

　　이 시는 공동의 삶을 살던 섬의 청년들이 정치와 돈의 태풍이 몰아닥친 후 변화하는 모습을 우화적으로 나타낸다. 이 시의 1연의 총명하고 당당한 정의로운 청년들의 모습은 2연, 3연으로 갈수록 부정적으로 변화한다. 태풍이 휩쓸고 간 "케이섬"에 "정신마비 질환이 하선되"는 것은 "케이섬"에 닥친 현실의 위기를 상징한다. "케이섬"은 물질에 의해 자신으로부터 소외되는 현실과 정치 질서가 지배하는 현시대를 표현

한 것이다. 태풍이 몰아닥친 후 케이섬이 정치가의 표밭이 되고 청년들
이 돈과 명예에 눈을 뜨는 것은 모두 동일한 맥락을 형성한다. 정상적
인 삶을 영위하는 것이 결코 불가능해지는 현재를 상상을 통해 드러냄
으로써 "뿌리가 뽑힌" 현실을 객관화 하는 것이다.

　시인은 "케이섬"의 일상적 세계의 이면에 드리워진 현실을 집요하게
바라보며 위기의 징후를 포착하고 있다. 여기서 별장, 빌딩, 오랄비, 에
이스 침대의 이미지에도 주목할 필요가 있다. 벤야민은 문명의 사물화
경향이 현재까지 이어지는 것은 "문명이 이런 식으로 사물화되어 재현
됨에 따라 우리가 19세기에서 물려받은 새로운 생활 형태나 경제와 기
술에 기반한 새로운 창조물들이 어떻게 환등상의 우주 속으로 들어가
는지를 보여주는 것"116)을 의미한다고 말한다. 문명의 창조물들은 자
본주의와 결합된 사물의 형태로 나타나는데, 그것들이 현실을 가리는
베일의 역할을 하는 판타스마고리아를 만들어내는 것이다.117) 위의 시
에 있는 별장, 빌딩, 대기업의 자본으로 만들어진 상품들은 정권이 만
들어낸 판타스마고리아를 상징하는 것이다.

　　비가 내렸다
　　우리들의 심장과 콩팥과 내장 속으로
　　웬 철부지 비가 내리고
　　그 빗속을 걸으며
　　우산 속으로 달겨드는 거대한 빌딩,
　　유백색 화강암 빌딩을 향해

---

116) 발터 벤야민, 「19세기의 수도 파리(1935)」, 최성만 역, 『발터벤야민 선집 5: 역사
　　의 개념에 대하여, 폭력비판을 위하여, 초현실주의 외』, 앞의 책, 222쪽.
117) 권용선, 『세계와 역사의 몽타주, 벤야민의 아케이드 프로젝트』, 그린비, 2009,
　　73~74쪽 참고.

나직이 친구가 말했다
봐
저 웅장한 빌딩을 봐
저건 피야 저건
피와 경제의 방정식이야
경제의 원소는 눈물이고
눈물의 자궁은 땀이야
땀의 태는 목숨이고
목숨의 주소는 상표야 상
표의 이름은 꽃송이지
자동판매기에서 피는 꽃 저
우람한 돌기둥에 새겨진 꽃을 봐
현대판 농노들의 문신이야
어지러운 족문, 저보다 더
눈물겨운 낙인은 없어
율법사의 바벨탑, 놀라운 세상이야
서울은 모두 율법에
가 위 눌 렸 어
(…)

─「프라하의 봄 · 15 ─ 피와 경제」부분

(『눈물꽃』, 1권, 461~463쪽)

　　냉소적인 어조로 가득 찬 이 시는 현대 자본주의 사회에서의 소외를
비판적으로 바라보고 있다. 이 시에서 화자가 대상화하는 처참한 삶은
"거대한 빌딩"이라는 거대 도시의 공간 위에 자리하고 있다. "빌딩"은
"우리들"의 고통스런 삶이 반복되는 장소로 이 시가 말하고자 하는 시
대의 부조리함을 짐작할 수 있게 한다. "상표"는 자본주의 사회에서 구
매심리와 소비충동을 자극하여 상품에 사용가치 이상의 가치를 부여하

기 위한 장치이다. 이러한 상표는 이 시에서 "목숨의 주소"이자 "농노들의 문신", "눈물겨운 낙인"으로 묘사된다. 이는 "경제의 방정식"에 가치를 매기는 산업화의 과정에서 강자가 약자를 침탈하고 지배하는 관계의 은폐된 진실을 보여주고 있다. 이러한 비정한 삶이 계속되는 산업화 시대의 "우리들"은 "율법사의 바벨탑"과 같은 신의 부재를 절감해야 하는 공간 안에 있다. 이러한 시대의 거대한 삶의 부조리에 맞대어져 있는 "현대판 농노들의" 현실은 한 시대의 집단적 현실이다. 이러한 현실적인 슬픔은 "눈물겨운 낙인"으로 나타남으로써 끝이 없이 계속될 삶의 부조리를 드러낸다. "현대판 농노", "낙인"은 현대사회의 조직화와 파편화가 가져오는 현대사회의 비극을 그대로 나타내고 있는 것이다.

이와 같이 고정희 시의 알레고리는 정치 상황뿐만이 아니라 자본주의적 사회질서가 가져온 정신적 충격의 체험을 드러낸다. 현대의 물질문명 비판과도 연결되고 있는 것이다.

III.

미메시스적 서술시와 역사성

III. 미메시스적 서술시와 역사성

1. 삶에 대한 관찰과 역사적 인식의 확장

고정희의 시는 세계에 대한 재현을 지향하고 있다. 고정희는 자신이 세계를 바라보는 인식을 끊임없이 성실하게 시 텍스트 속에 옮긴다. 그녀는 한국 사회 현실의 구체적인 모순을 바라보며 시대 현실을 총체적으로 파악해 시로 적극적으로 드러낸다. 고정희 시에서의 이야기는 서사시와는 달리 함축적인 이야기이다.118) 이를 통해 시인의 충실한 시세계는 의미적으로도 세계의 미메시스를 전경화한다. 또한 그녀의 시는 인식론적인 것뿐만 아니라 시적 형식의 측면과도 연관되어 있다. 다양한 측면의 미메시스적 양상으로 구성되어 있는 것이다. 서술시를 기반으로 한 고정희의 시는 삶에 대한 관찰과 의식의 확장을 보여준다. 고정

---

118) 김준오는 서술시에서 이야기는 서사장르에서의 이야기와는 달리, 함축적인 이야기가 된다고 말한다. 서술시는 서사시와는 장르의 범주면에서 다른 것에 해당한다는 것이다. 서사시는 서사장르에 속하지만, 서술시는 서정장르에 속하여 서술시에서 이야기와 서술은 시인이 적절한 시적 효과를 획득하기 위해 채용하는 서정장르의 한 장치가 된다고 논의한다. 김준오, 「서술시의 서사학」, 『한국현대문학연구』5, 1997, 7~18쪽 참고.

희의 서술시에서 볼 수 있는 주관적인 묘사의 표현 방식은 세계에 대한 객관적인 재현으로 당대를 사실적으로 반영하는 리얼리즘적인 성격을 드러낸다. 이와 함께 서정시로서 주체의 내면과 외부의 상황에 따라 발생되는 발화의 구조가 지니는 차이점은 소통의 구조로 분석할 수 있다. 고정희의 시는 미메시스를 통해 인식의 확장을 보여주고 소통의 구조, 사건의 재현을 중심으로 미메시스의 양상을 나타내고 있는 것이다.

여기서 미메시스적이라는 것은 물론 언어를 통하는 것을 말한다. 벤야민에 의하면 언어는 가장 순수한 의미에서 전달의 매체[119]이다. 유일하게 신으로부터 언어능력을 부여받은 인간은 이 언어능력으로 자신의 이름뿐만이 아니라 신을 대신해 자연의 피조물을 명명한다. 이 명명행위가 벤야민이 말하는 이름언어이다. 신의 언어적인 본질이 인간의 이름언어 속에 가장 깊은 모사로 반영되고 인간의 언어는 말없는 언어가 가진 전달가능성을 수용한다. 인간이 사물의 세계를 객관적으로 인식하고 경험할 수 있는 것은 고대부터 타고난 인간의 미메시스 능력이 역사적 변화 속에서 언어로 이행해서이다. 언어는 외부 인식을 전달하는 수단이 아니라 정신적인 본질을 전달하는 매체인 것이다. 인간의 미메시스는 대상과의 조응 속에서 이루어진다. 나와 대상, 주체와 객체의 유사성은 마치 섬광처럼 순간적으로 나타난다.[120]

고정희의 서술시에 대한 논의를 위해서는 우선 서술시의 개념을 정리할 필요가 있다. 서술시는 이야기를 서술 형식을 통하여 형상화 한 시, 또는 시 속에서 시적 화자가 이야기를 서술하는 시로 정의되어왔다. 김준오는 이야기적 요소가 있는 시, 행위가 나타나는 시를 서술시로 정의하며 이야기를 가진 모방적 장르의 본질적인 몇 가지 특징을 말한다.

---

119) 발터벤야민, 「언어 일반과 인간의 언어에 대하여」, 앞의 책, 78~79쪽.
120) 발터벤야민, 「미메시스 능력에 대하여」, 앞의 책, 215쪽.

서사적 시간의 흐름(시간의 연속성)이나 허구적 인물(화자)의 관점에서 시간적, 공간적 배경이 행위의 연속에 따라 그때그때 지적되든가, 시상의 전개에 있어 일반 서정시들과는 달리 압축의 원리가 아니라 축적의 원리(곧 화자의 여러 행위들이 나열되는 현상)가 지배하고 있는 점 등이 서술시의 특징이라는 것121)이다. 문혜원은 『한국 서술시의 시학』에서 서술은 이야기를 확대하는 과정으로서 서술시는 이야기를 확대하는 서술적 특징을 받아들여 간접화를 줄인 시적 서사라고 논의한다.122) 윤여탁은 현대시의 리얼리티 획득을 위한 시 형상화의 방식 가운데 하나가 서술시라고 밝힌 글에서 서술구조를 채택하고 있는 서정시를 서술시라고 명명123)하고 있으며, 오세영은 서구 전통 서사시의 개념에 입각하여 김동환의 「국경의 밤」이 서사시가 아니고 서술적 장시라고 논증한다. 그는 서술시를 서술적 수법에 의하여 쓰인 시를 총칭하는 용어로 시가 이루어지는 하나의 방법을 지칭한다고 정의함과 동시에 서술적 기술은 서정시에서도 많이 사용되는 방법임124)을 밝히고 있다. 또한 엄경희는 그 동안의 서술시에 대한 논의들을 정리하고 있는데, 서술시의 개념은 장르와 연관되어 있지만 장르의 명칭이라기보다는 창작 방식에 따른 명칭으로 보아야 한다고 밝힌다. 그는 '이야기시'라는 명칭이 화소의 유무에 초점이 맞추어진 용어이기에, 이야기와 담론의 개념을 포괄하고 있는 '서술시'로 바꾸는 것이 더 바람직하다125)고 한다. 이혜원은 김준오의 논의를 이어 받아 '서술시'는 이야기와 그 이야기가 전달 소통되는 과정을 포괄하는 개념이라는 바탕을 가지고 김지하, 신경림, 서정주의

---

121) 김준오, 『현대시와 장르비평』, 문학과 지성사, 2009, 138쪽.
122) 문혜원, 「서평」, 현대시학회 편, 『한국 서술시의 시학』, 태학사, 1998, 495쪽.
123) 윤여탁, 『리얼리즘시의 이론과 실제』, 태학사, 1994, 138~153쪽.
124) 오세영, 「「국경의 밤」과 서사시의 문제」, 『국어국문학』 75, 1977, 266~268쪽.
125) 엄경희, 「서술시의 개념과 유형의 문제」, 『한국 근대문학연구』 6-2, 2005, 390~419쪽.

장형 서정시를 서술시의 관점에서 논의126)한다. 이러한 서술시에 대한 연구사에서도 알 수 있듯이 서술시는 시행이 운문적이든 산문적이든 상관없이 시에 사건, 이야기가 있는 모든 경우를 명칭한다. 즉 서술시는 이야기와 이야기가 소통되는 과정을 포함한 개념으로, 서사시, 단편서 사시, 이야기시, 설화시 등은 모두 서술시이다. 서술시는 한국 시가의 전통으로서127) 신라시대의 향가, 고려 속요, 사설시조 등에서도 연유한 다.128) 이렇게 볼 때 고정희의 많은 시는 서술시의 맥락 안에서 서술시의 특성으로 적극적으로 논의할 수 있는 부분이 있다.

고정희의 서술시는 형태적으로 행, 연 구분이 최소화 되어 있는 산문적 성격을 가지고 있기도 하고 행, 연 구분이 지켜진 반복적 단위의 통사적 구조로 이루어져 시적 음률성을 지니기도 한다. 하지만 앞에서도 논의했듯 고정희의 서술시는 이야기적 요소를 가지고 있기에, 서술시의 범위 내에서 논의가 가능하며, 이야기의 성격은 시의 의미론적인 측면에 뚜렷하게 영향을 미치고 있다. 서술시의 기본 자질인 이야기로서의 성격은 보다 넓은 범위의 현실을 시 속에 담아 현실인식을 강화한다. 기호로 언어화된 이야기로 유사성을 창출해 내는 인간의 미메시스적인 능력을 보여주고 있는 것이다. 서술시의 이야기적 성격은 인간의 미메시스 능력

---

126) 이혜원, 「1970년대 서술시의 양식적 특성: 김지하, 신경림, 서정주의 시를 중심으로」, 『상허학보』 10, 2003, 313~343쪽.

127) 조창환은 현대시의 운율 연구에서 산문시의 리듬은 사설리듬으로서 사설시조나 판소리의 리듬을 재현한 것이라고 본다. 이러한 연속체의 리듬감은 우리 고전시가의 운율적 전통을 이어받았다는 것이다. 이러한 사설리듬을 계승한 시는 주요한의 「불놀이」 같은 산문시 외에도 한용운의 「님의 침묵」, 이상화의 「나의 침실로」가 있고 백석의 시는 일상어의 산문리듬이 현대시의 내재적 자양으로 승화되는 과정을 보여준다고 논의하고 있다. 조창환의 논의를 참고하면 서술시의 서술적 요소의 전통은 고전시가의 전통인 사설리듬을 물려받은 것임을 알 수 있다. 조창환, 「현대시 운율 연구의 방법과 방향」, 『한국시학연구』 22, 2008, 93~95쪽.

128) 김준오, 앞의 책, 138쪽.

을 발휘하게 한다. 이러한 서술시의 성격은 고정희 시의 고유한 성격을 규정하게 하는 중요한 요소가 된다. 현실을 직시하면서도 현실에 대한 애정을 담아가는 고정희 시의 특유한 시선은 현실을 살아가는 소외 계층의 이야기를 담아낸다. 그럼으로써 텍스트 속에 삶의 다양한 목소리를 공존하게 하고 민족 공동체의 이야기로 확장하는 면모를 보인다.

본 장에서는 고정희 시의 특징을 '미메시스'에 기대어 살펴보고 미메시스의 시화(詩化) 양상을 살펴보려 한다. 고정희가 세계를 미메시스적으로 바라보는 유사성이 지니는 의미와 고정희의 시에서 유사성이 문학의 형식적 측면과 연관되는 방식을 분석해 보고자 하는 것이다.

> 한 숲에 도는 바람일지라도
> 부는 바람에 따라 쓰러짐이 다르다
> 부는 바람에 따라 아픔이 다르다
> 부는 바람에 따라 소리가 다르다
>
> 그대여
> 우리가 오늘 한 숲 한 바람이 되어
> 한 하늘에 넘치는 소리이고저
> 한 하늘 사랑하는 강물이고저
> 한 하늘 떠받치는 뿌리이고저
> 다르게 길든 음악을 떠난다
>
> 유년시절 별밭에 이는 바람 한 꼭지
> 신들린 달빛처럼 앞서고 있구나
> 3월인가 보다
> 　　　　－「실락원 기행(失樂園 記行)·1」－ 서곡(序曲)
> 　　　　　　　　(『실락원 기행』, 1권, 142쪽)

화자는 "쓰러짐", "아픔"의 절망의 상태에 있다. 이 시에서 "바람"은 우리가 처한 "한 숲", "한 하늘", 즉 우리를 둘러싸고 있는 사회에 대한 믿음의 상실이라는 이중적 결핍 상황에서의 시인 자신의 모습이다. 여기서 화자는 시적 배경에 처한 사람들의 밖이나 위에서 그들을 바라보는 존재가 아니라 그러한 열악한 실상 안에 함께 처한 사람들 중 하나이다. 화자는 "우리"안에 포함되어 함께 삶의 배경을 공유하고 있는 것이다. 이 안에서 화자는 우리가 처한 절망적인 상황을 드러냄으로써 삶의 현재적 장면들을 간접적으로 진술한다. 이는 은유적으로 사태를 바라보고 그것이 함의하는 정서를 밀접하게 나타내는 유사성의 방식이다. 화자의 이러한 현실 속의 우리에 대한 인식은 외적인 흔들림에도 불구하고 쉽사리 흔들리려 하지 않는 의지를 슬프게 투사해 이루어진다.

고정희의 서술시에 나타나는 환유적 구성 방식 또한 인접성의 구조를 통해 역사철학적 의미에서의 수집가로서의 방식을 취한다. 파편화된 사물이나 주변의 은폐된 것들을 자신의 시 안에서 연결시켜 그것들이 가진 잠재된 의미를 새롭게 부여하여 현재를 조명하는 역사 인식의 동력으로 삼았던 것이다.

환유는 반복과 열거라는 수사적 특성에 기반을 두어 반복되면서 언어가 다른 의미로 전이하여 대체된다. 환유에서 부분은 다른 어떤 부분으로 대체되어 재인식을 통해 현실세계를 풍부하게 이해하게 한다.

> 튼튼하게 튼튼하게 빌딩을 세웠지만
> 빌딩 너머 사계절에 먹구름 어지럽네
> 단호하게 단호하게 빗장을 질렀지만
> 빗장 틈 사이로 바람이 불어오네
> 환하게 환하게 불야성을 이뤘지만

불빛 허공중에 죽음의 재가 날아드네

어디선가 조금씩 금가는 소리 들리네
쩍쩍 금가는 소리 들리네
오늘에서 내일로 내일에서 모레에로
쩍, 쩍 금가는 소리 들리네
어디선가 조금씩 삐걱이는 소리 들리네
벽과 벽 틈 사이에서
천장과 천장 사이에서, 서까래와 용마루 사이에서
조상들이 걸어간 나무 계단에서
아침저녁 오가는 하늘 난간에서
조금씩 많이씩 삐걱이는 소리 들리네

흔들리네
너와 내가 쌓아올린 담벼락이 흔들리네
(…)
비폭력이 흔들리고 평화가 흔들리고
사랑이 흔들리고 신념이 흔들리고
기다림이 흔들리고 이심전심이 흔들리고
우주전체 받치는 자존심이 흔들리네
울밀하구나, 저주여
만발하구나, 독가스여
재갈 물린 유령들만 무덤 위에서
이슬처럼 또르르또르르 구르네
                        －「땅의 사람들 11 － 흔들리는 터전」부분
                        (『지리산의 봄』, 1권, 548~549쪽)

이 시의 화자는 이야기를 통해 조금씩 금이 가고 모든 것이 흔들리어
개인적으로 국가적으로 민족적으로 아이덴티티가 상실되는 결핍의 현

실을 보여준다. 흔들리는 상황은 시인 자신의 모습이기도 하고 시인이 처한 현실의 모습이기도 하다. 이렇듯 객관적으로 자신을 인식하는 화자에게 현실은 "무덤" 같은 것이다.

그런데 이 시는 이러한 극한의 상황을 사건의 인접을 통해 형상화하여 보여준다. 환유는 시간적, 공간적, 인과적 인접성을 원리로 하여 대상에 더욱 접근하게 하기 때문에 구체성을 가지며 사실성의 효과를 높이는데, 이 시에서의 환유는 시간적, 공간적 인접성에 의한 연상이다. 그렇기 때문에 물질적으로 전체적 의미를 구체화하고 전체적 의미를 환기시키는 통합적 비유를 선택하고 배열하여 이야기를 갖는 서술성을 인지하게 한다.[129]

1연은 "~하게, ~하게, ~지만, ~네"가 반복되는 문장으로 이루어져 있는데 그 대상은 "빌딩"과 "빗장"과 "불야성"이다. 어지럽고 불어오고 날아드는 것들은 빌딩과 빗장과 불야성으로 이동한다. 빌딩과 빗장과 불야성은 특정 대상을 어떤 부분으로 대체하는 환유라고 볼 수 있다. 여기서 빌딩과 빗장과 불야성은 일상 곳곳으로 침투하는 자본주의의 위력을 지시하는 환유의 대상이다. 빌딩과 빗장과 불야성은 시대적 맥락이라는 현재성에 의해 가변적 의미를 획득하는 환유의 특성에 따라 현실 상황을 지시하는 명사인 것이다.

2연은 시간의 인접성에 따라 진행한다. 2연에서의 서술어는 "들리네"가 다섯 번 반복되면서 서로 다른 대상을 연결한다. 시간의 인접성에 따라 서술어 "들리네"는 변형한다. 2연의 2행에서 들리는 것은 "쩍쩍 금가는 소리"다. 2연의 5행에서 들리는 것은 "조금씩 삐걱이는 소리"였다가 2연의 10행에서 들리는 것은 "조금씩 많이씩 삐걱이는 소

---

129) 김준오, 앞의 책, 166쪽.

리"인 것이다. 이 삐걱이는 소리의 차이는 시행의 공간적 인접 외에도 변화가 일어나는 시간의 인접을 보여준다. 이는 연속성에 의해 이루어지는 환유의 양상이다.

3연의 흔들리는 대상은 확대된다. 2연에서 "조금씩 금가는 소리 들리"고 "삐걱"거리던 소리들이 "흔들리"는 것으로 연결된다. 삐걱거리던 소리는 흔들리는 것과 연상의 인접 정도가 매우 가깝다. 삐걱거리는 것은 흔들리는 것을 표현하는 의성어이기 때문에 일반적인 의미 맥락에서 인접의 정도는 가깝다. 인접성에 의해 연속적으로 변화하는 흔들림은 "너와 나"의 "담벼락"에서 "한 식구"의 "밥사발"로 "한 나라"의 "궁전"으로 "통일조국"으로 "미래", "희망", "비폭력", "평화", "사랑", "신념", "기다림", "이심전심", "자존심"으로 확산된다. 이 시는 각 연의 연속적인 반복과 인접된 확산을 환유를 통해 작동시켜 현실 상황을 지시하고 있다. 이러한 과정에서 시 텍스트는 이야기의 구조화를 보다 더 특징적으로 드러내고 있다.

환유는 반복과 열거라는 수사적 특성에 기반을 두어 반복되면서 언어가 다른 의미로 전이하여 대체된다. 환유에서 부분은 다른 어떤 부분으로 대체되어 부정적인 대상들을 사실적으로 지시한다. 환유의 인접성[130]의 과정을 통해 시적 화자는 대상과의 상호보충적인 관계를 유지

---

130) 환유는 통합체의 축을 따라 형성되는 수사학으로 인접성의 원리를 따라 만들어지는 수사학이다. (로만 야콥슨, 「언어의 두 양상과 실어증의 두 유형」, 신문수 역, 『문학 속의 언어학』, 문학과지성사, 1989, 110~116쪽.) 야콥슨은 계열체와 통합체, 통합과 선택의 이분법을 확립하고 이를 유사성 장애와 인접성 장애로 연결시켜 논의한 뒤, 이를 다시 수사적 장치인 은유와 환유로 연결한다. 이후 은유와 환유를 전반적인 언어외적 체계에까지 확장시키고 있다. 그는 산문적인 예술, 사실주의 경향의 문학에서는 환유가 주도적이며 또 실제로 환유적 표현이 그러한 문학을 사전에 결정짓는다고 말한다. 야콥슨은 수사법으로서의 은유 및 환유에 대한 논의를 담화구성원리와 더 나아가 세계구성원리로서의 은유적 방식과 환유

하고 텍스트는 이야기의 연쇄를 구축[131]한다. 고정희의 시 속에 일차
적으로 담기는 것은 체험적 서술이며, 이는 현실에 대한 객관적인 인식
을 바탕으로 하여 개인의 차원을 넘어 타자의 삶을 바라본다. 타자와
나는 이야기의 서술을 통해 동시대를 살아가는 사람으로서의 유대감
과 연민을 나누는 객체가 된다.

> 밤과 낮 오고가는 이 세계는
> 하늘과 땅으로 짝지어졌다네
> 하늘과 땅은 서로 한몸 이루어
> 곡식과 나무와 들풀을 키우며
> 생명을 이어가는 원으로 산다네
>
> 하늘과 땅의 원 속에서
> 한 아기가 태어나네
> 아기는 자라서 무엇이 될까
> 딸은 자라서 처녀가 되고
> 처녀는 훗날 어머니가 된다네

적 방식으로 확장시킨 것이다.(김정일, 「환유에 대하여」, 『슬라브학보』 21-3,
2006,9, 5쪽.)
야콥슨의 시적기능이란 등가 관계를 만들어 내는 수단으로서 언어의 기본속성인
선택의 양식과 연결의 양식 양면에 의존한다. 언어의 선택과 배열은 상호 질서적
이고 상호 보충적인 관계에 놓이는 것이다. 등가 관계는 시적 용법의 성격이다.
은유의 기초체계는 낭만주의, 상징주의, 초현실주의에 두드러져 이는 시에 전경
화 되고 환유의 기초체계는 사실주의에 두드러지게 나타나며 이는 산문에서 전경
화 된다.(김준오, 앞의 책, 160쪽. 로만 야콥슨, 앞의 책, 112쪽.)
131) 고정희가 이야기를 담은 서술시에서 보여주는 환유의 인접성은 벤야민이 시도했
던 문학적 몽타주의 역할로 기능하고 있다고 파악할 수 있다. 벤야민은 언어를 통
해 사물들을 보여줌으로써 이념적 층위가 드러날 수 있다고 말하며, 그것을 '문학
적 몽타주'라고 불렀다. 각각의 문장들은 자기의 고유성을 유지한 채 이웃한 것들
과 관계 맺음으로써 전혀 다른 효과를 생산한다. 발터 벤야민, 조형준 역, 『아케이
드 프로젝트』 2, 앞의 책, 1050쪽 참고.

아들은 자라서 총각이 되고
총각은 훗날 아버지가 된다네
사람은 어머니나 아버지가 되지만
여자와 남자 한몸 이루어
그리움 이어받는 원으로 산다네

보시오
그리움의 태(胎)에서 미래의 아기들이 태어나네
그들은 자라서 무엇이 될까
아기들은 우리의 살아 있는 기도라네
딸과 아들로 어우러진 아기들이여
　　　　　　　－「우리들의 아기는 살아있는 기도라네」
　　　　　　　　　　　　(『눈물꽃』, 1권, 429쪽)[132]

　행위의 연결로 이루어진 서술시인 이 시는 세계의 원형이 되는 새로운 생명인 아기에 대한 이야기를 형상화하고 있다. 시적화자는 아기의 모습을 딸과 아들인 우리의 모습과 일치시킨다. "아기"에 대한 서술은 우리 모두의 원형으로서의 모습으로 생명의 연속성을 "아기"로 초점화시켜 민족 공동체의 서술로 더욱 확장한다.

　또한 이 시는 인접성을 기반으로 하는 서술전략에 의해 구성되어 그 이야기를 객관적인 방식으로 전달하고 있다. 기본문장인 1연 1, 2행의 "~는" "~다네"에 다른 요소들이 첨가되기도 하고 변형되기도 하며 반복된다. "하늘과 땅의 원"이 "아기"로, "딸"은 "처녀"로 "아들"은 "총각"으로 그들이 다시 "어머니"로 "아버지"로 "여자와 남자가 한몸 이루"어 "원으로 사"는 것으로 의미가 연결된다. 하늘과 땅이 이루는 원의 의미

---

132) 이 시는 또하나의 문화 동인, 『평등한 부모 자유로운 아이—또하나의 문화 1호』, 평민사, 1985, 32~33쪽에서 발표되었다.

가 2연과 3연의 행위에 대한 동기의 구실을 하여 인과의 인접성으로 장면이 연결되고 있는 것이다. 뿐만 아니라 2연에서는 아기가 자라는 과정을 보여줌으로써 시간적 인접성에 의해 장면이 배열되어 연결되는 환유의 원리가 작용하고 있다.

이와 같은 의미변화 구조는 시가 진행되면서 인과의 인접성과 시간의 인접성이 작용하며 환유적 현상으로 수렴된다. 특히 각 1,2,3 연은 인접성을 통해 의미가 첨가되고 확장되는 양상을 보여준다. 이 시에서 보여주는 어우러진 "원"과도 같이 전체의 의미는 계속하여 연쇄되며 의미 맥락을 형성하고 있는 것이다. 시 전체의 구성방식으로 사용된 의미의 인접성은 이 시가 환유적 방식으로 구성되어 있음을 확인시킨다. 이와 동시에 원은 생의 원리를 구체적으로 지시하는 상관물인 것이다. 제재 "원"은 합일의 의미를 포함하여 화자가 말하는 이 세계가 어우러져 살아가는 곳이며, 서로가 한 몸으로 이루어져 있다는 의미를 강조한다. 이것은 행위의 재현을 전경화하거나 행위들을 서술하며 의미적으로나 시간, 공간적으로 인접 관계를 갖는 환유적인 구성원리를 가지고 있다는 것을 드러낸다. 고정희의 시에 나타나는 환유적 구성은 하나의 말에서 파생되어 다른 말로 옮겨가는 말잇기 놀이와 같다.[133]

고정희 시에서 나타나는 환유적 구성 방식은 인접성의 구조를 통해 역사철학적 의미에서의 수집가로서의 방식을 취한다고 할 수 있다. 역사가로서의 수집가는 '과거라는 씨줄을 현재라는 직조 속에 엮어 넣어'[134] 사물을 과거와 현재 구성의 변증법적 씨실로 삼아 관념론적 예술관을 비롯한 과거를 둘러싸고 있는 가상을 파괴하고 사물에 잠재된

---

133) 권혁웅, 『시론』, 문학동네, 2013, 357쪽.
134) 발터 벤야민, 최성만 역, 『발터벤야민 선집 5: 역사의 개념에 대하여, 폭력비판을 위하여, 초현실주의 외』, 앞의 책, 258~280쪽.

의미를 새롭게 구성하여 진정한 현재의 양상을 깨우치는 역사서술을 시도[135]하는 자이다. 파편화된 사물이나 주변의 것들, 은폐된 것들, 보잘 것 없는 현상들을 자신의 시 안에서 그러모아 연결시켜 그것들이 가진 잠재된 의미를 새롭게 부여하여 현재를 조명하는 역사 인식의 동력으로 삼았던 것이다.

환유는 반복과 열거라는 수사적 특성에 기반을 두어 반복되면서 언어가 다른 의미로 전이하여 대체된다. 환유에서 부분은 다른 어떤 부분으로 대체되어 기표와 기표의 대체가 끊임없이 일어난다. 이로써 진정한 미래에 대한 갈망으로 현실세계를 재인식하게 한다. 서술시는 환유가 가지는 사실주의적인 성격을 인접과 배열을 통한 장면들의 전경화로 나타내고 그러한 행위의 재현을 통해 우리의 지각 영역, 현실 영역 내에 있는 대상으로 관심을 넓혀간다. 환유는 전통적으로 중요하게 여겨지던 것들, 익숙한 것들, 신화화되었던 고정관념을 버리고 새로운 관계를 설정하고자 시도하는 혁명적인 본질[136]을 가지고 있기 때문이다.

이와 함께 과격하고 폭력적인 언어 구사로 비극적 현실의 구석구석을 고발하는 시도 있다.

> 강남의 술집은 음습하고 황량했다
> 얼굴에 '정력'을 써붙인 사람들이
> 발정한 개처럼 낑낑대는 자정,
> 적막강산 같은 어둠 속에서
> 여자는 알몸의 실오라길 벗었다
> 강남 일대가 따라 옷을 벗었다

---

135) 강수미, 앞의 책, 103쪽.
136) 김정일, 앞의 책, 4쪽.

아득히 솟은 여자의 유방과
아련히 빛나는 강남의 누드 위로
당당하게
말좆 같은 뱀이 기어올랐다
소름을 번쩍이며
좆도 아닌 것이
좆같은 뻣뻣함으로
여자의 젖무덤을 어루만지고
강남의 모가지를 감아 흐느적이고
여자의 입에 혀를 널름거리고
강남의 등허리를 기어 내리고
태초의 낙원
여자의 무성한 아랫도리에 닿아
독재자처럼 치솟은 대가리를
강남의 아름다운 자궁에 박았다

여자는 나지막한 비명을 지르고
강남의 불빛이 일시에 꺼졌다

적막강산 같은 무덤 속에서
해골뿐인 남자가 비루하게 속삭였다

뱀은 남자의 좆이야
이브의 유혹도 최초의 좆이었지

해골들이 하하 쳐드는 술잔에
뱀의 정액이 넘쳐 흘렀다

도처에 페스트가 들끓고 있었다
강남의 흡혈귀가 조용히 웃었다

뇌먹인 땅에 이제 칼과 창이 필요했다
아무데나 기어드는 뱀의 대가리에
휙휙 내리치는 해방의 칼
하얗게 빛나는 흡혈귀의 아가리에
쭉쭉 꽂히는 자유의 죽창
　　　　　―「뱀과 여자」(『여성해방출사표』, 2권, 312~313쪽)

　이 시는 우선 남자와 여자 두 대상의 교차에 의해 환유를 일으킨다. 환유는 두 대상이나 개념이 공간적으로 서로 가까이 있거나 깊은 관련을 맺고 있을 때[137] 생겨나는 데, 이는 위 시의 1연에서부터 두드러진다. 화자는 "남자"의 모습은 "뱀"으로, "여자"는 "강남"으로 이어지며 "강남일대가 따라 옷을 벗었다"라고 말한다. 이 때 "~따라"는 각각의 대상간의 관계를 이어 줄 뿐만 아니라 원환을 이루는 활동성을 나타내기도 한다.

　2연에서 또한 공간적 환유는 나타난다. 이 시는 "강남의 술집", "강남일대", "강남의 모가지", "강남의 등허리", "강남의 불빛"으로 공간의 인접성에 따라 이어진다. 동시에 유방, 좆, 젖무덤, 모가지, 입, 혀는 몸의 각 부분들로 인접한 신체를 묘사한다. 이는 신체의 각 부분들로서 인접해 있기에 대상의 일부를 언급함으로써 그 대상의 전체를 환기 시켜 생생한 재인식의 힘을 일으키는 환유적 표현의 기능을 한다. 환유적 표현은 현실의 구체적 정황들을 선명하게 그려내면서 시 전체를 압도적으로 흐른다.

　이 시에서 여자의 몸은 "독재자"같은 남자에게 지배받는 몸으로 나타나, 모순된 현실의 양상을 선명하게 보여준다. 남녀의 성적행위를 비유하는데 있어서 여자의 욕망은 드러나지 않는다. 뱀으로 나타나는 남자의 일방적인 태도만이 드러날 뿐이다. 뱀은 욕망과 권력을 가지고 자

---

137) 김욱동, 『은유와 환유』, 민음사, 2000, 116쪽.

본을 지배하는 남성과 사회 지배이데올로기인 남근에 대한 은유이며, 강남의 술집으로 나타나는 여자는 지배받는 몸으로 나타나 사회의 모순된 현실적 구조를 드러내고 있다.

　"뱀은 남자의 좆"이고 "이브의 유혹도 최초의 좆"이라는 표현은 성경에서 인류의 원죄가 시작되었다고 말하는 이브의 유혹과 남성의 성적 욕망을 동일시하는 것이다. 이는 특징들의 반복적 서술을 통해 환유적 공간을 만들어 낸다. 그리하여 이브의 유혹과 강남의 사창가에서 남성이 욕구하는 성적 욕망은 둘 다 원래의 가치를 파괴하여 지속을 붕괴시키고 미래에 대한 연결도 없는 불모성을 가지고 있을 뿐이라는 생생한 의미의 확장을 일으킨다. 환유의 인접성을 통해 시인이 의도하는 것은 욕망의 집적으로 이루어진 모순된 현실의 구조이다. 물질과 욕망의 관계가 극단적 타락의 반복을 가능하게 하는 현실의 모습을 보여주는 것이다.

　매춘은 화폐를 매개로 쾌락을 추구하는 자본주의적 관계의 극단적 타락을 보여준다. 여성의 신체 위에서 노동과 생산 수단은 하나가 되며, 신체가 화폐로 교환 가능한 상품으로 전락한다.138) "뱀의 정액이 넘쳐 흐르"고 "페스트가 들끓고", "강남의 흡혈귀가 웃는" 것은 부조화적이고 오염되어 불모화된 공간인 강남의 파괴된 면모를 보여준다. "뱀의 대가리"를 향해 "휙휙 내리치는 해방의 칼", "쭉쭉 꽃히는 자유의 죽창"은 분노의 감정을 반영하고 강한 현실 부정의 의미를 적극적으로 표출한다. "휙휙", "쭉쭉"의 반복과 강조는 물질적인 기표로 인간의 본질을 훼손하고 관계를 지배하려는 상황에 대한 절규로 다가오며 강력한 비판의식139)을 보여준다. 사회제도 전반에 걸쳐있는 권력의 폭력성은 몸

---

138) 권용선, 앞의 책, 151~152쪽.
139) "사창가와 도박장에 존재하는 희열은 완전히 동일한 것으로, 가장 죄가 무거운 희열이기 때문이다. 즉 쾌락을 운명의 장으로 만드는 것이다." 발터 벤야민, [O 1,

을 복종하게 하는 특성140)을 가지고 있기 때문이다. 마지막 연에서 "남자"는 "놔먹인 땅"에서 자란 뱀으로 그려지고 있다. 남성 또한 자본과 권력에 지배당하여 성적욕망을 자본으로 분출하는 것이다.141) 이 시는 권력의 욕망에 지배당한 남자와 그들의 권력욕망에 지배당한 여자, 그리고 남자의 행위에 맞서 저항하는 화자가 인접하여 연결됨으로써 자본주의적 지배질서를 고발하고 부당한 사회구조를 재인식하게 한다.

고정희의 시는 "발화 인물들의 시대/저술되는 시대의 시대정신이라는 다성적 코드를 가진"142)시라고 할 수 있다. 이러한 평가뿐만 아니라 고정희는 스스로 자신의 시적 행위가 "당시 사회의식이나 역사의식 쪽에 시의 맥을 두고 있었"으며 "이름 붙여 주는 일"로서 의미를 가질 수 있다고 말한다.143) 위의 시「뱀과 여자」는 『또하나의 문화 4호』에서 발표하였는데, 이때 이 시의 부재는 「뱀과 여자 – 역사란 무엇인가 · 1」144) 였다. 이러한 여러 맥락들을 고려해 볼 때 고정희는 한국의 고유한 역사성과 사회성을 체화한 역사 인식을 기초로 한 다음 일정한 역사적 가치를 의식한 시를 강조한 것이다. 그가 제기한 첨예한 역사의식과 사회의식에 대한 문제는 미메시스에 대한 인식을 중심으로 회전하고 있다.

1], 「노트와 자료들」, 조형준 역, 『아케이드 프로젝트』 2, 앞의 책, 1110쪽.
140) 김혜숙, 「포스트모더니즘과 페미니즘: 유교적 욕망과 푸코의 권력」, 『포스트모더니즘과 철학』, 이화여자대학교 출판부, 1995, 278~279쪽 참고.
141) "여성 자체가 대도시의 매음과 더불어 일종의 대량 생산품이 된다. 보들레르에게서 반복되는 원죄의 도그마에 진정한 의미를 부여하는 것은 바로 이와 같이 대도시 생활이 지니는 전적으로 새로운 특성이다." 발터 벤야민, 「중앙공원」, 김영옥 · 황현산 역, 『발터벤야민 선집 4 : 보들레르 작품에 나타난 제2제정기의 파리, 보들레르의 몇 가지 모티프에 관하여 외』, 도서출판 길, 2010, 270~271쪽.
142) 김승희, 「고정희 시의 카니발적 상상력과 다성적 발화의 양식」, 『비교한국학』 19-3, 2011, 15쪽.
143) 조형 외, 앞의 책, 61쪽.
144) 또하나의 문화 동인, 『지배문화, 남성문화– 또하나의 문화 4호』, 청하, 1988, 174~175쪽.

2. 서술시의 세계 인식과 묘사방식

이와 함께 고정희 서술시의 특징은 묘사 양식이 있다. 문체를 기준으로 서술시와 묘사시가 나뉘며 문체는 제재의 차이에 따라 선택된다. 서술시는 삶의 과정과 삶의 조건을 다루는 반면 묘사시는 감각적 대상과 그 특질을 다룬다. 그렇다고 묘사시가 순수하게 묘사만으로 되어있지 않듯이 서술시도 순수하게 서술만으로 되어있지 않다. 두 문체 중 어느 것이 우세하느냐에 따라 서술시와 묘사시로 범주화되며 분간하기 어려울 정도로 이 두 문체가 뒤섞여있는 경우도 있다. 서술시는 서정시로서 화자의 판단과 정서에 따라 사건을 묘사하거나 서술한다.

서술시가 가지고 있는 묘사의 특징은 세계에 대한 사실적인 재현이다. 서술시는 행위나 사건을 묘사함으로써 삶의 장면들을 리얼하게 반영하여 삶 자체에 대한 관심을 융합시키는 성격을 갖고 있다.[145] 시인은 대상화된 세계를 객관적으로 바라보는 관찰자적 시선으로 현실에 대한 관심을 서술시의 리얼리즘적 구조 안에서 확보한다. 현재적 자아가 세계에 대한 재현을 서술시를 통해 표면화하는 것이다.

시가 시인의 감정이나 사상의 기술이라는 측면을 넘어 하나의 사건이나 이야기를 전개하여 이를 독자나 청자에게 전달하려 할 때, 시는 서사적인 요소를 내포한 서술시로 나타난다.[146] 또한 시나 문학이 대사회적인 요구와 기능을 가질 때, 이를 전달하기 위해 사건이나 이야기를 도입한다. 이는 많은 이야기를 수월하게 전달할 수 있는 서술시의 성격이 리얼리즘 시의 실현을 위한 절실한 요청에 적합한 문체와 형식을 갖춘 양

---

145) 김준오, 『현대시와 장르 비평』, 앞의 책, 172쪽.
146) 윤여탁, 「1930년대 후반의 서술시 연구」, 『선청어문』 19-1, 1991, 140~141쪽 참고.

식임을 보여주는 것이라고 한[147) 논의와 공통의 성격을 가지며 연결된다. 서술시는 다채로운 시대상황을 표현하기 위해, 구체적인 삶의 정황을 그려내거나 사라져가는 삶의 모습을 복원하기 위해 필요한 양식으로 대상 세계를 서술적인 형식을 빌어서 재현해 낸다고 할 수 있는 것이다.

서술시는 1970년대에 와서 다시 주목받는 시 형태가 된다. 그 이유는 서술시가 민중시의 불가피한 시 형태이면서 시의 리얼리즘을 획득하는 조건이 되기 때문이다. 물론 리얼리즘이 1970년대 민중시에만 한정되지는 않는다. 무엇보다 서술시는 이야기를 담기에 리얼리티를 확보할 수 있는 가능성을 가지고 있다. 서술시는 행위나 사건을 묘사함으로써 삶을 리얼하게 반영하여 삶 자체에 대한 관심을 융합시킨다. 서술이 소재에 대한 관심이 취할 수 있는 형식이라고 했을 때 이것은 서술시가 원래 리얼리즘과 관련되어 있다는 것을 드러낸다. 문학의 소재가 현실이고 이 소재에 대한 관심은 현실에 대한 관심이기 때문이다.[148) 이렇듯 고정희의 시는 화자의 삶과 삶의 태도를 행위의 객관적 상관물로 형상화하여 사실적인 시가 되게 한다. 미메시스의 충실한 실현을 통해 당대를 재구성하는 세계의 기록으로서의 역할을 해내는 것이다.

서술시는 진정한 역사의 이미지는 위기의 순간에 나타나며 그 이미지는 읽어내지 않으면 영영 사라져버리는 이미지, 깨어있는 정신을 통해 붙잡을 것을 요구하는 이미지[149)를 재현해 낸다. 미메시스적 읽기의 태도는 깨어있는 태도, 위기를 기회로 변형시키는 주체의 태도를 의미한다. 미메시스는 자기 변증법적 구조를 갖는 것이다. 자아를 버리고 대상에 동화되려는 주체의 태도가 대상을 전유하고 극복하는 반전의

---

147) 김준오, 앞의 책, 169~176쪽.
148) 위의 책, 170~173쪽.
149) 발터벤야민, 「언어 일반과 인간의 언어에 대하여」, 앞의 책, 202쪽.

결과를 낳는 근거가 여기에 있다. 물론 모든 미메시스가 이러한 단계에 이르는 것은 아니라고 할지라도 진정한 미메시스가 그러한 목표를 내재적으로 갖는다는 점은 중요하다. 미메시스는 대상의 모방, 복제, 흉내내기라는 비생산적 태도이지만, 대상에 자아를 동화시키는 그 과정을 통해 결국 대상의 위험을 극복하고 전유하는 힘으로 전환되는 변증법적 구조로 특징지어지는150)데, 서술시의 성격은 이러한 미메시스의 성취를 보여준다.

> 자연스런 이변처럼 가뭄이 계속되고 있었다. 내 생애 넓이의 방 구석엔 연 사흘째 숟가락과 씻지 않은 그릇들이 쌓이고 뒤져 보면 알 일이지만 가까운 사람에게 안겨 주었던 한 보따리 말과 부풀린 믿음의 씨앗들은 내 사고(思考) 높이의 책상 서랍 속에 그대로 말라 죽어 있었다. 어제까지 연명하던 샛강은 오늘부로 깨끗이 바닥이 드러났다. 개천에서 뛰어노는 아이들 팔다리엔 날마다 땟자국이 두터워지고 성년의 도시 룸살롱 입구 어디에나 빨간 팻말이 나붙었다.
> <식수가 다급하므로 수세식 변소 사용 금지함>
> 끈끈한 땀과 풀썩거리는 먼지와 발가락 사이의 고랑창을 씻어낼 물이 불가불 사용 금지당했다. 오뉴월 불볕에도 끄떡없는 '오기' 하나만으로는 서푼짜리 체면마저 축일 수가 없었다. 더더욱 기막힌 것은 약삭빠른 아나운서의 일기예보였다.
> [대륙성 고기압의 영향으로
> 30년 만의 가뭄이 계속되겠습니다
> 더 이상 전천후 수로(水路)가 없다면
> 여러분의 눈물샘을 작살내야 합니다]
> 자연스런 귀결처럼 심장에 쩍쩍 금이 가고 있었다.
> ― 「단천」(『실락원 기행』, 1권, 155쪽)

---

150) 최성만, 「유사성」, 『현대사상』 1, 2007, 186~189쪽.

연의 구분은 있지만, 줄글의 형식으로 쓰인 이 시는 서술성의 요건인 이야기를 서술형식으로 형상화한 시로서 시가 가지는 의미 효과를 강화시키고 있다. 이 시는 가뭄이 계속되고 모든 것이 말라붙는 비참한 현실을 그리고 있다. 이 시에서 "가뭄"은 사회에 대한 "믿음"의 상실이라는 이중적 결핍 상황에서의 시인 자신의 모습이다. 여기서 화자인 "나"는 시적 배경에 처한 사람들의 밖이나 위에서 그들을 바라보는 존재가 아니라 그러한 열악한 실상 안에 함께 있는 사람들 중 하나이다. 화자는 "여러분"안에 포함되어 함께 삶의 배경을 공유하고 있는 것이다. 이 안에서 시적 화자는 자신이 처한 사건을 묘사함으로써 삶의 장면들을 직접적으로 드러낸다. 그럼으로써 화자는 서술자적인 역할을 통해 모호성에 의존하지 않은 채 사실적이고 직접적인 방식으로 사태를 바라보고 그것이 함의하는 구체적인 정서를 나타낸다.

> 나의 대학 시절은 불온했습니다.
> 개교기념일인 197×년 4월 19일
> 수유리의 푸른 하늘 밑에서는
> 교수와 학생들의 삭발이 단행되었고
> 강의실 지붕엔
> 청색 조기 하나 게양되었습니다
> 봄에서 가을로 이어지는 매일매일
> 어떤 시대의 마지막 징후처럼
> 저승과 교신하는 그 조기 밑에서
> 팔팔한 젊음들이 하관되어 떠났고
> 나의 아벨도 돌아오지 않았습니다
> 우리가 졸업장을 받아들었을 때에도
> 그것은 죽음의 미래완료형일 뿐이었습니다

(…)

그러나 나는 오늘 보았습니다

수유리의 하늘에서 사라진 조기는

몰래 사다리를 타고 내려와

아무도 볼 수 없는 나의 가슴속에서

푸른 만장으로 펄럭이는 것이었습니다

어디 그뿐입니까

수유리의 조기는 이제

높은 신문사 사옥에서 일하는 사람들의 펜 끝이나

지체 높은 사람들의 강단에서, 또는

칵테일 파티에 모인 사람들의 웃음소리 속에서도

불쑥불쑥 펄럭이고 있습니다

　　　－「환상대학시편 · 6 – 70년대 조기(弔旗)에 대한 추억」 부분

　　　　　　　　　　　　（『눈물꽃』, 1권, 514~515쪽）

　이 시 또한 이야기를 전달하는 과정이라는 차원에서 서술시의 성격을 획득하고 있다. 위의 시는 「단천」과 마찬가지로 수유리의 조기를 대상으로 한 시인 특유의 묘사를 보여준다. 수유리의 조기를 중심으로 하여 주변의 상황을 연계시켜 공간 묘사를 더욱 부각시키는 것이다. 시적 대상인 조기는 수유리, 나의 가슴, 높은 신문사와 지체 높은 사람들의 곳곳으로 연결되어 시적 의미를 확장해 나간다. "조기"에 대한 묘사는 대상의 현재적 상태와 본질을 효과적으로 전달하며 "나의 대학시절은 불온했습니다"라는 직접적인 진술과 연계되어 절망의 상태가 계속되는 시적 화자의 현재 모습을 더욱 강화시킨다.

　이 시는 객관적 대상에 대한 묘사와 함께 주관적 가치를 도입시켜 대상의 본질을 확장시키고 있다. 시인의 시선은 현상적 공간에서 현실적인 리얼리티를 표현한다. 우울하며 절망적인 대상을 묘사로 부각해 비

참한 현실을 초점화 시키는 것이다. 이러한 시적 대상에 대한 묘사의 표현은 시인의 내면에 자리한 정서와 가치판단을 드러낸다.

고정희의 시에서 주관적인 묘사는 대상의 질적 속성에 접근하려는 인식 태도를 보여준다. 이를 통해 특정 현실을 전경화 하는데, 이는 근원적으로 부정적인 현실 인식과 함께 세계의 비극성을 드러내고 있다. 이러한 시선은 시적 대상과 깊이 관계하는 시적 화자의 관계적 차원을 부각시킴으로써 현실을 드러낸다. 이는 개인의 영역에서도 표현되지만 사회적 현실로 표현되기도 함으로써 현실의 실상을 재현한다.

맞벌이 부부 우리 동네 구자명 씨
일곱 달 아기 엄마 구자명 씨는
출근버스 오르기가 무섭게
아침 햇살 속에서 졸기 시작한다
경기도 안산에서 서울 여의도까지
경적 소리에도 아랑곳없이
옆으로 앞으로 꾸벅꾸벅 존다

차창 밖으론 사계절이 흐르고
진달래 피고 밤꽃 흐드러져도 꼭
부처님처럼 졸고 있는 구자명 씨,
그래 저 십 분은
간밤 아기에게 젖 물린 시간이고
또 저 십 분은
간밤 시어머니 약시중 든 시간이고
그래그래 저 십 분은
새벽녘 만취해서 돌아온 남편을 위하여 버린 시간일 거야

고단한 하루의 시작과 끝에서

집 속에 흔들리는 팬지꽃 아픔
식탁에 놓인 안개꽃 멍에
그러나 부엌문이 여닫기는 지붕마다
여자가 받쳐 든 한 식구의 안식이
아무도 모르게
죽음의 잠을 향하여
거부의 화살을 당기고 있다
　　　　　　　－「우리 동네 구자명 씨 － 여성사 연구 5」
　　　　　　　　　　（『지리산의 봄』, 1권, 593~594쪽)151)

　이 시는 한 동네에 사는 "구자명"이라는 여자의 이야기를 형상화하고 있다. 화자는 대상에 대한 직접적 진술을 통해 주부이자 맞벌이 부부인 여자의 모습을 전경화 시키면서 이를 여성들의 모습과 일치시킨다. 버스에 타자마자 졸아 버리는 아기엄마인 여성의 적나라한 모습과 주부로서의 생활에 대한 생생한 묘사는 폭로적 성격을 띠며 효과적으로 현재의 삶을 드러낸다.

　시인의 현실세계에 대한 관심이 돋보이는 치밀한 묘사는 여성적 경험을 통해 체득된 생생한 감정들을 복원하여 사실적 리얼리티를 효과적으로 나타낸다. 화자는 "경적 소리에도 아랑곳없이/옆으로 앞으로 꾸벅꾸벅 조"는 구자명 씨의 모습을 여성 일반의 모습과 일치시킨다. 화자 역시 한 식구의 안식을 받쳐 든 여자의 정서를 공유하기 때문이다. 이웃으로서 또한 여성의 처지를 이해하는 공통된 처지에서 화자가 바라보는 구자명 씨의 모습은 개인적 차원의 비극성에만 머무르지 않는다. "부엌문이 여닫기는 지붕마다" 자리하고 있는 여자 중 하나인 구자명 씨는 우리가 사는 이 땅의 여자들과 조응하는 것이다.

---

151) 이 시는 또하나의 문화 동인, 『여성해방의 문학－또하나의 문화 3호』, 평민사, 1987, 63쪽에 발표되었다.

이렇듯 현실에 대한 묘사와 냉철한 인식을 바탕으로 한 절망적인 태도는 시인의 내면에 자리하는 여성으로서의 손상된 자존감과 상처가 시대의 구조적 모순과 실상에서 오는 시대적 병인과 중첩되어 나타나는 비판적 탄식이다. 하지만 "거부의 화살을 당기"는 시적 화자의 모습은 현실과 타협하지 않는 시인의 의식을 드러낸다. 이와 동시에 마지막 연의 "부엌문이 여닫기는 지붕마다"를 통해 개인에 머무르지 않고 타자로 향하는 시선을 볼 수 있다. 이렇듯 자기 주변의 일상사에서 나타나는 모습을 드러내는 시 속에서 시인은 비판적인 관찰자의 시선으로 각각의 개체이지만 동일한 시대를 살아가는 구성원들에 대한 연민을 공유한다.

이 시에서 나타나는 각각의 개인에 대한 서술은 현실 폭로적인 사회에 대한 서술로 전이되어 역사와 현실에서 누락되고 억압된 것을 보여줌으로써 인식의 지평을 확장한다. 시적 화자의 자기 반영을 통해 한 시대의 형상적 반영을 드러낸 서술시가 가진 묘사의 성격은 그 시대 상황을 뿌리 깊이 새겨낸다. 이로써 개인적인 상황의 미메시스로서의 객관세계를 수렴하여 현실이 갖는 본질적인 모순을 놓치지 않는다. 이를 통해 여성이 가진 현실의 조건에 갇혀 있으면서도 거기를 넘어서야만 한다는 열망을 역설적으로 담는다. 이는 현실을 극복하고 전유하는 변증법적 구조의 미메시스적 성취를 보여준다.

> 새벽에 일어나 창을 열면, 어머니
> 정다운 야산 하나가 쓰러져 있습니다
> 다시 새벽에 일어나 창을 열면, 어머니
> 말없는 야산 하나가 나동그라져 있습니다
> 옆구리에 불도저의 삽질을 받으며
> 자작나무 머리채를 싹쓸이당한 채
> 태백으로 향하던 꿈

한라 백두로 향하던 그리움 난도질당한 채
좌청룡 우백호 산하
뿌리뽑혀 있습니다

어둠이 자욱이 깔릴 때까지
오곡백과 무르익던 너르나너른 들판엔
들끓는 콜타르가 검게 검게 덮이고
징그러운 빌딩이 우우우 꽃히고
거대한 레미콘 트렁크 속에서
출산을 금지당한 여자처럼
(…)
저 불온한 자본의 음모 앞에서
오늘도 일당을 받아든 노동자들이
온순하게 잠드는 것은
땅을 포기해서가 아니라
산천을 포기해서가 아니라
가난한 사람들이 모여 사는 곳,
외로움도 잘 다듬으면
별이 되기 때문입니다
　　　　－「반월시화 2 － 산하여, 누가 너를 사라지게 하는가」부분
　　　　　　　　　　　　　（『광주의 눈물비』, 2권, 199~200쪽）

　　이 시는 서술성의 요건인 이야기를 서술형식으로 형상화한 시로서 급
속한 도시개발로 인해 하룻밤 사이에 집 앞의 산이 깎여 버리는 당대의
현실모습을 사실적인 시적 묘사로 형상화 하고 있다. 산업화로 인한 도
시 개발은 반월 원주민들과 "서울에서 밀려난 사람들"이 오랜 동안 어울
려 살아온 공간을 시멘트로 지배된 경관으로 변모하게 한다. 화자는 이
러한 도시화가 "출산을 금지당한 여자처럼" 재생산의 능력을 상실한 것

으로 본다. 거대도시로의 지향을 위해 서울 변두리인 안산의 반월동에까지 이른 도시개발은 장소의 파괴를 넘어 "여자", "어머니"로 표현되는 재생산의 기능을 가진 생태계 전체를 위기에 빠지게 할 것이라는 것이다. 자본의 풍요로움 속에서는 무의미한 풍요와 화려함만이 자리하기 때문이다. 이러한 "자본의 음모"는 장소의 파괴를 통해 그곳에 살던 사람들의 생업을 박탈하여 "일당을 받아든 노동자들"로 전락시키고 그들이 살아온 근거를 붕괴시켜 새로운 방식으로 살아갈 것을 강요하고 있다.

하지만 화자는 "가난한 사람들"이 현실적인 외부의 문제들을 "온순하게" 받아들인다고 말한다. 그들이 자신들에게 닥친 현실적인 고통을 치유할 대안으로 제시한 것은 "온순하게 잠드는 것"이다. 잠을 자는 것은 사람이 살아가기 위해 끊임없이 지속해야할 필수 행위이다. "가난한 사람들"은 도시 개발자들의 성급한 개발논리와는 거리가 멀지라도 "외로움"을 "잘 다듬"는 내부적인 관심과 문제에의 탐구를 끊임없이 지속할 것이라는 시적 화자의 의지가 나타나는 것이다. 화자는 도시개발에서 오는 문제점을 뚜렷이 직시하고 있다. 무의미함과 권태로움과 통속적인 도시에서 노동의 주체이지만 소비의 비주체로 살아가는 가난한 이들의 삶의 길을 통찰하는 것이다. 화자는 도시화로 인한 물질적 풍요와 매혹에 도취되는 것이 아니라 그러한 현실로부터 거리를 두고 주변의 변화를 냉정하게 관찰해 나가고 있다.

고정희가 도시 개발을 바라보며 큰 변화가 가져올 시대에 대한 예견을 하는 것은 벤야민이 1800년대의 파리의 아케이드를 바라보며, 자본주의가 전하는 권력의 욕망을 파악한 시선을 빌려 말할 수 있다. 벤야민의 서술에 있어 파리의 아케이드는 대도시 자체를 이야기하는 메타포로 이해될 수 있다. 프랑스의 왕정복고기에 건설된 아케이드는 한눈에 전체를 바라볼 수 있는 건물152)로 당대의 유행과 패션을 선도했다.

정치적 반동기에 건립된 소비공간인 아케이드는 소비의 욕망을 부추기는 권력의 욕망이 작동하는 것이다. 벤야민은 문명 시스템이 강력한 빛을 발산하기 때문에 우리는 그것을 볼 수 없고, 못 보기 때문에 그것에 현혹당할 수밖에 없는 그러한 관계라고 말하며 상품의 신화적 성격을 서술한다. 이 안에서 사람들은 상품의 신화적 성격에 현혹된다. 문명의 시스템이 강력하게 작동하는 아케이드는 사람들에게 일종의 환상이고 지금까지도 그 상태는 판타스마고리의 상태[153]로 계속된다.

파리의 아케이드를 바라보던 벤야민의 시선과도 같이 고정희는 도시개발이라는 한국 자본주의화의 상징적 공간을 끌어들여 개발 논리에 도취된 욕망의 모습을 드러낸다. 하지만 이에 일시적으로 대응하는 것이 아니라 기다림과 "잘 다듬"어 "별이 되"게 하는 열정에서 비롯되는 점진적인 변화를 이뤄낼 수 있으리라 파악한다. 도시개발로 인한 자연과 삶의 조건의 파괴에 대한 이러한 대처는 자신이 위치한 자리에서 꾸준한 노력을 아끼지 않겠다는 의지를 나타내는 것으로써 노동의 주체가 되어 노동이 가진 주체성을 재생산해 내겠다는 가능성을 보여주고자 하는 것이다. 화자의 이러한 태도는 사회구성원이 가지고 있는 자연적인 회복의 힘을 믿는 관찰자로서의 모습이라 할 수 있을 것이다.

이렇듯 고정희의 서술시는 화자의 삶과 삶의 태도를 행위의 객관적 상관물로 묘사하여 사실적인 시가 되게 한다. 미메시스의 충실한 실현을 통해 당대를 재구성하는 세계의 기록으로서의 역할을 해내는 것이다.

---

152) 발터 벤야민, 조형준 역, 『아케이드 프로젝트』 1, 새물결, 2005, 154쪽.
153) 발터 벤야민, 최성만 역, 「19세기의 수도 파리(1939)」, 앞의 책, 222~231쪽.

3. 고정희 서술시의 소통구조

고정희의 서술시는 초기부터 서술의 층위가 다양한 방식으로 존재한다. 서술시는 사상, 감정을 표현하는 서정시로서 화자의 판단과 정서에 따라 사건의 묘사와 서술이 달라진다. 고정희의 시는 개인의 경험이 아닌 타자의 경험을 바탕으로 한 이야기를 보여준다.154) 텍스트 생산의 의도성과 텍스트 생산의 배경이 되는 당대 역사적 상황이 긴밀하게 연계되어 있는 것이다. 이는 시를 통해 역사적 현실을 드러내려고 하는 의도 속에서 서술성을 수용하게 되었음을 짐작하게 한다. 미메시스적 서술의 성격을 가지는 고정희의 시적 양식은 당대의 현실 속에서 개연성을 지니는 이야기를 가져온다.

고정희의 서술시에서 소통 구조를 파악해 보는 것은 서술시가 서정시로서 화자의 판단과 정서에 따라 주관적 묘사를 시에 드러내고자 하는 차이점을 세밀하게 천착하여 해명하는 일이다. 즉 서정시의 언술이 주체의 내면과 객관적 외부가 서로 교섭하는 과정에서 발생하는 것이라 보았을 때, 고정희의 서술시는 그러한 주관성을 통해 어떤 상황에서 발화가 발생하는 것인가를 논의해 보는 일인 것이다.

서술시는 청자의 존재를 뚜렷하게 인식하고 전달의 측면을 최대한 고려하기에 소통의 측면에서 기존 서정시와는 다른 관점을 반영한다. 서술은 많은 이야기를 수월하게 전달할 수 있는 청자중심의 소통양식이다.155) 이는 서술시가 전달의 필요성에 대한 절실한 요청에 적합한 문체와 형식을 갖춘 양식임을 보여준다. 서술시는 다채로운 시대상황을 표현하기 위해, 구체적인 삶의 정황을 그려내거나 사라져가는 삶의

---

154) 서지영, 「한국 현대시의 산문성 연구」, 서강대학교 박사학위논문, 1998, 35쪽.
155) 이혜원, 앞의 책, 334~335쪽.

모습을 복원하기 위해 필요한 양식이었던 것이다.

　소통을 기호들 간의 소통 혹은 기호들을 전제로 한 소통이라고 본다면 소통은 인간과 인간 사이뿐만 아니라 인간과 사물 사이에 작용해 소외를 극복해 낼 수 있다. 우리는 기호적인 어떤 커뮤니케이션이 가지는 의미들을 소통이라고 한다. 그에 비해 벤야민은 큰 범주 내에서의 전통이나 경험을 소통이라 설명하며 이를 다시 복구하고자 한다. 복구는 회복과는 다르다. 복구는 현재화라는 개념과 만난다. 역사철학테제에서 과거를 바로 복구한다는 의미는 과거를 다시 그 상태로 불러들인다는 것이 아니라, 과거를 현재화한다는 의미이다. 현재화한다는 것은 과거와 오늘날이 서로 만나, 과거의 과거 속에 들어가 있는 요청과 현재를 개혁하기 위해서 필요한 어떤 요청이 두 개 다 성립될 수 있는 제 3의 상태로 변화해 나가는 것을 의미한다. 이것이 역사와 현실을 현재적으로 재구성하는 역사적 소통의 순간이다.

　고정희의 서술시의 소통구조를 분석한다는 것은 사회적, 역사적 맥락 안에서 고정희의 시가 가지고 있는 의미 형성을 분석하는 방법이 된다. 고정희 시의 형성의 원리이자 결과의 한 부분으로서 소통구조를 분석하는 것은 시인이 그의 사유를 형성하고 표현하는 힘[156]을 드러내는 방법을 말해 보는 것이다.

　여기서 서술시의 소통구조를 좀 더 세부적으로 살펴보면 다음과 같다. 텍스트 내부와 외부에서 복수적 층위의 소통모델은 형성된다. 이는 결과적으로 시 속에 타자의 담론을 끌어들이게 한다. 타자의 담론이란 인물의 언술을 통해서 극화되는 내부의 이야기인데, 이야기의 서술자

---

156) 벤야민은 "언어적으로 가장 현존적인 표현, 즉 가장 단단하게 규정된 표현, 언어적으로 가장 충만하고 확고한 것, 한마디로 가장 명백하게 언명된 것이 동시에 순수하게 정신적인 것"이라는 언어가 갖는 직접적 현실성을 말한다. 발터벤야민, 최성만 역, 「언어 일반과 인간의 언어에 대하여」, 앞의 책, 80쪽.

로서의 화자가 자신이 체험한 이야기를 전달하기도 하고 또는 타자 관찰의 이야기를 전달하기도 한다. 자신이 체험한 이야기를 전달할 때 서술자는 이야기에 보다 밀착되어 이야기의 보고자 역할 뿐만 아니라 자신의 정서를 표현한다.157) 또한 타자 관찰의 이야기를 전달할 때 서술자는 서술적 거리를 확보한다. 이러한 층위에서 서술자는 이야기 속의 주인공이면서 동시에 텍스트 외부로 그 이야기를 중개하는 서술자가 된다. 이러한 장치들은 구조적으로 서사적 인물들을 제어하고 서술을 전개시키는 내포작가의 현존을 가능케 한다.158)

소통구조의 분석은 서술시의 서술자인 화자와 가장 밀접한 관련을 지닌다. 서술자와 피서술자의 말에서 유발되는 관계를 매개로 시의 분위기나 느낌을 알 수 있기 때문이다. 소통구조는 서술자와 피서술자, 그리고 이야기 속에 나오는 대상의 성격이 수용되어 있는 바를 분석할 수 있는 도구가 된다. 서술시 텍스트는 서술자와 피서술자의 발언으로만 언어적 표현이 가능하기에, 구체적인 발화 상황은 서술자인 화자의 발언에 절대적으로 종속되어 있다.159) 그렇기에 소통구조 분석은 서술자인 화자가 드러내는 태도를 통해 그 시가 보여주고자 하는 미메시스를 알게 하는 중요한 요소가 된다. 앞서 살펴보았듯이 미메시스란 깨어있는 정신을 통해 위기의 순간을 읽어낼 수 있는 주체의 태도를 의미한다. 여기서 태도란 언어에 스며들어 있는 어떤 대상에 대한 미묘하고도 복합적인 정서적 반응에 대한 비유이다.160) 시인은 시적 대상을 시인의 주관적 시선으로

---

157) 고현철, 「서술시의 소통구조 연구」, 『한국문학논총』 21, 1997, 291~306쪽. 참고. 고현철은 채트먼의 서사적 텍스트의 소통구조를 서술시의 양식적 특성에 맞추어 변형하고 있는데, 이 글에서는 고현철이 제시한 소통구조의 틀을 참고하여 논의하였다.
158) 서지영, 앞의 책, 37쪽.
159) 박현수, 앞의 책, 255쪽.

포착한다. 시의 소통구조를 분석하는 것은 시인이 시적 대상을 선택하여 그것을 서술하는 주관적 시선을 분석하는 것이 된다.

채트먼은 서사 텍스트를 다음과 같은 소통구조[161]로 도식화하였다.

서사적 텍스트

실제작가 –> 내포작가 –> (서술자) –> (피화자) –> 내포독자 –> 실제독자

고현철은 이를 바탕으로 서술시 텍스트의 소통구조를 크게 세 가지로 유형화[162] 한 바가 있다. 서술시는 함축적인 이야기를 서술자의 화법으로 표현한다. 이때 고정희 시 텍스트 내부의 대화적 성격은 텍스트 외부의 독자를 향해 텍스트 내부의 목소리가 세분화되는 양상을 보인다. 크게 세 가지로 나눌 수 있는 소통구조의 양상은 다음과 같다.

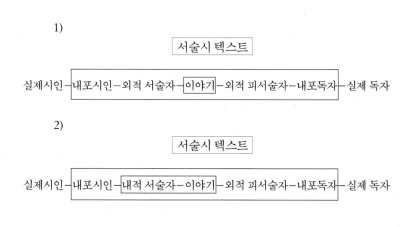

1)

서술시 텍스트

실제시인–내포시인–외적 서술자–이야기–외적 피서술자–내포독자–실제 독자

2)

서술시 텍스트

실제시인–내포시인–내적 서술자–이야기–외적 피서술자–내포독자–실제 독자

---

160) 위의 책, 250쪽.
161) 시모어 채트먼, 김경수 역, 『영화와 소설의 서사구조』, 민음사, 1990, 183쪽.
162) 소통구조에 대한 논의는 채트먼 도식을 활용한 고현철의 논의를 참고하였다. 고현철, 앞의 책, 291~306쪽.

3)

| 서술시 텍스트 |

실제시인─내포시인─내적 서술자─이야기─내적 피서술자─내포독자─실제독자

고정희의 시 텍스트의 이야기와 서술자의 관계에서 서술자가 이야기의 세계 안에 존재하는 인물일 경우를 내적 서술자, 서술자가 이야기의 세계 밖에 존재하는 인물일 경우는 외적 서술자로 본다. 또한 위의 도표에서 큰 상자는 서술시의 텍스트 전체를 가리키고, 작은 상자는 이야기 세계의 범위를 가리킨다.163)

1) 이야기 밖의 서술자와 피서술자

서술시 텍스트의 소통구조에서 1)의 경우 내포시인은 서술시 텍스트의 표면에 드러나지 않는 주체로서 내포독자를 상대한다. 내포시인과 내포독자는 모두 텍스트의 표면에 드러나지 않는 요소이다. 외적 서술자와 외적 피서술자 또한 이야기의 세계 밖에서 존재하며 이야기를 전달 받는데, 문학 외적인 메타 텍스트 안에서 미메시스의 공유와 소통은 이루어진다. 서술행위의 주체도 이야기의 주체도 이야기의 밖에 위치하여 이야기의 밖에 있는 서술자가 이야기의 밖에 있는 피서술자에게 이야기를 전달하는 것이다.

> 아이 하나 낳고 싶어서
> 때늦기 전 아이 하나 얻고 싶어서
> 삼백육십날 비린 구토에 젖은 여자
> 능수버들로 서서 풍상 비끼고

---

163) 위의 책, 295쪽.

나뭇등걸로 서서 한 세월 버티면서
뼈마디 욱신대는 노동 휘어잡고
온갖 비린 것들은 풀무질하는 여자

죽순처럼 치솟는 아이 보고 싶어서
밀림처럼 늠름한 아이 갖고 싶어서
나무깍지 같은 손에 일곱 삼 년 움켜쥐고
들판보다 탄탄한 기다림을 가는 여자

싱싱싱 노래하는 아이
반짝반짝 빛이 나는 아이
다만 사람 하나 얻고 싶어서
때늦기 전 사람 살고 싶어서
말로만 될 일은 아니기에
인력으로만 될 일은 아니기에
드디어 한 알 밀알로 썩는 여자
　　　　　「유랑하는 이브의 노래 – 창세기 3장 16절[164]」
　　　　　　　　　　　(『실락원 기행』, 1권, 141쪽)

　이 시는 이야기 밖의 서술자인 외적 서술자가 작중 인물인 여자의 이
야기를 전해주고 있는 서술시이다. 피서술자 또한 외적 피서술자로서

---

164) 창세기 3장 13절~16절은 "주 하느님께서 저에게 말씀하셨다. '네가 이런 일을 저
　질렀으니 너는 모든 집짐승과 들짐승가운데에서 저주를 받아 네가 사는 동안 줄
　곧 배로 기어 다니며 먼지를 먹으리라. 나는 너와 그 여자 사이에, 네 후손과 그 여
　자의 후손사이에 적개심을 일으키리니 여자의 후손은 너의 머리에 상처를 입히고
　너는 그의 발꿈치에 상처를 입히리라.' 그리고 그 여자에게는 이렇게 말씀하셨다.
　'나는 네가 임신하여 커다란 고통을 겪게 하리라. 너는 괴로움 속에서 자식을 낳
　으리라. 너는 네 남편을 갈망하고 그는 너의 주인이 되리라.'"이다. 구약의 1권인
　창세기에서 이 내용은 이브가 하나님의 뜻에 순종하지 않고 하나님의 율법을 지
　키지 않음으로써 그녀에게 가해진 원죄를 나타낸다.

이 시의 이야기는 이야기 주체의 개입이 최소화되어 객관화 하고 있다. 이야기의 세계 밖에 존재하는 이야기의 주체인 외적 서술자가 작중 인물의 이야기를 다 알고 이야기의 세계 밖에 있는 피서술자에게 이야기를 전달하는 것이다. 여기서 외적 서술자가 이야기를 전달할 수 있는 것은 서술자의 전지적 권위 때문이라고 볼 수 있다. 여기서 서술자의 전지적 권위는 낙관적 미래 전망을 통한 생태적 회복을 바라는 집단적이고 원형적인 이야기를 담고 있기 때문에 가능한 것으로 파악된다. 모성으로 인한 회복은 아이가 희망이 되는 생명의 순리를 담고 있기에 가능한 것이다.

이 시의 마지막 연에 나타나듯이 "싱싱"하고 "반짝 반짝 빛"나는 생명력은 어머니의 "기다림"의 인내로 이루어지는 것이다. 어머니가 되는 여자의 모성은 "말로만 되"는 것도 "인력으로만 되"는 것도 아닌 자신을 밑거름으로 하는 희생을 바탕으로 한다는 것을 이 시는 보여준다. 여자의 온 몸이 거름이 되어야 유지되는 생명의 순환을 통해 여성의 생명성과 강인함이 가지고 있는 창조성을 구체화165) 하는 것이다.

> 오월이라는 의미를
> 그대 저녁밥상에서 밀어내지 말라
> 광주는 그대의 밥이다
> 오월이라는 눈물을
> 그대 마른 가슴에서 닦아 내지 말라
> 광주는 그대의 칼이다

---

165) 바디우는 가족이라는 세계를 창조하는 순간 사랑이 실현되는 것이 아니라, 삶에서 지속되고 있는 여러 가지 다른 방식을 사랑이 창출하고 사랑을 통해 지속하고자 하는 강한 욕망을 이룬다고 말한다. 사랑으로 실현한 아이의 탄생은 바디우가 말하듯 삶을 재 발명하게 하는 것이다. 알랭바디우, 조재룡 역, 「사랑의 구축」, 『사랑예찬』, 도서출판 길, 2010, 43~44쪽.

오월이라는 함성을
그대 출세진급표에서 삭제하지 말라
광주는 그대의 역사성이다

오월이라는 상처를
그대 장래 희망사항에서 내려놓지 말라
광주는 그대 부활의 땅이다

오월이라는 주먹밥을
그대 축복 가운데서 외면하지 말라
광주는 그대 진실의 징표이다

오월이라는 기다림을
그대 겨울 난롯불에 화장하지 말라
광주는 그대의 봄, 우리의 봄,
서울의 봄이다
　　　　－「망월동 원혼들이 쓰는 절명시 － 우리의 봄, 서울의 봄 2」
　　　　　　　　　　　　　　　　　（『광주의 눈물비』, 2, 127~128쪽）

　　외적 서술자는 직접적이고 직정적인 언어로 오월과 광주를 잊지 말
것을 외적 피서술자에게 명령하고 호소한다. "광주는 그대의" "밥",
"칼", "역사성", "부활의 땅", "진실의 징표", "봄"이라는 언어는 시대적
절박성을 가지고 그 격렬한 어조에 담긴 역사적 고통의 무게를 전한다.
동시에 화자는 현재와 미래의 삶의 현장에서 오월의 기억을 "밀어내
지", "닦아 내지", "삭제하지", "내려놓지", "외면하지", "화장하지" "말
라"고 전함으로써 정치적인 폭압의 역사를 잊지 말 것을 당부함과 동시
에 자본주의와 정치의 결탁, 그리고 인간 가치가 붕괴된 거대 권력 안
에서 살아가는 소시민들의 체념과 방관을 경계한다.

이러한 소통구조는 서술행위의 주체인 내포시인이 집단적이고 원형적인 이야기를 외적 서술자를 통해 외적 피서술자와 내포독자에게 전하는 이야기로서 텍스트 생산자인 실제 시인의 의도성에 도달하게 된다. 실제 시인의 표현적 기능이 실제 독자에의 호소라는 기능과 강력하게 결합하는 것이다. 유사성을 지각하는 인간의 능력은 주변세계에 적응하기 위한 미메시스의 능력이기 때문이다.

2) 외적 피서술자에게 이야기를 전달하는 내적 서술자

서술시 소통구조의 2)의 유형은 이야기의 안에 존재한 내적 서술자가 이야기 밖에 존재하는 외적 피서술자에게 이야기를 전달하는 경우이다.[166] 이 때 이야기의 주체인 내적 서술자가 자신의 이야기를 하는 경우와 타인 관찰의 이야기를 하는 두 가지의 경우로 나뉜다. 내적 서술자가 자신의 이야기를 외적 피서술자에게 전달하는 경우는 다음과 같다.

> (…)
> 하느님을 가진 내 희망이
> 이물질처럼 징그럽다고 네가 말했을 때
> 나는 쓸쓸히 쓸쓸히 웃었지
> (…)
> 전등불 아래 마주 선 너와 나
> 삼십대의 불안과 외로움 너머로
> 유산 없는 한 시대가 저물고 있었지
>
> 그러나 친구여, 나는 오늘밤
> (…)

---

166) 고현철, 앞의 책, 297쪽.

내 희망의 여린 부분과
네 절망의 질긴 부분이
톱니바퀴처럼 맞닿기를 바랐다
아프리카나 베이루트나 방글라데시
우울한 이 세계 후미진 나라마다
풍족한 고통으로 덮이시는 내
하느님의 언약과 부르심을
우리들 한평생으로 잴 수는 없는 것이라서, 다만
이 나라의 어둡고 서러운 뿌리와
저 나라의 깊고 광할한 소망이
한몸의 혈관으로 통하기를 바랐다

　　　　　　　　　－「서울 사랑 － 절망에 대하여」부분
　　　　　　　　　　（『이 시대의 아벨』, 1권, 302~303쪽）

　　이 시는 내적 서술자인 "나"가 친구에게로부터 "하느님"에 대한 화자
의 "희망"이 "징그럽다"는 말을 듣고 척박한 시대에 하느님에 대한 희
망을 가지고 있는 것의 의미에 대해 생각하는 이야기를 담은 서술시이
다. 이야기의 주체이자 내적 서술자인 화자는 이야기의 세계 안에 존재
하며 자신이 체험한 이야기를 말한다. 이 이야기는 자신이 겪은 이야기
이므로 내적 서술자의 정서표현과 결합되어 서술적 거리가 짧다. "불
안", "외로움", "서러운" 등의 정서적 발언이 이를 뒷받침한다.
　　내적 서술자인 화자는 사회적, 역사적 맥락 안에서 이야기 속의 중개
인이자 이야기의 보고자 역할을 한다. 자신의 이야기를 내적으로 가라
앉히고 당대에 살아있는 "너와 나", "이 나라"와 "저 나라"의 구체적인
민중적 정서를 담담하게 드러낸다. 이러한 내적 서술자에 의한 담담하
면서도 내면적인 어조는 개인적인 내면으로 세계를 미메시스적으로
수렴하는 모습으로 비춰진다.

(…)
아직도 조선의 남녀 문사 머릿속엔
우리가 그토록 지긋지긋해하던
가부장제 허세가 은연중 남아 있어요
(…)
오늘 조선의 딸들에게 나는
사랑과 결혼 얘길 쓰고자 합니다
내 살아생전 이루고자 했던 꿈
여자의 사랑과 결혼의 멍에가
이승에 아직 대를 잇고 있기 때문입니다
사십 안팎의 물 같은 내 생애
나는 사랑했지만 머물지 않았고
결혼했지만 집을 짓지 않았습니다
(…)
이렇듯
흐름과 머묾이 마주치는 그곳에
나의 계약결혼이 있었습니다
삼삼육합이라 하여 육 년으로 정하되
앞 삼 년은 남자가 내 집에 머물고
뒤 삼 년은 내가 남자 집에 머물러
밥도 반반 돈도 반반 분담했지요
밥과 돈을 똑같이 책임지는 일
정해진 시간만 서로 하나 되는 일
이것이 결혼에서 매우 중요합니다
(…)

　　　　　－「황진이가 이옥봉에게 － 이야기 여성사 · 1」 부분
　　　　　（『여성해방출사표』, 2권, 237~246쪽）

이 시의 내적 서술자인 황진이는 "여자의 사랑과 결혼의 멍에가" 아직까지 계속되고 있는 현시대를 바라보며, 과거 조선시대의 가부장제 하에서 자신이 취했던 방식을 말한다. 황진이 스스로가 "결혼"이라는 사회 지배적 가치와 담론에 함몰되지 않고 살아온 이야기를 전하는 것이다. 이 시에서 황진이가 스스로 이러한 사실을 말하는 의도는 김승희가 논의했듯이 「이야기 여성사」 연작시의 발화주체로서 자신의 정체성을 1980년대의 페미니즘 코드로 해체하여 새로운 여성해방적 여성상167)을 말하기 위한 것이라 보인다.

이렇게 볼 때 이 시에서 내적서술자인 황진이가 외적 피서술자에게 자신의 이야기를 통해 말하고자 하는 것은 현 시대 여성해방의 과제이다. 이는 결혼에 대한 사회적 인식을 타파하기 위한 것이다. 황진이는 사랑의 결과로 결혼을 선택하지만 그것이 여성 스스로를 종속시키게 하는 현실을 자신의 체험을 통해 말하고 있다.

현 시대에서 여성은 결혼을 통해 사회적으로 규정된 역할을 수행함으로써 가부장적 구조를 안정화시키고 새로운 노동자를 재생산함으로써 경제를 안정화시키는 역할을 한다.168) 내적 서술자는 가부장제에 여성이 종속되어 있는 것이 과거에서부터 변함없이 계속되어 왔음을 알리고 여성이 가부장제에서 해방되기를 요청하고 있다. 내적 서술자인 황진이가 말하는 가부장제에 종속되지 않기 위해 "밥과 돈을 똑같이 책임지는 일"은 케이트 밀렛의 발언과 일치한다. 케이트 밀렛은 남성들의 공적, 사적 세계의 통제가 가부장제의 구성요소이기 때문에 여성들이 해방되고자 한다면 남성의 지배는 제거되어야 한다고 하였다. 그는

---

167) 김승희, 「고정희 시의 카니발적 상상력과 다성적 발화양식」, 앞의 책, 24쪽.
168) 린다 맥도웰, 여성과 공간 연구회 역, 『젠더, 정체성, 장소-페미니스트 지리학의 이해』, 한울아카데미, 2010, 148~149쪽.

성별체계에 있어서 여성억압의 진정한 원천을 파괴하기 위해서는 모든 생존에서 여성과 남성이 동등한 사회를 구축하는 노력이 필요하다[169]고 말한다. 이와 마찬가지로 내적 서술자인 황진이는 제도와 사회적 억압구조를 넘어서는 자세를 보여준다. 그럼으로써 여성해방에 있어 결혼제도를 타파하는 것이 필요함을 설득력 있게 보여주고 있다.

내적 서술자인 황진이는 자신의 개인적인 이야기를 하지만 이를 통해 외적 피서술자의 사회적 추상화의 과정에 영향을 끼친다. 외적 피서술자가 내적 서술자의 이야기를 통한 경험으로 그 차이를 이해해 나가는 가능성은 있기 때문이다. 미메시스의 과정에서 외적 피서술자는 자기 자신 밖으로 나오며, 내적 서술자의 세계에 동화되고, 그 세계를 자신의 내부 세계로 끌어들일 가능성을 얻는다. 그 과정은 이해를 위한 필수조건이다.[170] 이야기의 매체로서의 성격은 미메시스적인 인식관계를 통해 과거의 기억을 현재로 재구성한다. 이는 역사적 관점에서의 진리를 포착하는 고정희 시가 가진 역사적 성격이라고 볼 수 있다.

서술시 소통구조의 두 번째 유형에서 내적 서술자가 타인 관찰의 이야기를 외적 피서술자에게 하는 경우는 다음과 같다.

> 내가 거처하는 호스 슈 빌리지 아파트에는
> 종교학을 가르치는 인도인과
> 비파를 연주하는 중국인 그리고
> 시를 쓰는 한국인이 함께 살고 있는데요
> 세 나라가 함께 모여 이야기를 나눌 때는
> 아시아가 하나라는 생각이 들다가도

---

169) 케이트 밀렛, 김전유경 역, 『성 정치학』, 이후, 2009, 74~104쪽.
170) 군타 게바우어 · 크리스토프 불프, 최성만 역, 『미메시스 사회적 행동─의례와 놀이─미적 생산』, 글항아리, 2015, 208~209쪽 참고.

서로 고픈 배를 해결하는 방식에는
동상이몽을 확인하게 됩니다
(…)
미국 사람은 미국식으로 밥을 듭니다
더러는 그것을 칼자루밥이라 말합니다
한국 사람은 한국식으로 밥을 듭니다
더러는 그것을 상다리밥이라 말합니다
손가락밥이든 젓가락밥이든
마시는 밥이든 칼자루밥이든

그게 뭐 그리 대수로운 일이랴 싶으면서도
이를 가만히 바라보노라면
밥 먹는 모습이 바로 그 나라 자본의 얼굴이라는 생각이 듭니다
(…)

우리들이 겁내는 포도청이
젓가락힘이냐 마시는힘이냐 칼자루힘이냐……
이 삼자 대질의 묘미를 즐기다가
(…)
보리밥 고봉 속에 섞여 있는 단순한 땀방울과
보리밥 고봉 속에 스며 있는 간절한 희망사항과
보리밥 고봉 속에 무럭무럭 솟아오르는 민초들의 뜨겁디뜨거운 정,
여기에 아시아의 혼을 섞고 싶었습니다
— 「밥과 자본주의 — 아시아의 밥상문화」 부분
(『모든 사라지는 것들은 뒤에 여백을 남긴다』, 2권, 423~425쪽)

　모든 사람은 밥을 먹고 생명을 유지한다. 그리고 사람은 자신이 태어
난 나라의 문화에 따라 밥을 먹는 방식이 다르다. 내적 서술자는 "세 나
라"의 사람들이 "함께 모여 이야기를 나눌때"에는 "아시아가" "하나"로

느껴진다고 말한다. 하지만 "고픈 배를 해결하는 방식"을 보며 "동상이 몽을 확인"한다고 타인 관찰의 이야기를 외적 피서술자에게 한다. 이는 서로의 대화 속에서는 조화로운 세계를 구축 할 수 있지만, 서로 다른 밥을 먹는 방식을 보면 서로가 조화를 이룬다는 것이 현실적인 문제에 영향을 받을 수밖에 없다는 것을 보여준다.

내적 서술자가 관찰한 각 나라의 사람들이 "밥"을 먹는 방식은 각 나라 문화를 전경화 하는 것으로서 여러 문화권 각각의 개별성을 상징적으로 보여준다. 내적 서술자는 여러 나라마다 밥을 먹는 방식에 주목한다. 이어서 그 각각의 행위에 지배구조의 의미를 부여한다. "밥 먹는 모습이" "그 나라 자본의 얼굴"이라는 생각을 통해 밥을 먹는 방식에서 국가가 가지고 있는 자본 지배구조를 의미화 한 것이다.

내적 서술자는 밥이 "나누는 힘"이라고 말한다. 이는 자연의 일부인 사람이 모든 것을 공존하며 질서와 균형을 나누어 가야한다는 화자의 지향을 엿보이게 한다. 자본의 힘에 따른 약육강식의 지배 이데올로기가 아닌 모든 사람이 가지고 있는 동등한 권리를 말하고자 하는 것이다. "서로 고픈 배를 해결하는" "대수롭"지 않아 보이는 자연의 질서는 모든 사람들의 평등한 질서를 보여준다. 하지만 자본의 지배 이데올로기는 밥을 먹는 방식에서까지 그들의 지배질서를 떠올리게 한다.

하지만 마지막 연에서 내적 서술자는 시각을 확장하여 "밥"이 가지는 현실적인 문제들을 치유할 대안을 제시한다. "민초들"의 "단순한 땀방울"과 "간절한 희망사항"과 "뜨거운 정"이 있는 "보리밥 고봉"을 생각한다는 것이다. 누구의 상차림에도 올릴 수 있는 보리밥은 계급적 질서를 한정짓지 않는다. 그리고 "보리밥 고봉"에는 "단순한 땀방울"로 환원되는 육체적 차원과 "간절한 희망사항"으로 환원되는 정신적 차원,

"뜨거운 정"으로 환원되는 공동체적 의식이 담겨있다고 본다. 이는 밥을 향유하는 주체의 경험을 자본의 지배이데올로기를 초월한 보편적 성질을 지닌 것으로 확장시키고자 하는 것이다. "밥은 다만 나누는 힘"이라는 화자의 전언은 자본의 힘에 따른 지배논리를 떠나 자연의 일부인 생명체로서의 평화로운 공존을 바라는 내적 서술자의 마음을 전달한다. 내적 서술자의 관찰자로서의 시선과 그것에 대한 이야기를 담은 이 서술시는 다른 것에서 유사성을 보는 미메시스 능력을 드러내는 것이다. 이는 주체와 객체가 서로 밀접하게 연관되어 있다는 것을 알려준다. 그것은 현실에 대한 이해와 역사에 관한 서술의 관계성을 보여준다.

> 20년 동안 무심히 까발려진 한강에서
> 사내들은 모래에 삽질을 하고
> 사대문 안에서는
> 허울좋은 보도들이
> 시골 풍년잔치와 놀아나는 시월,
> 어인 일인가
> 조선국 충렬왕조에 공출 나갔던
> 고려 여자들이 돌아오네
> 앞산 뒷산 풀섶에
> 흰 들국향으로 돌아오네
> 다리 후들거리며 떠나갔던 여자들,
> 회회아비와 살을 섞고
> 청국인과 피를 섞고
> 오랑캐와 넋을 섞어
> 조선국 사대부 밥줄 지킨 여자들
> 황천국 하늘이나 떠도는 줄 알았더니
> 저것 봐라……

으드드득 주저앉은 무릎뼈 흔들며
들국 산국 향으로 돌아오네
청천벼락 때리며 돌아오네

돌아오네
돌
 아
  오
   네
일제치하 끌려갔던 정신대 여자들
이씨조선 여자들이 돌아오네
가슴 벌럭거리며 실려갔던 여자들
혀 깨물고 죽을 자유도 없이
도쿄와 규슈와 고베로 흩어져
멕시코와 필리핀과 브라질로 흩어져
요강방석이 되고 더러는
횟감이 되고 더러는……
일본이노 좋아데스
조선이노 마라데스
친일이노 매국노 재산지킨 여자들
구천의 강물로나 사라진 줄 알았더니
이 어인 일인가
우두두둑 바스러진 우국지조 흔들며
개망초 들망초 꽃으로 돌아오네
달빛 스산한 한강물 밟으며
천재지변 데불고 돌아오네
떠 떠 떠
 나 나 나
  가 가 가
   네 네 네

해동천 공화국에 사는 여자들
달러박스 낚시질 밥으로 떠나가네
기생관광 산업관광 버들피리 되어
삘닐리리 삘닐리리 보리피리 되어
하이, 하이, 마이 달링
심심산천 도라지꽃으로 웃다가
다국적 기업의 똥물로 흐르다가
이 강 산 낙화유수……
사계절이 아름다운 나라
해동천 공화국에 사는 여자들,
두당 1백 30만원, 팔려가네
한겨레 한가지로 팔려가네
  ―「현대사 연구 · 14― 가을 하늘에 푸르게 푸르게 흘러가는
      조선 여자들이여」(『눈물꽃』, 1권, 499~501쪽)

이 시는 우리의 역사에서 구축된 여성의 몸을 포착한다. 고려시대에서 일제시대를 지나 이 시가 쓰여진 시간에 이르기까지 정치적 권력으로 이용되고 가부장제의 억압으로 인해 억압된 여성의 몸에 기술된 젠더적, 문화적, 역사적 문제들을 적나라하게 보여주는 것이다. 이 시에서 이야기의 주체인 서술자는 이야기의 세계 안에 존재하는 내적 서술자로서 자신의 체험 이야기가 아닌 이 땅의 여성의 이야기를 전달하는 관찰자에 해당한다. 그런데 이 서술시에서 이 땅의 여성들의 이야기는 내적 서술자의 직접 관찰에 의한 서술로 이루어져 있다. 관찰자로서의 서술자가 일관성을 유지하며 객관적 시선을 보여주려 하는 것이다. 여성들이 역사적으로 억압당한 내력은 과거의 기억을 통해 언급된다. 내적 서술자는 현재까지도 억압되는 여성의 삶을 객관적인 시선으로 바라보며 과거의 기억을 통해 현재를 재구성한다. "여자들"은 과거에서

부터 권력에 의해 관능과 욕망의 대상으로 여겨져 왔다. 이렇게 이 땅의 여성의 몸이 남성 규범에 의해 이용당하는 것은 "해동천 공화국"에 이르러서도 변함이 없다. 여자들은 "기생관광"으로 자신의 몸을 자본에 잠식당한다. "다국적 기업"으로 상징되는 자본주의 사회에서 여자들은 자신의 몸을 남성에 의해 소비당하고 억압당하며 있는 것이다.

이 시의 이야기의 주체인 서술자는 이야기의 세계 안에 존재하는 내적 서술자이다. 이 시의 내적 서술자는 현실에서 여성의 몸이 아직도 남성중심의 역사 속에 자리하고 있다는 것을 일관된 시선으로 관찰하여 관찰자로서의 시선을 유지한다. 이 시는 서술행위의 주체인 내포시인이 이야기의 주체인 내적 서술자가 관찰한 이야기를 한다. 그럼으로써 외적 피서술자와 밀착되어 있는 내포독자로 하여금 내적 서술자가 관찰한 시선으로 이야기의 사태를 인식하게 유형화 한다. 이로써 유린당하고 착취당해왔던 여성의 몸을 전면에 등장시켜 남성중심주의에 의해 짓눌린 여성의 정체성과 역사를 해체된 여성의 몸으로 현시한다. 그리고 과거의 규범과 정치적 문제 속에 희생되고 억압되었던 여성들의 기억을 제시한다. 이를 통해 현대문명과 자본의 힘 앞에서 계속되는 여성의 현실을 자각하고 과거의 기억을 현재로 재구성시킴으로써 힘겨운 저항을 계속하려는 자세를 내포 독자에게 보여주고자 한다. 과거로부터의 경험 속에서도 아직 달라진 것이 없는 여성들의 참혹한 현실이 긴 호흡 속에 유장하게 드러나는 것이다.

이 서술시의 이야기의 배경을 이루는 "한강"의 흐름은 역사의 흐름을 상징하는 것으로서 역사 속에서 아직 쓰이지 않고 읽히지 않아 진정한 여성해방을 이루지 못한 과거의 부분을 오늘날과 만나게 하기 위한 시적 장치로 작용한다. 과거 속의 요청과 현재의 요청이 만나 현재를 개혁하기 위해 넘어서야만 하는 기나긴 여정을 보여주는 것이다. 이는 아직 쓰이지 않았고 읽히지 않은 부분을 미메시스적으로 형상화하여 드러내고자 하는 것이라 볼 수 있다.

3) 이야기 내의 내적 서술자와 내적 피서술자

다음으로 서술시의 소통구조에 있어 3)의 경우를 보자. 3)의 경우는 이야기의 주체가 이야기의 세계 안에 존재하는 내적 서술자일 뿐만 아니라 이야기를 듣는 상대도 이야기의 세계 안에 존재하는 내적 피서술자인 경우이다. 이때에도 이야기의 주체인 내적 서술자와 이야기의 관계에 따라 다시 두 가지로 나눌 수 있다. 내적 서술자가 자신의 이야기를 하는 경우와 타인의 이야기를 하는 경우이다. 내적 서술자가 타인 관찰의 이야기를 하는 경우가 내적 서술자가 자기 체험의 이야기를 하는 경우 보다 서술적인 거리가 확보된다. 이러한 경우는 고정희 시 텍스트의 전반에 걸쳐 나타나는데, 대표적으로 마당굿시 계열의 시편들에서 내적 서술자가 타인 관찰의 이야기를 하는 경우와 내적 서술자가 자기 체험의 이야기를 하는 경우로 유형화 되어 시적 주체의 자기 표현적 목소리가 나타나는 것을 볼 수 있다.

「그 가을 추도회」는 제3시집 『초혼제』에서 세 번째로 실려 있는 시이다. 이 시의 배경은 공간적으로는 "고민해 여사"의 1주기 추도식이고, 시기적으로는 일제로부터 국권을 회복했던 8·15 해방에서 1980년 5·18 민중항쟁에 이른다. 이 시를 이끄는 화자로서의 서술자의 목소리는 1장에서 고민해 여사의 자녀이다. 이는 내적 서술자가 자신이 체험한 이야기를 전달하는 것이다. 이후 2장에서 내적서술자는 어머니인 타자를 관찰하여 타자 체험의 이야기를 전달한다. 서술자가 관찰하는 타자는 "어머니"에서 믿음과 희망을 가진 "젊은이의 임"으로, 그것은 다시 "그"로 변화하여 서술된다. 3장에서의 내적 서술자는 "우리"를 관찰하여 서술하는 모습으로 확장되어 자기 자신과 타자 공동의 체험을 서술한다. 다시 4장에서 내적 서술자는 "고민해 여사"의 자녀로 자신의 체험을 서술하고 5장에서는 다시 "우리"인 자신과 타자 모두의 체험을 관찰하여 서술하는 것으로 변화한다.

이 작품은 시적 화자가 개인에서 집단화된 사람들로 나타나며 변화하는 양상을 보여준다. 이렇듯 「그 가을 추도회」에 나타나는 이야기의 중심에는 내적서술자와 그 이야기를 이야기 안에서 함께 듣는 내적 피서술자가 함께 존재한다. 이는 우리나라 현대사의 사건들과 일치하며 우리 현대사 전체를 통시적으로 관류하고 있다. 또한 변화하는 내적 서술자가 이야기의 보고자 역할로 자신이 관찰한 어머니의 삶의 역사를 서술한다. 이와 동시에 내적 서술자가 어머니의 이야기나 시 속에 나타나는 "그"의 이야기를 이야기의 세계 안에 존재하는 내적 피서술자에게 하여 어머니와 그의 삶을 드러내기도 한다. 또한 내적 서술자는 자신이 체험한 이야기를 전달하기도 한다. 이에 따라 서술자인 화자는 그때마다의 정황에 따라 다른 태도를 나타낸다. 이는 아래의 시에 나타나는 "어머니"의 삶의 역사를 관통하여 살아있는 정서를 느끼게 한다.

제 1장 향촉례
1. 구멍 뚫린 가슴을 위하여

먼 길에서 오시는 여러분
허전한 여러분의 가슴을 위하여

검은 리본이 준비되어 있습니다.
허파에 구멍이 뚫리신 분들이나
애간장 다 녹아 가슴구멍 펑, 뚫리신 분들은
이 리본 한 장으로 응급처리 하십시오
(⋯)
만장하신 우리 믿음의 동지 여러분
또한 저와 피를 나눈 형제자매 여러분
그리고 저 멀리 미국과 일본 필리핀과 멕시코
(⋯)
지금으로부터 여러분이 그토록 아껴주셨고
저희 가족이 이토록 애타게 못잊어하는
고민해(高民海)여사 십 주기 추도회를
시작하겠습니다
(⋯)
　　　－「제3부 그 가을 추도회」 부분 (『초혼제』, 1권, 222~223쪽)

　　이 시는 행과 연의 구분으로 문장 단위의 리듬을 구성하고 있지만, 일상적인 어투로 서술하는 서술적 문체가 계속된다. 이야기의 세계 안에 있는 내적 피서술자를 향해 대화하는 발화적 형태로 이어지고 있는 것이다. 이로써 이 시는 청자 지향의 극적 독백의 성격 또한 띠게 된다. 이는 서술시가 가지고 있는 이야기적 요소가 전달의 필요성을 가지고 더욱 구체화 된다는 것을 명확하게 한다.

　　이 시는 어머니 고민해(高民海) 여사의 십주기 추도회의 형식으로 "향촉례", "글로 쓴 약전", "추도시", "추도사", "초혼제"의 5장으로 구성되어 있다. 1장에서의 내적 서술자는 이 추도회의 주체로서 자기체험의 이야기를 전달하고 있다. 이때 화자인 내적 서술자는 이야기에 보다 밀착되어 이야기의 보고자 역할과 함께 자신의 정서적 표현 또한 나타낸다. 내적 서술자는 이 추도회의 참석자이자 내적 피서술자인 "믿음의 동지"와 "형제자매", 각국에서 온 "교포"와 애 간장 다 녹아 가슴구멍 펑 뚫리신 "먼길 오신 여러분"을 향해 발화한다. 이러한 내적 서술자의 태도는 어머니와 어머니를 추도하기 위해 참석한 자들이 집단적 내면성을 가지고 있는 자들임을 나타낸다. 그리고 그들이 가지고 있는 외부적 환경은 "글로 쓴 약전"을 통해 드러난다.

제 2장 글로 쓴 약전
1. 외로운 탄생

여사의 약전은 이러합니다
그는 지금으로부터 삼십팔년 전
해방둥이로 탄생하셨습니다
(…)
왜놈들은 무릎을 꿇었는데,
천구백사십오년 구월 구일
조선총독부 아베 노유키는
중앙청 앞에서 항복문서에 조인하였는데,
(…)
미군정 뒤뜰에서 놀던 그에게
백발의 노인이 찾아왔습니다 그의
연고자 이승만 할아버지였습니다
(…)
3. 아아 죽음 또 죽음

그러던 어느날이었습니다
천지를 뒤엎는 총포소리와 함께
삼천리가 피바다로 물들었습니다

(…)
오오 나라 잃은 슬픔보다 배가 고파 울부짖는
고아와 노인들과 유린당한 처녀들과
불타는 강산을 보며 그는
패망의 성벽에 앉아
석달 열흘을 통곡하였습니다
석달 열흘을 울부짖었습니다
석달 열흘을 단식하였습니다

철없이 먹고 마신 우리의 가슴에
깃발 같은 한 장의 화인(火印)을 남기고
즈믄 가람 속에서 그가 임종하던 날
우리가 즐긴 건 피크닉과 티브이쇼
야구 경기와 권투 시합이었지만
무슨 무슨 세미나와 무슨 무슨 모임
구라파와 아프리카 인도 관광이었지만
천구백필십×년 ×월 ×일이
우리의 죽음이라 불러두는 오늘밤에는
그가 빚어놓은 포도주를 마시며
한반도의 장손들이 모여
어둠 속에 질펀하게 퍼질러앉아
삼천오백만의 길을 묻는다
삼천오백만의 뜻을 묻는다
캄캄하게 캄캄하게 뻗은 이 길
이승만이 데려온 코쟁이와 깜둥이 미군들,
양키와 깜둥이의 그것을 빨아주며
초콜릿 한 덩이로 행복해하는
푸르디푸른 이 땅의 아이들 때문이었습니다
아아 그것은 개마고원 같은 무서움이거나
칠흙의 벽력같은 공포였습니다

전쟁 뒤의 강산은 풍성했습니다
국적불명의 자폐증 환자들
국적불명의 세습적 정치 노예
예의지국 전통의 거지근성
미제 덤핑의 해결 맹종주의 그리고
포르노보다 더 무서운 불결한 피가
조국의 혈관에 돌고 있었습니다
단번에 끝나는 건 죽음이 아니었습니다
　－「제3부 그 가을 추도회」 부분(『초혼제』, 1권, 226~233쪽)

이 서술시에서 내적 서술자는 내적 형식으로서의 이야기를 통해 "1. 외로운 탄생"에서 "여사"로 호칭되는 어머니의 삶의 사건들을 구체적으로 전한다. 여기서 이야기의 주체인 내적 서술자는 자신의 체험 이야기가 아니라 어머니의 이야기를 전달하는 관찰자에 해당한다. 즉 이야기의 세계 안에 존재하는 내적 서술자가 타인인 어머니를 관찰한 이야기를 이야기의 세계 안에 존재하는 내적 피서술자에게 전달하고 있는 것이다. 이는 어머니의 비극적인 이야기를 통해 식민지 시대에 태어나 6·25전쟁을 거쳐 살아야 했던 민족의 몰락상과 왜곡된 사회구조가 지닌 실상을 전해준다. 이는 서술행위의 주체로서의 내적 서술자와 내적 피서술자가 포함된 이야기의 세계 자체를 알려주고 이야기를 인식의 계기로 마련[171]하도록 하기 위한 것이다.

2장 "글로 쓴 약전"에서 어머니는 "해방둥이"로서 어머니의 삶의 시간은 우리 역사의 시간과 연결되고 있다. 그것은 어머니가 "고아"가 되고 "이승만 할아버지"에 의해 자라는 것으로 나타남으로써 해방이후 우리 민족의 정치적 현실과 맞닿아 있다. "어머니"는 과거의 역사적 사

---

171) 고현철, 앞의 책, 301쪽.

실을 자신의 몸으로 체화한 자로서 우리나라의 역사적 사실과 동일시
되는 인물인 것이다. 이 시에서 내적 서술자가 관찰한 "어머니"는 우리
나라의 역사적 사실 안에 자리한 자이다. 이로써 "어머니"가 겪은 전쟁
의 현실은 시대를 밀착하여 축소해 그려낸 역사적 현실의 반영임을 인
식하게 한다. 어머니의 삶의 시간은 그 자체로 공식적 담론과 지배문화
로부터 제외된 것을 드러내는 미메시스적 행위인 것이다.

위의 시 「그 가을 추도회」에서는 서술시의 소통구조에 있어 내적 서
술자가 내적 피서술자에게 서술자 자신의 이야기와 타인관찰의 이야
기를 전달해주는 경우가 공존하는데, 「그 가을 추도회」 다음 부분은 서
술자 자신의 이야기를 전달해주는 경우이다.

제3장 추도시

다음은 고인의 혼을 기리는 유족 대표께서
애통하고 절통한 마음 함께 나누고자
추도시를 봉헌하겠습니다
(…)
천구백칠십x년 시월 그날을
우리는 한민족의 꿈이라 불러두자
천구백 팔십년 모월 모일을
우리는 우리들의 죽음이라 전해주자
삼천오백개의 조등(弔燈)을 켜 들고
삼천오백개의 절망이 모인 이 밤
삼천오백개의 희망이 모인 이 밤
캄캄하게 캄캄하게 뻗은 이 길
삼천오백으로 얼크러진 저 길이
그대도 나도 모르는 들녘에서

절망으로 절망으로 우거지는 날을 위하여
오늘은 우리 긴 슬픔의 밑둥우리에
온 삭신 삭아내린 밑거름으로 울자
(…)
삼천오백으로 얼크러진 저 길이
그대도 나도 모르는 곳에서
믿음으로 믿음으로 우거지는 날을 위하여
오늘은 우리 참회의 밑둥우리에
천년만년 타고 남을 숯을 굽자
천년만년 솟고 남을 해를 굽자
　　　－「제3부 그 가을 추도회」부분 (『초혼제』, 1권, 243~245쪽)

위의 시 "제 3장 추도시"에서는 죽음에 이르는 날이 천구백칠십 x년 시월을 지나 천구백팔십년 모월 모일로 확대된다. 그리고 그 죽음의 주체가 "어머니"와 어머니가 희망으로 그렸던 "젊은이의 임"의 죽음을 넘어 "우리들의 죽음"으로 확장된다. 여기서 이야기의 주체인 내적 서술자는 이야기의 세계 안에 존재하면서 동시에 서술자 자신이 체험한 이야기를 전달한다. 그런데 여기에서 내적 서술자는 "우리"라는 인칭대명사를 사용한다. 내적 서술자는 어머니의 삶을 관찰하며 어머니의 삶을 서술하는 관찰자이자 자신의 체험의 이야기를 전달하는 이야기의 주체이다. 이야기의 주체로서 서술자는 "우리"라는 호명을 통해 집단의식을 드러낸다. 이러한 집단의식은 서술시의 집단성에서 오는 저항을 드러낸다.

　"우리"를 이러한 상태로 처하게 하는 외부적 요인을 명확히 인식한 내적 서술자는 "우리"와 "우리들의 죽음"을 일으킨 대상을 "그날"로 정확히 명시한다. "그날"은 "천구백칠십x년 시월 그날"로 명명됨으로써 그 원인을 짐작하게 한다. 내적 서술자가 명명하는 당대의 역사적 사건은 1979년 12 · 12[172]사태에서 기인된 것이라 짐작되며 이후 "우리들의 죽음"으로 비유되는 "천구백팔십년 모월 모일"은 1980년 광주 민주화 항쟁의 그날이라 볼 수 있을 것이다. 하지만 이 시를 찬찬히 보면, 우리들의 죽음을 일으킨 그날의 원인을 정치적 사건을 일으킨 국가의 권력으로만 보고 있지는 않다. 그것은 정치적인 권력에 대항하는 것을 넘어서 "우리들"을 돌아보는 인식[173]을 보여준다. "즈믄 가람 속에서 그가 임종하던 날/ 우리가 즐긴 건 피크닉과 티브이 쇼"라는 인식 속에 민주주의의 주체로서 "우리들"의 모습까지도 반성하는 자세를 보여주고 있는 것이다. "우리들" 각각이 민주주의의 실현을 위해 노력해야겠다는 "참회"는 "우리"가 "믿음으로" "해를 굽"는 행위로 나타난다. "어머니"의 삶을 구체적으로 드러내며 "우리들"이 처한 실체적 진실에 도달하고 있는 이 시는 정치적 영향력으로 "우리들"을 장악한 외부적 실체를 명징한 현실 인식 속에 보여주지만, 억압에 대항하려는 집단의지와 민주주의를 실현하려는 노력이 부족했음을 되돌아보고 있기도 한 것이다.

이렇듯 「그 가을 추도회」에서 "3장 추도시"의 부분은 내적 서술자의 정서 표현과 결합되어 내적 서술자의 체험 이야기를 전한다. 하지만 내적 서술자는 자신 개인의 체험의 서술에만 그치는 것이 아니라 내적 서술자 자신이 포함된 "우리들"이란 집단을 호명하여 집단의 체험으로

---

172) 천구백칠십x년 시월 상달은 음력을 말하는 것이다.1979년 12월 12일은 음력으로 1979년 10월 23일이다.

173) 아감벤에 의하면 국가 '주권의 영역은 살인죄를 저지르지 않고도 또 희생제의를 성대히 치르지 않고도 살해가 가능한 영역'이다. 이에 속하는 구성원들은 희생물로 바칠 수 없음의 형태로 신에게 바쳐지며 또한 죽여도 괜찮다는 형태로 권력에 노출된다. 국가의 구성원은 국가의 선택과 필요에 의해 배제 될 수 있는 가능성이 있는 상태로 국가에 속해 있다는 것이다. 이는 국가가 추구하는 정치구조의 기본 바탕이라는 것이다. 조르조 아감벤, 박진우 역,『호모 사케르 ─ 주권권력과 벌거벗은 생명』, 새물결, 2008, 175~177쪽.

확장한다. 그럼으로써 내포독자는 이들 이야기의 의미를 알고 내적 서술자의 정서와 태도에 공감하여 집단의식을 고취한다. 이와 같이 고정희의 서술시는 내적 서술자가 자신 체험의 이야기와 타인 관찰의 이야기를 하나의 시 안에서 보여준다. 이는 내포독자에게 있어 내적 서술자의 정서와 태도에 공감하게 하기 위한 유형으로 작용한다. 시인의 미메시스 능력이 위기의 순간을 읽어내는 능력은 역사를 인식하는 방향과 직접적으로 공명하는 것이다.

> 시2
> 그를 사랑하는 한반도의 사람들
> 그를 기다리는 한반도의 젊은이는
> 아무도 그날을 잊지 않으리
> (…)
> 우리 동포들 나라 잃은 설움 안고
> 북간도로 서간도로 연해주로 사할린으로
> 블라디보스토크와 시베리아로
> 기진맥진 떠돌다 사그라진 저 벌판에,
> 두만강을 건너고 만주벌 가로질러
> 우리 형제 무릎 꿇은 저 벌판에,
> 동학군 말달리던 저 벌판에
> 4·19 타오르던 저 벌판에
> 캄캄하게 캄캄하게 뿌리뻗은 이 길
> 삼천오백으로 묻힌 저 길이
> 그대도 나도 모르는 궁륭에서
> 울울창창 밀림으로 춤추는 그 날을 위하여
> 오늘은 우리 어둠의 밑둥우리에
> 몇 드럼 그리움 그리움으로 흐르자
> 빈 몸 빈 넋으로 울자

오 천구백팔십x년 모월 모일을
우리는 오늘밤 부활이라 꿈꾸자
      —「제3부 그 가을 추도회」 부분 (『초혼제』, 1권, 245~246쪽)

이 시는「그 가을 추도회」내에서 내적 서술자인 유족 대표가 낭독하
는 두 번째 추모시이다. 여기서 내적 서술자는 유족 대표이기도 하고
유족 대표를 포함하는 "우리"이기도 하다. 내적 서술자인 "우리"는
"그"를 바라본다.

이 서술시는 이야기의 세계 안에 존재하는 "우리"라는 내적 서술자
가 "우리"라는 내적 피서술자에게 "그"를 관찰한 이야기를 들려준다.
그런데 이 경우 "그"는 이야기의 중심인물이기도 하고 이야기를 듣는
내적 피서술자인 "우리"에 포함되는 인물이기도 하다. "그"는 자신의
이야기를 자신을 관찰한 내적 서술자인 "우리"로부터 듣기도 하는 것
이다. 그럼으로써 내포독자에게 내적 서술자와 내적 피서술자가 포함
된 이야기의 세계 자체를 알려주는 서술의 효과를 일으킨다.

이 시는 내적 서술자가 "그"라는 타인의 이야기를 내적 피서술자에
게 전해주면서도 내적 피서술자가 포함된 "우리"라는 서술자를 선택하
고 있다. 이는 "어머니" 개인의 투쟁사가 아닌 집단의 역사로 현대사를
바라보는 시선을 확장해 나가겠다는 서술행위의 주체인 내포시인의
의지라고 볼 수 있을 것이다. "젊은이의 임"인 "그"로 비유되는 희망은
상처와 치욕을 넘어서 자유와 하늘을 향한다. "우리들"이 "그"를 포기
하지 않고 "그날을 잊지 않"는다는 것은 내적 서술자인 화자가 치욕을
느끼게 하는 원인에 대해 의식적으로든 무의식적으로든 대항하고 투
쟁하고 있다는 것이다. "천구백팔십x년 모월 모일"은 참회의 날을 지나
"부활"의 날로 호명된다. 내적 서술자의 시선은 나라 잃은 설움 안은 우

리 동포, 벌판에 무릎 꿇은 우리 형제로 디아스포라적으로 확장된다. 우리 역사 이래로 계속되어왔던 민족의 비극을 드러내고 있는 것이다. "우리"가 "기진맥진 떠돌다 사그라지"고 "동학", "4·19"에 타오르다 "캄캄하게 캄캄하게 뿌리뻗"고 있는 "이 길"은 참혹한 역사적 체험의 내면적 절망 속에서도 다시 길을 찾아가는 "우리들"의 열정과 환멸을 동시에 드러낸다. 그리고 "부활을 꿈꾸자"라는 격양된 어조로 정치 현실에 대한 저항의식을 분명히 드러낸다.

이후 "제4장 추도사"는 "고민해 여사"의 자녀의 목소리로 서술자가 자기의 체험의 이야기를 직접 서술하는 방식으로 구성된다. 추도식에 온 모든 이들과 함께 밥을 먹고자 요청하는 모습이 그려지는 것이다. 이후 제5장 초혼제에서는 다시 한 번 혼을 불러내어 "우리"라는 일인칭 복수 서술자를 위로한다.

이 시는 이야기의 내적 서술자로서의 화자가 이 시에서 자녀의 위치에서나 또는 "우리"라는 위치에서 자신이 체험한 이야기를 전달하고 "어머니" 또는 "그"라는 타자 관찰의 이야기를 전달하기도 한다. 이로써 텍스트 내부와 외부에서 복수적 층위의 소통모델을 형성한다. 시 속에서 어머니와 우리의 이야기를 보여줌으로써 타자의 담론을 끌어들이는 것이다. 내적 서술자인 "나"의 언술을 통해서 내부의 이야기를 전달함으로써 서술자는 이야기의 보고자로서 자신의 정서를 표현한다. 또한 여기서 나타나는 타자, 즉 "어머니"의 이야기를 통해 내적 서술자는 내포독자에게 그 이야기를 중개하는 서술자가 된다. 이를 통해 "어머니"의 과거의 경험을 드러낸다. 이러한 서술은 화자인 내적 서술자가 개인적인 차원의 현실을 스스로 극복하려는 차원에만 머물지는 않는 것을 보여준다. 이는 내적 서술자인 일인칭 단수화자 "나"와 "나"가 포함된 복수 화자 "우리"의 직접적인 체험을 서술하는 것으로 변환되면서 그들 내부에서 공통적으로 발견되는 현실인식으로 나타난다. "어머니"가 경험한 역사를 넘어 시간이 흐름에 따라 변화하는 역사적 변혁의 주체가 동일한 의식을 공유하고 있음을 보여주는 것이다.

따라서 위의 시에서는 서술자가 바라보는 타자와 시 외부의 서술자 그리고 독자 사이의 인식의 간극이 좁다. 이는 내적서술자의 감정에 치우치는 주관적인 태도를 벗어나 타자와의 관계를 반영하고자 하는 객관적인 지표로 작용한다. 고정희의 시는 화자의 행위를 이야기로 담아내는 서술시로서 세계에 대한 객관적인 시선을 보여주고 있는 것이다. 세계를 사실적으로 바라보는 시인은 시 속에 대상에 대한 미메시스를 담아낸다. 위기의 순간에 나타난 진정한 역사의 이미지를 깨어 있는 정신을 통해 붙잡는 것이다. 미메시스적 태도는 깨어 있는 태도로 위기를 기회로 변형시키는 주체의 태도이다.[174] 민중의 시련의 역사를 정신의 깨어있음을 통해 미메시스적으로 관통하는 서술자의 시선은 우리 민족사의 심층에 접근하여 소통하고 있는 것이다. 이러한 소통의 힘은 과거 속의 요청을 현재화시켜 우리 민족의 상처와 고통을 슬픔으로 두는 것이 아니라 우리들이 가진 자기 긍정의 힘으로 치환시켜 나가며 역동적인 우리들의 미래적 전망을 드러낸다.

---

174) 최성만, 「유사성」, 앞의 책, 188쪽.

IV.

집단의 역사구성과
구원의 시쓰기

Ⅳ. 집단의 역사 구성과 구원의 시쓰기

1. 집단적 경험 형성을 통한 역사구성175)

고정희는 초기 시부터 '우리들', '그대들', '우리'의 복수 인칭대명사
를 호명하며 시적 배경을 공동체가 처한 상황으로 보여준다. 이는 고정
희 시인이 가진 공동체적 인식과 관련이 있다고 볼 수 있다. 고정희는
1980년대에 대안 문화 운동단체의 동인지인 『또하나의 문화』의 창간
에서부터 함께하고 1989년 여성정론지 『여성신문사』의 초대 주간으

---

175) 본 논문의 Ⅳ장 1절은 필자가 발표한 졸고, 「고정희의 시의 공동체 인식 변화양상」,
『여성문학연구』 38, 2016, 257~289쪽. 논의에서 제기한 문제의식을 심화하고 확
장하는 가운데 작성한 것이다. 이를 통해 위에 발표한 논의의 문제점을 극복하고
자 한다. 「고정희 시의 공동체 인식 변화양상」에서 분석의 기준으로 삼은 장-뤽
낭시의 공동체 개념은 무위의 공동체로서 실존 자체가 공동체이기에 특정한 공동
체 의식을 내세우지 않는 것을 말한다. 장-뤽 낭시가 말하는 '우리'의 존재의 수행
은 '우리'의 관계 내에서 서로를 향한 실존들의 만남과 접촉이다. 하지만 고정희의
시는 '우리'를 호명하여 집단공동체를 통해 현실을 인식하고 현실을 극복하여 역
사적 변화를 시도하고자 한다. 이렇게 볼 때 위에 발표한 논문은 고정희의 시를 장
-뤽 낭시의 공동체론으로 분석하여, 낭시를 통해 고정희의 시를 단정해 버린 오
류가 있었다. 이에 따라 본 절은 「고정희의 시의 공동체 인식 변화양상」에서 나타
난 논의의 오류를 극복하여 고정희 시의 공동체 인식의 양상은 역사성의 성격으로
논의할 수 있음을 밝히고 벤야민의 역사성의 개념으로 분석해 보고자 한다.

로 활동하였다. 이러한 그의 이력을 살펴보았을 때 고정희가 공동체에 대한 문제에 일관되게 관심을 가져 왔다는 사실은 짐작이 가능하다.

고정희는 『또하나의 문화 3호』 「좌담」에서 "재해석의 방법엔 여러 가지가 있겠지만, 저 같은 입장에서는 오랜 가부장제 문화 속에서 빚어진 여성의 문제를 단순한 남성, 여성간의 사적인 대비로 보지 않고 우리 전체가 역사적 맥락 속에 들어 있다는 사실을 중시하죠. 여성해방문학에서 여성을 포착할 때 그것은 한 여성의 고통이면서 모든 여성의 고통의 상징이 될 수 있는데, 그것은 역사 속에서 빚어진 사건이라는 인식에 기반하죠. 우리가 당연시 해왔던 것조차 이렇게 역으로 보는 데서 재해석이 시작되어야 하겠죠."176) 라고 말한다. 여기서 시인의 역사에 대한 인식은 한 마디로, 과거와 현재, 남성과 여성의 이분법에서 비껴서 현재의 역사적 상황 속에서 끊임없이 재구성하는 역사인 것이다.

이렇듯 고정희가 지닌 '우리'라는 집단에 대한 이러한 자세는 그의 시 세계를 이루는 중심축으로 작용한다. 고정희의 시에서 집단공동체, 즉 '우리들'은 역사가로서 과거로부터 희망의 불꽃을 점화할 수 있는 재능이 주어진 사람, 벤야민 식으로 말하면 과거의 희망에 불을 붙이는 사람을 구현하는 것임을 알 수 있다. 문명사는 끊임없이 정의를 요구하지만 그 반복은 폭력을 재생산한다.

벤야민은 '지금 이 시간'이란 말로 과거, 현재, 미래가 어떻게 동시적인가를 보여준다. 벤야민에게 바로 이것이 역사이다. 미래의 해는 과거의 요청에 의해 떠오르고 과거의 요청은 바로 미래라는 해로 인해 생기는 것이다. 바로 그것이 진정한 혁명을 가져올 수 있는 역사의 정신성인데 이 역사의 정신은 물질 관계를 바꿔준다고 이루어지지 않는다. 역

---

176) 또하나의 문화 동인, 「좌담—페미니즘 문학과 여성운동」, 『여성해방의 문학—또하나의 문화 3호』, 평민사, 1987, 14~29쪽.

사가는 지나가는 순간을 포착해야 한다. 역사를 기술한다는 것은 어떤 위험한 순간에 섬광처럼 스쳐 지나가는 것과 같은 기억(Eigendenke n)[177]을 붙잡아 자기 것으로 만드는 것을 의미한다.

벤야민의 사유 방법론 중 예술의 정치사회성 및 역사성이라는 문제와 관련하여 큰 중요성을 가지는 문제가 '집단의 기억'이다. 벤야민 역시 인간학적 유물론에서 인간 집단의 지각과 현존의 생생한 경험, 그리고 집단이 현실을 변혁할 실천적 행위의 기제와 사회적 방식을 논한다. 벤야민에게 공동체의 혁명은 집단적인 신체를 통해 형성된다. 집단적인 신체는 집단의 무의식 속에 잠들어 있는 '지배와 착취 없는 사회'라는 꿈을 이미지로 기억해내고 집단적인 지각과 경험을 공유하면서 현재를 변혁하기 위해 사회적으로 행동하는 것이다.[178] 기억의 개인적인 동시에 사회역사적인 성격, 언어와 이미지의 차원에서 기억이 역사성을 응축해내는 형식과 방식에 대한 비판적 이해와 실천이 없다면, 지금이 시간도 없다.[179] 역사와 현실의 총체성을 현재적으로 재구성하는 것은 끊임없는 공동체적 기억의 환기를 통해서만 가능한 것이다.

고정희의 시는 역사의 구성을 이루는 주체들의 삶의 시대적 변화를 드러낸다. 고정희는 서정성을 바탕으로 세계에 대한 비관적인 전망을 기독교적 구원의식에 기대기도 하지만 죽음의 현실을 극복하고 회복할 수 있다는 의지를 드러내기도 한다. 동시에 그녀는 현실에 대한 날카로운 비판과 함께 비참한 현실을 강요하는 기존의 질서에 저항한다. 고정희의 이런 세계에 대한 태도는 세계에 대한 적극적인 관심과 긍정

---

177) 발터 벤야민, 최성만 역, 「역사의 개념에 대하여」, 앞의 책, 346쪽.
178) 발터 벤야민, 「기술복제시대의 예술작품 관련 노트들」, 최성만 역, 『발터 벤야민 선집2: 기술복제시대의 예술작품』, 앞의 책, 200~201쪽 참고.
179) 정의진, 「발터 벤야민의 역사 유물론적 문학예술론이 제기하는 예술과 정치성의 문제」, 『서강 인문논총』 40, 2014, 106~107쪽 참고.

을 바탕으로 한다고 할 수 있다. 고정희에게 공동체라는 대상은 1970년대 후반에서 1990년대에 이르기까지 중요한 시적 모티프를 이루며 시 전체에 걸쳐 폭넓게 이어지고 있다. 그의 시세계의 바탕에는 인간의 삶은 공동체와 밀접하게 연관되어 있다는 인식이 있는 것이다. 이는 공동체가 고정희의 시세계의 중요한 맥락을 이루고 있음을 의미한다.

고정희의 텍스트에서 드러나는 주된 집단의 기억에 대한 인식은 초기 시에서는 침묵하고 수동적인 공동체의 모습으로 나타난다. 중기의 시에 드러나는 공동체는 현실을 직시하고 다음 세대의 희망을 노래하는 모습을 보여준다. 이후 후기의 시에서 보여지는 공동체는 역사의 비극을 적극적으로 말하고 그것을 변화시키고자 한다. 고정희의 시에서 화자가 호명하는 공동체가 가지는 시각의 변화는 고정희의 시가 변화하는 과정과 일치하는 것이다. 이렇듯 고정희의 시는 집단공동체를 통해 고정희가 드러내고자 하는 역사에 대한 재인식을 구현하고 있는 것이다.

이러한 문제와 관련한 고정희의 시에 대한 논의들 중 공동체적인 성격에 주목하여 고정희 시가 지니는 타자적 경향을 밝히려는 시도[180]가 있었다. 이 논의는 레비나스의 이론에서 도움을 얻어 그의 시를 타자에 대한 이타적인 책임감으로 해석하였다. 하지만 이 논의는 고정희의 시에 나타나는 공동체가 어떠한 과정을 거쳐 형성되었는지 치밀하게 천착하지는 못하고 있다. 고정희의 시세계가 전면적으로 타자현상의 문제만을 다루고 있지는 않기 때문이다. 공동체 인식을 배제한 채 타자현상의 문제가 공동체적 성격을 이루는 것이라고 다룬다면 이는 무리하게 고정희 시의 본질을 확정하는 것이라 보인다. 이와 함께 고정희의 시를 탈식민주의와 관련[181]하여 평가하는 연구들은 고정희 시의 공동

---

180) 송현경, 앞의 책.
181) 유인실, 앞의 책, 171~190쪽, 박죽심, 「고정희 시의 탈식민성 연구」, 『어문논집』

체적 성격을 밝히는데 있어 해석적 표본이 된다. 집단의 역사성과 관계되는 논의로는 고정희의 시가 여성의 역사를 시화한 것이라고 밝히는 논의[182]가 있다. 이 논의는 '이야기 여성사' 연작시에만 해당하기에 논의의 범위가 한정된다. 하지만 고정희의 시에 나타나는 여성의 역사가 지니는 역사성을 분석하고 있기에 고정희 시의 공동체의 역사성을 다루는 본고의 논의에 있어 참조가 된다. 이러한 연구사를 바탕에 두고 고정희 시 세계의 전반을 살펴볼 때 우리들, 즉 공동체는 고정희의 시적 사유를 지탱하고 발전하는 매개체였다. 고정희가 지향하는 세계는 궁극적으로 공동의 것이며 이를 향해 움직였던 것이다. 필자는 고정희 시세계의 변화 양상이 화자에 의해 호명된 공동체가 역사적 현실을 인식하는 양상과 궤를 같이 한다는 것에 주목한다. 고정희 시에 나타나는 현실인식에 대한 평가는 주로 후기 시에 집중되어 있다. 또한 기존의 연구는 그의 시세계 전반의 공동체적 인식을 해명하지 못하고 있다.

이에 따라 본 절은 고정희 시에 나타나는 공동체를 역사성의 성격에서 전체적으로 조망할 것이다. 이 절은 고정희 시의 역사성이 공동체에 대한 인식의 변화와 함께 한다는 것에 중점을 두고 고정희 시에 나타나는 역사의 문맥화와 시의 변모양상을 입체적으로 고찰하고자 한다.

1) 시적 토대로서의 공동체

고정희가 가지고 있는 공동체적 인식은 화자가 호명하는 "우리"를 통해 볼 수 있다. 시에서 화자가 호명하는 "우리"는 "우리"라는 일인칭 복수 대명사로 직접적으로 명명되기도 하고, "모든이", "사람들", "여성

31, 2003, 235~257쪽, 이연화, 앞의 책.
182) 김진희, 「서정의 확장과 시로 쓰는 역사」, 『비교한국학』 19-2, 2011, 173~200쪽.

들"의 삼인칭 복수 대명사로 쓰이기도 한다. 초기 시에서 화자가 호명하는 "우리"는 관념적일 수밖에 없는 현실적 태도를 직시하게 한다. 중기 시에서 화자가 호명하는 인칭대명사는 현실의 절망을 말하지만 그것을 지속적으로 변화시키려는 태도를 보여준다. 후기 시에서 화자가 호명하는 "우리"는 우리 사회의 모순과 억압적인 현실을 보여주고 그 시선을 아시아로 향한다. 이렇듯 고정희의 시를 보면 시인의 시선이 "우리"라는 공동체를 향해 있음을 알 수 있다.

고정희의 초기 시에 나타나는 "우리들"은 절망과 고통 속에 있다. 『실락원 기행』 서문에서 시인은 "고통"과 "아픔"이 "늘" 함께하고 있었다[183]고 말하는데, 고정희가 말하는 "고통"과 "아픔"은 그의 시 곳곳에서 보인다. 고정희의 초기 시에서 화자는 "우리"라는 공동체가 "묻혀" "시대의" 모든 것에 대한 "장례"를 치른다고(「우리들의 순장」) 말한다. 이는 그가 초기 시에서 바라보는 "우리들"의 상징적인 죽음을 나타낸다. 초기 시에서 화자가 호명하는 "우리들"의 배경은 삶에 대한 억압과 현실에 대한 부자유가 공동체를 얼마나 억압하고 있는지를 보여준다.

조그만 사건, 그러나 깨끗한 감동이었습니다. 줄 풀어진 악기 가야금 열두줄에도 함박눈이 덮이고 징소리와 장고소리, 침묵의 소고 위에도 함박눈이 쏟아지고 있었습니다.
숨소리 숭숭한 바람을 가르며 화부(火夫)는 장작에 불을 댕겼습니다. 층층이 괸 꿈의 뼈다귀 위에 화부는 불등걸을 끼얹었습니다. 고요의 일순, 거대한 불기둥이 어둠을 찌르며 하늘로 치솟아 오르고 (눈은 무수히 쏟아져 내렸습니다) 우우우 우우우 어디선가 아픈 영

---

183) "그때 늘 두 가지의 고통이 뒤따르고 있었다. 그 하나는 내가 나를 인식하는 실존적 아픔이고 다른 하나는 나와 세계 안에 가로놓인 상황적 아픔이었다." 고정희, 「나의 지성이 열망하는 정신의 가나안」, 앞의 책, 188쪽.

혼들이 어둠을 빠져나와 불기둥 주위에 원을 그었습니다. 원은 강물
처럼 불기 둥 주위를 맴돌았습니다.

발끝에서 솟아오르는 피가 우리들 뺨에서 화끈해지고 저마다 팽
창된 아픔의 힘으로 영혼의 춤이 타올랐습니다. 흔들리는 어깨가 몸
을 흔들고 흔들리는 몸이 가슴을 흔들고 흔들리는 머리, 흔들리는
대지가

불기둥을 높이높이 밀어 올렸습니다
불기둥은 잠시 하늘에 닿았습니다
조그만 사건, 그러나 깨끗한 감동이었습니다
　　　　　　　　　　　　　　　　　－「점화 － 캠프파이어 · 2」
　　　　　　　　　　　　　（『누가 홀로 술틀을 밟고 있는가』, 1권, 73쪽)

이 시는 "꿈의 뼈다귀"에도 "불을" 붙여야 하는 상황 묘사를 통해 상실
을 노래한다. 실체의 마지막 모습인 "뼈다귀"에게까지 "불등걸을 끼얹"
는 상황은 현실의 비극적인 참상에 대한 멜랑콜리를 드러내는 방식이다.
"어둠을 빠져 나"온 "아픈 영혼들"은 태우고 있는 "꿈의 뼈다귀"의 "불기
둥 주위에 원을 그"리고 "맴"돈다. 어둠 속에서 나온 아픈 영혼들은 현실
세계를 부정적 태도로 바라보는 자일 것이다. "우리"의 현실 또한 "팽창
된 아픔" 속에 있음을 의미의 확장으로 드러내고 있다. 그렇기에 이 시에
서 아픈 영혼들이 처한 현실의 고통은 "우리들 뺨"마저도 "화끈해지"는
연결성을 가지고 있다. 그 아픔의 시간이 아픈 영혼들만의 시간이 아님
은 분명한 것이다. 결핍과 상실한 것들에 대한 고통과 아픔을 꿈의 뼈다
귀를 태우는 화부의 모습으로 접목시키고 그것을 아픈 영혼과 우리의 일
로 확장시킴으로써 일종의 연대감을 형성하고 있는 것이다.

이 시에서 "꿈", "영혼", "우리"를 둘러싼 세계는 죽음과 상실과 아픔
이 지배적인 정서를 이루며 관계하는 세계이다. 화자는 현재를 이루고

있는 과거의 영혼을 기억하며 과거의 흔적 속에 남아있는 역사의 파편을 사유한다. 시인은 역사의 파편들을 재배치하는 방식을 통해 현실에 대한 부정의식을 강력하게 드러내고자 하는 것이다.

여보게 연개소문 발톱을 찾네
여보게 김유신 발톱을 찾네
여보게 이성계 발톱을 찾네
행여 그대 칼 아래 발톱을 찾네
우리 서방 열 발가락 발톱을 찾네
발톱 뽑힌 우리 서방 열 발가락
천장 붕대 밖으로 넘치는 피
빈 장독대 그득그득 넘실거려
마른 샘 덮을라 발톱을 찾네
타는 갈증 채울라 발톱을 찾네
여보게 이성계 예삿일은 아니로다
여보게 김유신 예삿일은 아니로다
여보게 연개소문 예삿일은 아니로다
그대 칼 아래 발톱 우는 소리 들었나?
그대 칼 아래 발톱 뽑힌 소리 들었나?
유골 같은 우리 서방 발톱을 찾네
　　　－「신연가 2 － 중중몰이」(『실락원 기행』, 1권, 102쪽)

위의 시에는 "~네"라는 문장이 8번 반복되고, "아니로다"라는 문장 또한 여러 번 반복된다. 이로써 단조로운 어조로 어조의 둔화를 보여주며 충동적인 것들을 질서화 시킨다. 동시에 시적 대상들을 "우리 서방", "여보게", "그대"라고 지칭하여 대상과의 거리를 객관화함으로써 시적 화자 스스로 가지고 있는 슬픔을 삼인칭화 한다. 이 시의 "연개소문", "김유신",

"이성계", "우리 서방"이 처한 삶의 배경은 칼 아래 피가 넘치는 상황으로 보았을 때 죽음으로 인해 자신의 삶이 파괴된 세계이다. 이와 동시에 "~네"의 객관적 어조의 반복은 대상의 상실을 반복적 종결어미에 의한 단조로운 리듬으로 나타낸다. 이는 억제된 정동을 어조[184]로 보여주는 것이다. 파괴된 "우리"의 삶의 모습은 부자유한 현실의 모습과 상통한다.

공동체가 접하고 있는 폐허의 현실과 "연개소문", "김유신", "이성계"가 지나갔던 과거의 역사적 사실은 현재의 "우리 서방"에게도 계속된다. 이는 과거의 기억 속에서도 우리가 처한 삶의 양태가 지속되는 것을 보여준다. 낡은 사유와 현실의 억압은 기억 속에서 계속되고 있는 것이다. 화자는 반복되는 역사에 자리한 죽음의 풍경을 정면으로 응시한다. 파괴로서의 역사는 이 시에서 파국적 문명의 역사이다. 과거로부터 긴 시간의 흐름이 폐허로 현현되는 것은 피할 수 없는 쇠퇴의 과정으로서의 역사이다. 집단공동체가 처한 억압의 역사는 그의 초기 시에 계속해서 보인다.

> 황제의 굳건한 안정을 믿으며
> 죽음의 집으로 돌아와
> 사방 넉 자짜리 자유의 벽지로
> 아방궁 같은 무덤을 도배했어
> 무덤은 언제나 밝고 아늑하네
> 황제가 내려 주신 모닥불에 둘러앉아
> 야구 경기와 권투 시합을 보며
> 입이 아프도록 승리를 신봉하고

---

184) 동요와 불안에서 벗어난 우울증 환자의 목소리는 조화롭지 못한 낮은 강세 악센트, 단조로운 선율 등을 확인할 수 있다. 총체적인 멜랑콜리, 우울증 증세는 단조롭고 침묵에 빠진 어조의 영역을 보이며 음조의 둔화를 나타낸다. 줄리아 크리스테바, 김인환 역,『검은 태양 — 우울증과 멜랑콜리』, 동문선, 2004, 74~76쪽 참고.

머리맡에 예비된 숙면의 술잔으로
보다 깊이 잠드는 최면을 거네
황제는 꿈속에서 빙그레 웃으시니
우리의 충정은 가이 눈물겹게
5호 활자 속에서 <예언>도 잠드시니
(…)

－「디아스포라－환상가에게」 부분
(『이 시대의 아벨』, 1권, 358~359쪽)

　　화자는 화자가 바라보는 "우리"가 속한 세계가 황제의 안정된 지배
로 평화롭고 고요한 세상을 누리는 시대라고 한다. 황제는 "자유"라 이
름붙인 "벽지"로 "도배"된 "무덤" 속에서 이 시대의 사람들을 잠들게
한다. 이러한 발상은 아이러니의 효과를 증폭시켜 당대의 정치현실을
날카롭게 풍자하고 있는 것이라 할 수 있다. 화자가 바라보는 "황제"는
그 시대에 사람들을 죽음의 "무덤"에 다가가게 하는 자이다. 이 시가 함
의하는 정치적 현실은 "5호 활자", "야구경기", "권투시합" 등으로 추측
해 볼 수 있을 것이다. 이 시의 문맥으로 볼 때 "황제"는 "자유"라는 "최
면"으로 사람들을 "무덤"안에 가두는 정치권력이다. 이는 화자가 자리
한, 이 땅에 존재하는 자유의 기준이 아직도 정치적, 사회적으로 구획
되어 정치권력에 의해 주어지고 있음을 알 수 있게 한다.[185] 이 시는 아
이러니를 활용하며 "무덤"이라는 어둠의 공간을 배경으로 삼는다. 아
이러니는 외연과 내포의 차이에서 드러나고 있는 것이다. 이렇게 볼 때
고정희의 초기 시에 나타나는 "우리들"은 현실에 대한 인식을 자각해
나가는 모습을 보이고 있다. 집단이 지닌 현실에 대한 깨어남과 인식은
그들의 경험에 의해 서서히 부각되어 나가는 것이다.

---

185) 졸고, 앞의 책, 267쪽 참고.

이 공습경보가 그치면
우리는 또다시 떠나야 한다
큰 정적 안에 도사린 서울을 뒤로 하고
즈믄 밤 편안했던 철 대문을 열어젖히고
으악으악 오바이트를 하며
말뚝을 뽑아들고
쓸쓸한 모래바람을 따라
개마고원을 건너가야 한다
누군들 사막에서 외롭지 않으리
누군들 행복을 탐내지 않으랴만
젊음이 길임을 굳게 믿는 우리는
두 벌 옷과 전대를 지녀서도 안 되리
한 벌 옷과 꿈으로 바람을 가리고
다만 그리운 등을 보이며
천지에 맑은 이슬 내리는 저녁
떠나서 떠나서 돌아오지 말자
땀과 그리움의 첩경을 넘어가자
떠남에 걸맞는 업보도 있으리
달과 별만이 가득한 저녁에
우리는 크게 울부짖을 것이며
하느님을 향하여 삿대질을 하다가,
그러나 기어코
맑고 고요한 강안에 닿으리니
친구여
떠나서 돌아오지 못하는 젊음은
그 날과 그 땅을 가지리
 ─「디아스포라 ─ 길에게」(『이 시대의 아벨』, 1권, 362~367쪽)

이 시의 첫 행에서 화자가 처한 현실은 "공습경보"로 드러난다. 공습경보가 수시로 울리는 척박한 현실에서 "또다시 떠나야 한다"라고 말함으로써 화자는 자신과 "우리"가 처한 현실의 부정성을 역설적으로 드러내고 있다. "즈믄 밤 편안"했지만 "큰 정적 안에 도사리"고 있는 서울의 현실적 상황에서 떠나야 한다고 말하는 화자가 고통의 과정을 지나 도착하려는 곳은 "맑고 고요한 강안"이다. "맑고 고요한 강안"이 어디인지는 이 시에 드러나 있지 않다. 하지만 화자가 떠나는 과정의 고통을 거쳐 도착하려는 목적지가 "맑고" "고요"한 강이라는 것은 떠나기 전 화자가 처해있는 현실은 그렇지 않다는 것을 역설적으로 보여준다. 이는 우리가 처해있는 현실은 우리 스스로가 부자유 속에 갇혀 있는 현실임을 보여준다. 화자가 지니고 떠나야 한다고 말하는 것은 "한 벌의 옷"과 "꿈"이다. 우리가 현실의 억압에서 나오기 위해 필요한 것은 물질을 풍부하게 쌓는 것이 아니다. 그렇기에 단 한 벌의 옷과 꿈은 정신의 문제를 전면에 내세우고자 하는 객관적 상관물로 작용한다. 이러한 객관적 상관물을 통해 화자가 다다르고자 하는 곳은 맑고 고요한 정신의 영역이라 볼 수 있다. "꿈"은 물질을 덜어내고 정신의 영역에서 필요한 것을 선택해 "우리"가 처한 삶을 살아가기 위한 것이다.

이와 같이 고정희의 초기 시는 집단공동체가 현재를 살면서 잊고 있는 기억들을 발견 시켜 다시 한 번 체험하게 하고자 하는 화자의 의지가 전면에 드러나고 있다. 그러기 위해 공동체는 파괴와 구성으로 삶을 자유롭게 하는 인식이 필요하다는 것을 보여준다. 고정희의 시에서 집단공동체가 현실의 변화를 자유로운 인식을 통해 구성해 나가는 것은 정신의 깨어 있음[186)]으로 이루어진다.

---

186) 최성만, 앞의 책, 167쪽 참고.

고정희의 시는 일관되게 화자가 "우리들"이라는 집단공동체를 바라보며 "우리"의 입장을 말한다. 이러한 시의 태도는 그의 중기 시에서도 지속적으로 나타난다. 고정희 중기 시의 화자는 어둠과 죽음의 파괴적인 현실을 인식하고 깨어나, 집단의 기억 속에 머물러 있는 현실의 억압을 피하지 않고 적극적으로 드러내며 새로운 시적 가능성을 보여준다.

> 그러나 야훼님
> 그가 돌아온 마을과 지붕은 아직 어둡습니다
> 그가 돌아온 교회당과 십자가는 더더욱 고독합니다
> 그가 돌아온 들판과 전답은 이 무지막지한 어둠과 음모 속에 누
> 워 있습니다
> 우리가 저 대지의 주인일 수 있을 때까지
> 재림하지 마소서
> 그리고 용서하소서
> 신도보다 잘사는 목회자를 용서하시고
> 사회보다 잘사는 교회를 용서하시고
> 제자보다 잘사는 학자를 용서하시고
> 독자보다 배부른 시인을 용서하시고
> 백성보다 살져 있는 지배자를 용서하소서
>   — 「야훼님전 상서」 부분 (『눈물 꽃』, 1권, 417~418쪽)

> 모든 이의 눈시울에 흐르는
> 쓰리고 아픈 눈물을 닦아주기 위하여
> 모든 이의 가슴에 흐르는
> 좌절의 고통을 씻어주기 위하여
> 누군가 놓고 간 유한킴벌리 티슈를
> 보면서
> 야훼님

우리는 다시 생각해 봅니다
당신의 이름으로 모이는 교회가
이 한 해 모든 이의 불행과 눈물에
입맞추는
눈물티슈가 될 수 없을까……
　　　　　－「눈물티슈」부분 (『눈물 꽃』, 1권, 421~422쪽)

　　중기 시에서 고정희의 기독교적인 시세계는 직선적인 언어를 통해
이루어진다. 이 시기의 작품들에는 신을 바라보는 주체로서의 "우리"
가 등장한다. 화자는 신에게 신을 예배하는 교회의 주체로서의 자신을
반성하는 모습을 보여준다. 위의 시에서 "신도보다 잘 사는 목회자",
"사회보다 잘 사는 교회"는 모두 신에게 용서를 빌어야 하는 대상으로
나타난다. 특히 화자는 "제자보다 잘 사는 학자", "독자보다 배부른 시
인", "백성보다 살쪄있는 지배자"를 함께 용서를 빌어야 할 대상이라고
말함으로써 자기 자신에 대한 폭로적인 반성과 정치권력에 대한 비판
을 넌지시 보여준다. 교회와 학자와 시인, 정치인은 모두 용서받아야
할 대상으로 연루되어 있다. 고정희는 교회를 비판하는 자기 자신 조차
도 이 사회의 죄의 바탕에 연관되어 있음을 냉철하게 인식함으로써 "우
리"가 이 사회의 바탕임을 보여준다. 모두가 매개된 이 사회에서 교회
의 "목회자"까지도 권력의 우위에 서 있음을 보여주며 자기 반성적인
폭로를 하는 것이다. 이는 「눈물티슈」에서도 드러난다. "모든 이의"
"좌절과 고통을 씻어주"고 "모든 이의 불행과 눈물"을 닦아주는 교회의
역할을 다시 한 번 강조함으로써 교회의 본질을 반성하게 한다.[187] 거
기에다 그러한 역할이 필요한 사회의 현실에 대한 정황을 부여함으로

---

187) 졸고, 앞의 책, 269~270쪽 참고.

써 현실에 대한 냉철한 인식을 함께 보여준다. 종교에서 취해야 하는
인식이 세상의 현실을 변화시키지 못한다면 그것은 진정한 삶과 진정
한 자유를 위한 종교적 인식이 아닐 것이다.

이 시에서 고정희는 기도의 양식을 빌려 기존의 집단적인 종교의 체
제가 개인과 집단을 억압하는 양상을 보여준다. 고정희는 시인 개인의
서정에 그치는 것이 아니라 "우리들"이라는 공동체를 호명하여 "쓰리
고 아픈" 현실을 인식한다. 그리고 현실에 대한 인식과 정신을 일깨워
"좌절과 고통을 씻어"주는 종교와 그런 현실을 변화하게 하는 "학자"와
"시인"의 각성을 이끌어내고자 한다. 이를 통해 정신을 깨어있게 하고
현실의 억압에서 해방되기 위해 집단이 함께하는 움직임을 보여준다.
종교적, 정치적 경험을 축적한 권력자들의 지식이 집단을 억압하는 것
을 날카롭게 파악하고 이를 직접적으로 말함으로써 역사적 인식에 대
한 각성을 이끌어낸다.

어머니
더는 잠드실 수 없나보군요
흙탕물 질펀한 유세마당에
적막한 주름살로 서 계시는
어머니
이천 년도 더 짓밟히신 어머니
열 손가락 피 깨물면서도
개과천선 그날을 못 버리시다니
하녀노릇 옥살이 지겹지도 않나요
몸 팔아 자손들 먹여살리시느라
다국적 사창가 전전하면서
육천 마디마다 쇠바늘 꽂아놓고
긴긴 날궂이 버티신 지난 날

누구를 그다지도 기다리셨나요
점찍으신 자손들은 옥문이나 드나들고
보필하신 자손들은 객사귀신 되어
구천의 하늘이나 떠돌고 있는데
경천애민(敬天愛民) 그날을
못 버리시다니

어머니
그날은 꼭 올까요
어머니의 백일 금식
효험이 있을까요
오늘은 당신의 12대 회갑잔치,
남은 자손들 얼기설기 모여 앉아
유례없는 말잔치
유례없는 공수표로
한 상 떡 벌어지게 '먹자판' 벌여놓고
'만수무강하사이다' 기원축수 드리니
뼛골에 사무치는 시장기 감추시고
망연자실 펄럭이는, 펄럭이는
어머니

> ─「프라하의 봄 · 6 ─ 12대(代)를 곡(哭)함」
> (『눈물꽃』, 1권, 444쪽~445쪽)

이 시에서 어머니는 "유세마당"에 나타나 "자손들"이 "경천애민"하기를 계속해서 기다리는 자이다. 여기서 어머니는 12대를 지나온, 이천년도 더 짓밟힌 어머니로 나타남으로써 이천년간 자손들을 돌봐온 모두의 어머니의 형상으로 나타난다. "어머니"는 짓밟히며 "몸 팔아 자손들 먹여살"리어 "버티신" 어머니이다. 화자는 이 땅의 역사의 소용돌이 속에서 "긴긴 날궂이 버티신" 어머니를 통해 폭압적인 역사 현실 속에 드러난 식민에 대한 처절한 인식을 보여준다. 화자에 의해 드러나는 시대의 어머니들이 "다국적 사창가"를 전전하고 이천년도 더 짓밟혀 왔다는 역사적, 현실적 근거는 과거와 현재의 다양한 인식이 역사에 대한 인식으로 확장하는 모습을 보여준다. 이로써 무차별적으로 도처한 억압의 방식을 보다 구체화한다.

이와 동시에 어머니가 "더는 잠드실 수 없"어 "서 계"시는 모습은 어머니가 짓밟힌 과거의 척박한 역사 현실과 "흙탕물 질펀한 유세마당"으로 표상되는 오늘날의 시대상이 동일성을 지니고 있음을 나타낸다. "더는 잠들"지 못하고 바라보는 지금의 사태 속에서 어머니는 뼛골에 사무치는 체념과 절망의 심정을 망연자실하게 펼쳐 보인다. "백일금식"으로 "기다리"던 경천애민이 나타나는 그날은 어디에도 없는 것이다. 오직 남은 것은 좌절과 체념으로 모든 것을 포기하고 "펄럭이"듯 가벼워지고자 하는 심정뿐이다. 2연의 "올까요", "있을까요"와 같은 불확정적인 미래에 대한 질문은 미래를 향하는 화자의 시선을 보여준다. 이는 현실의 부정성을 강조하기 위한 것으로 기능한다. 과거의 시간과 공간에서 현현한 어머니는 역사적 기억 속에서 현재를 바라보지만 집단 공동체가 처한 근본적인 양식은 변화가 없기에 어머니의 기대가 무의미해지고 파편화되는 것은 너무도 자연스럽다.

하지만 자손들이 "경천애민"할 "그날"에 깃들인 마음이야말로 어머니가 찾고자 하는 현실의 이상향이다. 어머니는 "그날"을 위해 "백일금식" 기도를 드리는 자인 것이다. 이 시에 나타나는 어머니는 "자손들" 모두의 어머니이다. 이는 구천의 하늘을 떠도는 자손이나 한 상 떡벌어지게 먹자판 벌이는 자손들 모두가 근원에 있어서는 동일성을 지닌 자

들이라는 것이다. 이 시는 현실의 불모성을 폭로하지만 역으로 모든 생
명의 기원인 어머니의 마음을 통해 과거의 기억을 철저히 짚어 내고,
위기의 순간을 기억하고 사유하여, 고통을 초극하고 새로운 삶을 생성
하려는 의지를 역설적으로 읽어낼 수 있게 한다.

> 베수건 쓴 여자들이
> 검은 깃발을 흔들며 저 성문으로 들어간다
> 베옷으로 몸을 가린 남자들이
> 검은 깃발을 흔들며 저 성문으로 들어간다
> 분노에 몸을 떠는 어머니들이
> 검은 깃발을 흔들며 저 성문으로 들어간다
> 노여움에 이를 가는 아버지들이
> 검은 깃발을 흔들며 저 성문으로 들어간다
> 학생들이, 노동자들이, 노인들이, 청년들이, 처녀들이
> 검은 깃발을 흔들며 저 성문으로 들어간다
> 하나에서 비롯된 백만의 함성 따라
> 백만에서 이어지는 사천만의 함성 따라
> 광주 사람들이 저 성문으로 들어간다
> 청주 사람들이 저 성문으로 들어간다
> 원주 사람들이 저 성문으로 들어간다
> 수원 사람들이 저 성문으로 들어간다
> 마산 사람들이 저 성문으로 들어간다
> 부산 사람들이 저 성문으로 들어간다
> 군산 사람들이 저 성문으로 들어간다
> 서귀포 사람들이 저 성문으로 들어간다
> 사십삼 년 만의 노도를 이끌고, 사십삼 년 만의 상여 소릴 이끌고
> 음탕한 모리배로 가득한 저 성으로 들어간다
> 팔십이 년 동안 군건한 식민의 철대문을 향하여, 오
> 지축을 흔드는 강물이여, 사람의 강물이여

돌들도 일어나 옥문을 열어제치고
나무들도 일어나 한쪽으로 한쪽으로 길을 내는 대낮
엄숙하여라, 사람의 소리
어여뻐라, 사람의 발바닥
독재의 아성을 허물며
침묵의 오욕을 뿌리뽑으며
드디어 백만 민주강물 이루는 소리
해방의 뱃길 트러 간다
드디어 사천만 자유강물 이루는 행진
민족자주 뱃길 트러 간다
드디어 삼천리 만 가람 흔드는 함성
통일의 새벽빛 트러 간다
　　　　　－「땅의 사람들 13－ 강물이여, 사람의 강이여」
　　　　　　　　　（『지리산의 봄』, 1권, 552~553쪽）

　이 시는 하나의 연으로 이루어져 있지만 세 장면으로 구분된다. 하나
는 사람들이 성별, 나이, 지위에 따른 구분에 따라 "들어가"는 모습이
고, 두 번째는 "사람들"이 남한의 지역에 따라 구분되어 "들어가"는 모
습이고, 세 번째는 그들이 가는 목적에 대한 서술이다. 화자의 시선에
잡힌 "여자들", "남자들", "어머니들", "아버지들", "학생들", "노동자
들", "노인들", "청년들", "처녀들"은 우리 사회의 집단 공동체를 이루
는 구성원이다. 이들 모두는 "검은 깃발을 흔들며" 들어간다. 여기서의
검은 깃발은 여자들과 남자들의 "베옷"이나 "상여소리"를 통해 짐작하
건데, 장례에서 쓰이는 만장일 것이다. 이들은 하나같이 분노하고 있
다. 그리고 화자는 우리나라 여러 지방 사람들이 "노도"와 "상여소리"
를 "울리며" 들어가는 장면을 제시한다. 화자는 그들이 가는 길의 순간
의 경이로움을 환기시킨다. 이들이 향하는 "성문"은 이 시의 마지막 부

분에서 "들어가"는 것에서 "트러가"는 차원이 된다. "백만에서 이어지는 사천만"의 사람들이 향한 최종의 목적지는 "민주", "자유", "해방", "민족자주", "통일"의 순간이었던 것이다. 화자는 연속적으로 계속되는 반복의 효과로 시에 리듬감을 조성한다. "들어간다", "간다"가 "트러간다"로 변화하며 반복하는 것은 단순히 음악적 효과뿐만 아니라 화자가 호명하는 "사천만의 사람들"이 자신의 힘을 다 해 가는 길을 보여준다.188) 화자가 호명하는 공동체는 그들이 처해 있는 역사적 공간에서 그들이 지닌 신체를 통해 온 힘을 다해 사회변혁의 힘으로 변모해 나가는 것이다. "하나", "백만", "사천만", "광주", "독재", "민주", "자유"라는 이 시의 시어들은 이 시가 80년대의 정치적 현실을 드러내고 있음을 고려하게 한다. 시적 화자가 보여주는 "사람들"이라는 집단공동체는 과거의 기억에 갇혀 있는 것이 아니라 현실의 억압에서 스스로 해방되어 현실을 변화시키는 실천을 해 나간다.

발자국을 내며 걸어가는 행위는 "사람들", 즉 공동체가 스스로의 힘을 긍정하면서 기존의 체제에 흡수되지 않고자, 스스로 현실의 변화를 꾀하는 노력으로 볼 수 있다. 고정희 시에 나타나는 "사람들"은 과거의 기억 속에 정체하지 않고 변화한다. "사람들" 스스로 변화의 문을 열고 자신들의 세계 자체를 변화시키고자 하는 것이다. 화자가 호명하는 "사람들"은 자신을 변화시키는 행위를 통해 미래의 "새벽빛"을 맞이할 수 있다는 성숙의 태도를 보여준다. 이는 중기의 시에 나타나는 공동체가 이제까지의 집단의 기억 속에 가지고 있던 불가능을 가능으로 전환할 수 있는 인식을 드러내는 것이다. 현실을 자각하기 시작한 사람들은 자신의 위치를 이해하고 실천하는 각성의 순간을 향해 한 발을 내딛어 자신의 시대에서

---

188) 위의 책, 271~272쪽 참고.

가능한 정치적 힘으로 과거를 통해 현재를 재인식해 나간다.

이후 중기의 시에서 현실의 억압과 구속을 말하고 능동적으로 그것을 변화시키고자 하는 공동체는 여성 공동체라는 좀 더 구체화 된 주체로 변모하는 양상을 보인다.

국채 일천삼백만 원에 나라의 흥망이 달려 있다 하오니
대범 이천만 중 여자가 일천만이요
(…)
여권의 재앙 말끔히 거둬 내고
우리 여자의 힘 세상에 전파하여
남녀동등권을 찾을 것이니
대한의 여성들이여,
반만년 기다려 온 이 자유의 행진에
삼종지덕의 가락지 벗어던져
새로운 세상의 징검다리 괴시라
　　　　　　－「반지뽑기부인회 취지문 － 여성사 연구 2」부분
　　　　　　　　　　（『지리산의 봄』, 1권, 587~588쪽）

거룩하구나 자매여
처절한 어둠과 침묵을 등짝에 지고
이 땅의 이천만 여성들이
이 땅의 군부 독재 남성의 군홧발에
짓밟히고 짓밟히고 짓밟히는 역사의 벼랑 끝에서
너 또한 이천만 여성의 이름으로
너 또한 일천만 노동자의 이름으로
사지에 억압의 포승을 받으며
잔혹한 고문으로 비명을 지를 때,
(…)
가자, 자매여

저 죽음의 능선을 넘어가자
거짓된 자유에 수갑을 채우고
위장된 해방에 종말을 고하자
우리의 간절한 진실은 하나이니
여성 해방 만세,
그리운 민주 세상 만세
　－「자유와 해방에 대한 구속영장 － 이천만 여성의 저항의 횃불
　　　　권인숙에게」부분 (『지리산의 봄』, 1권, 597~599쪽)

　이 시에서 나라의 흥망과 자유와 해방, 민주 세상은 "여자의 힘", "여
성의 이름으로" 이루어 낼 수 있는 세계로 형상화되어 있다. 새로운 세
계를 만들어갈 주체는 여성임을 보여주는 것이다. 위의 시 중 첫 번째
시인 「반지뽑기 부인회」는 국채보상운동의 발원지이며 최초의 여성
참여지였던 「대구지방 탈환회 취지서」 전문을 원용하여 쓰인 시이다.
이는 여성의 주체적인 의식이 우리나라의 역사를 주도하는 적극성을
가지고 있었음을 알린다.
　또한 두 번째 시인 「자유와 해방의 구속영장」은 부제에 나타나듯이
권인숙씨가 1986년 노동운동을 위해 주민등록증을 위조하고 위장 취
업한 혐의로 경기도 부천경찰서에서 조사를 받던 중 성 고문을 당한 사
건을 폭로하는 시이다. "군부 독재 남성의 군홧발"이나 "사지에 억압의
포승", "잔혹한 고문"은 이 시의 시적 배경이 1980년대 군부 독재의 고
문과 연관이 있다는 것을 알게 해준다. 시적 화자는 폭압의 고통 속에
서 여성을 "자매"라는 여성 공동체의 이름으로 호명한다. 이 시의 바탕
을 이루는 한 여성 노동자에 대한 폭압을 한 사람이 받은 상처로 남기
는 것이 아니라 "이천만 여성들"이 겪은 고통으로 적극적으로 끌어안
고 그것에 "종말을 고하"는 것이다. "너"가 겪은 고통의 현실은 "자매"

인 여성의 현실이고 "이천만 여성들"의 고통이다. 시적 화자는 그러한 고통의 현실을 마다하지 않고 이를 "여성"의 "해방"을 위한 의지의 산물로 여기는 자세를 보여준다. 이는 "~하자"의 청유형 어미로 접근되어 공동체적 성격을 더한다.

두 시의 화자는 정치적, 경제적 현실에서 "우리들"이라는 집단공동체의 기억으로 과거와 현재의 역사적 사건을 바라본다. 과거와 현재의 결정적인 만남을 통해 기억의 사회, 역사적인 성격을 드러내는 것이다. 집단적 정신의 깨어있음으로 새로운 방식을 찾아가는 무한한 역사적 운동은 지금 이시간인 현재를 추동하는 힘으로써 폐쇄적인 과거의 지배에서 벗어나, 각성에 도달한다.

『지리산의 봄』에 수록된「여성사 연구」연작시는 이 사회에서 여성이 처한 삶의 정황을 여러 시선으로 보여준다. 그리고 그러한 삶에 순응하는 것이 아니라 "거부의 화살을 당기"(「우리동네 구자명씨 — 여성사 연구 5」)며 "여자 속에" "한 나라의 뿌리가 들"었다(「매맞는 하느님 — 여성사 연구 4」)고 인식하는 모습을 드러낸다. 이러한 여성 공동체 현실에 대한 인식은 7시집인『저 무덤위에 푸른 잔디』에서도 계속된다. 이때 현실의 억압을 인식하는 주체는 여성, 어머니이다. 중기의 시에서 집단적인 정신의 깨어있음을 통해 현실인식을 보여주는 양상은 후기의 시에서 여성 공동체가 처한 탄압과 시련의 현실을 직시하고 그들의 해방을 위한 시작점으로 작용한다.[189]

---

189) 위의 책, 274~275쪽 참고.

2) 공동체의 시대 인식과 현실 대응

고정희의 시는 우리 사회에 편재하는 모순과 억압을 바라보고, 현실에 천착한 분노의 목소리를 계속해서 드러낸다. 8시집인『광주의 눈물비』이후 후기의 시는 계속되는 억압적 정치 상황과 당대에 확산되는 자본주의적 현실을 비판적인 시선으로 강렬하고 첨예하게 나타낸다. 이는 당대의 사회적 구도 속에서 불평등을 감수하고 살아야 하는 여성의 이야기로 나타나기도 한다. 그리고 이 목소리는 전 세계를 지배하는 서구 중심의 자본주의 체재 안에서 주변인으로 살아가는 아시아인들과 아시아의 여성들을 향한다.

8시집의 제목인 "광주의 눈물비"는 이 시집이 당대의 현실에 대한 천착의 결과물임을 비유한다. 시인이 "실로 최초로 역사적 진실에 대하여 절제하기 어려운 노여움을 품게 되었다"[190]고 밝힌 바를 보면 이 시집에 실린 시들이 폭력적 현실에 대응한 시적 저항이었음을 알 수 있고, 여기에 속한 시편들이 집단의 정치적 개입을 가능하게 하고자 하는 시였음이 분명하게 드러난다.『광주의 눈물비』에서 현실을 직접적으로 드러내는 표현들은 현실을 극복하고자 하는 의지에 찬 목소리를 보여준다.

> 너 드디어 오기는 왔구나
> 방송 민주바람 너
> 서울에 왔구나

---

190) "나는 실로 최초로 역사적 진실에 대하여 절제하기 어려운 노여움을 품게 되었고 (…)깊은 회의를 갖게 되었다. 그리고 나는 들었다. 역사적 정의와 진실이 불편함이 된 이 시대에 '문학적 은유와 알레고리는 거짓 시대를 고수하는 충실한 시녀가 될 수 있다.'는 내면의 외침을 들었다. (…)이 끓어오르는 노여움에 의지하여 나는 <우리의 봄, 서울의 봄> 연작을 쓰기 시작했다." 고정희, 「시집 머리 몇 마디」,『광주의 눈물비』,『고정희 시 전집』2, 앞의 책, 233쪽.

오일육 때 코뚜레 차고
유신 때 비참하게 팔려 가버린 너
영영 고향으로 돌아올 줄 모른 너
고향은 풍년이다 광고모델이 된 너
오일팔 피비린내 외면했던 너
드디어 서울에 오기는 왔구나
(…)
억울함 있는 곳에 억울한 고 풀고
음모 있는 곳에 음모의 문 열고
거짓 있는 곳에 거짓의 가면 벗겨
진실은 이어주고
기쁜 소식 다리놓아
서방정토까지 다리놓아
자유의 소리
해방의 소리
평등의 소리
통일의 소리
삼천리 강산에 꽃피우자 꽃피우자
바른입 옳은 입 참입 너 몸부림치는구나
　　－「드디어 너 오기는 왔구나－우리의 봄, 서울의 봄 13」부분
　　　　　　　　　　（『광주의 눈물비』, 2권, 153~155쪽）

　　위의 시는 1987년 시작된 방송민주화를 거의 직접적으로 드러낸다. 여기서 화자는 "오일육", "유신", "오일팔"이라는 탄압 속에서도 지배 권력에 기대어 현실을 "외면했던" "방송"을 비판한다. 하지만 화자는 "방송"을 정면으로 비판하는 가운데서도 "방송"이 변화하는 사태에 주목한다. 그리고 그것을 통해 현실의 극복을 이뤄내고자 한다. 이는 언론이 정치적인 탄압으로 고통 받으면서도 그것에 저항하여 사회 정치

적 제약을 벗어나게 하는 근원적 장치로서 작용할 것에 대한 기대감을 드러내는 것이다. 시적 화자는 방송 민주화를 통해 사회 제반적인 모순을 타파하고 사회 정치적 제약에서 변혁을 도모하고자 한다. 이것은 현실의 변화를 감지하고 구체적으로 현실을 넘어서고자 하는 화자의 모습이라 할 수 있다.

이와 같이 중기 시에서 후기 시로의 변화 과정은 중기에 해당하는 『눈물꽃』에 실려 있는 「프라하의 봄」 연작시와 후기 시에 해당하는 『광주의 눈물비』에 실려 있는 「우리의 봄, 서울의 봄」 연작시를 통해서도 드러난다. 우선 제목부터 살펴보자. "프라하의 봄"은 1968년 체코슬로바키아의 민주화시기를 비유하는 말이다. 또한 우리나라에서는 "프라하의 봄"에 비유하여 '서울의 봄'191)이라고 불린 시기가 있었다. 중기 시에서 시인은 '서울의 봄' 시기의 사회적 상황을 시에 드러내면서도, 직접적으로 '서울의 봄'이라 말하지 않는다. '프라하의 봄'에 비유하여 사회적 정치적 현실을 비유적으로 드러낼 뿐이다. 시적 대상 또한 「프라하의 봄」 연작시에서는 "광대들"(「프라하의 봄 · 1」), "이 시대의 기둥서방"(「프라하의 봄 · 2」), "유령 두 마리"(「프라하의 봄」 · 5) "우리 그 사람"(「프라하의 봄 · 7」)등으로 비유적으로 드러난다.

하지만 후기 시에서는 시적 대상을 직설적으로 말한다. 이는 "광주"(「우리의 봄, 서울의 봄 2」), "광주특위", "오월 항쟁"(「우리의 봄, 서울

---

191) '서울의 봄'은 1979년 10월 26일부터 1980년 5월 17일 사이를 일컫는 말이다. 이는 1968년 체코슬로바키아의 '프라하의 봄'에 비유한 것이다. 박정희 대통령이 암살당한 1979년 10월 26일 이후 같은 해 12월 12일 전두환 군부가 권력을 장악하면서 민중의 민주화시위는 확산된다. 이 시기부터 1980년 5월 17일 비상계엄 전국확대 조치가 내려질 때까지의 정치적 과도기를 '서울의 봄'이라 일컫는다. 하지만 서울의 봄은 전두환 군부에 의해 무참히 짓밟히고, 광주에서는 횃불시위가 벌어지는데 이것이 1980년 광주민주화운동의 시작이다. 5 · 18 광주 민주화 운동은 229명의 사망자 · 실종자와 3천여 명의 부상자를 남긴 채 무력 진압되면서 종결됐다.

의 봄 3」) "박종철", "유월 항쟁"(「우리의 봄, 서울의 봄 9」) "임수경"(「우리의 봄, 서울의 봄 10」) 등으로 나타난다. 시의 제목인 "우리의 봄, 서울의 봄"이 현대사의 사건을 직설적인 언어로 드러내듯 시의 내용 또한 시대의 현실의 모순을 거침없이 표출하고 확신에 찬 어조로 정치적 현안을 말하고 있다.[192] 그리고 그러한 사회적 모순을 겪어 가는 주체를 "우리"라고 명명함으로써 이 시가 표현하는 바가 "우리"라는 집단공동체의 기억 속에 자리한 현실임을 분명히 한다. 그리고 집단이 각성하여 파악한 현재의 모습은 역사적 시선과 함께 드러난다.

9시집인 『여성해방출사표』에서는 지배적 권력에 의해 수난 받으나 그것을 타파해 나가려는 주체가 여성으로 구체화된다. 이 시집은 가부장제와 자본주의에 얽힌 권력이 여성 수난의 운명을 구상하는 모습을 날카롭게 고발하고 있는 것[193]이다. 『여성해방출사표』의 전반부는 「이야기 여성사」 7편의 연시로 이루어져 있다. 「이야기 여성사」는 제목에서 나타나듯이 조선시대부터의 여성들의 이야기를 담고 있다. 조선시대 여성의 이야기는 조선 중기의 명기로 불리었던 황진이가 조선 중기 여류 문장가인 이옥봉과 주고받는 편지의 내용을 담은 시 두 편과 신사임당이 조선 중기의 여류시인 허난설헌에게 보내는 편지형식의 시, 허난설헌이 현재를 살아가는 딸들에게 보내는 편지형식의 시, 그리고 여권운동에 관한 시와 어머니에 대한 시로 구성되어 있다. 「이야기 여성사」 연시는 조선시대에 시, 문에 능했던 황진이, 이옥봉, 신사임당, 허난설헌을 배치시켜 현재와 과거를 대응시킨다. 과거 조선시대에 있었던 여성에 대한 권력의 억압이 지금도 계속되는 모습을 보여주는 것이다.

---

192) 졸고, 앞의 책, 276~278쪽 참고.
193) 김승희, 「한국 현대 여성시에 나타난 제국주의의 남근 읽기」, 앞의 책, 82쪽.

조선이라 해서 이와 다를 바 있는지요 원나라에 바쳐진 고려 여자
들, 왜정 치하에 바쳐진 정신대 여자들, 외세 자본주의에 바쳐진 기생
관광 여자들이 한반도 지사주의 축대가 아닌지요 권력노예 출세노예
산업노예 시퍼렇게 살아있으니 이 어찌 나라재앙 원흉이 아니리까
　　　　　－「이옥봉이 황진이에게 － 이야기 여성사·2」부분
　　　　　　　　　　　（『여성해방출사표』, 2권, 250쪽）

바뀔 줄 모르고 변할 줄 모르는 세 가지가 있으니
무엇이니까
여자에게 현모양처 되라 하는 것이요
남자에게 현모양처 되겠다 빌붙는 것이요
여자가 남자 집에 시집가는 것이외다
그 현모양처 표본이 바로 나 신사임당이라 하여
내 시대 율법으로
내 시대 관습에 특출한 여자 골라
여자들 이름으로 상주고 박수 친다니
이 무슨 해괴한 시대 변고이니까
　　　　　－「사임당이 허난설헌에게 － 이야기 여성사·3」부분
　　　　　　　　　　　（『여성해방출사표』, 2권, 256쪽）

　　"이옥봉이 황진이에게" 보내는 편지에서 역사의 흐름을 따라 계속되
어 오는 여성의 성적 희생이 드러난다. 처절했던 역사 속에서 여성은
남성들의 정치적 전유물인 전쟁에서 성적 도구로 이용되어 왔고 그것
은 현재까지 계속되고 있다. 이와 동시에 "사임당이 허난설헌에게" 보
내는 편지에서는 현모양처의 대표로 꼽히는 신사임당이 현 시대에 신
사임당 같은 현모양처를 내세우는 것은 "해괴한 시대 변고"라고 말한
다. 신사임당의 목소리로 이러한 관습은 신사임당 시대의 관습이며, 이
러한 의식에서 벗어나야 한다고 강조하고 있는 것이다.

이 시편들에서 드러나는 여성의 모습은 조선시대 이후 지금까지 한결같다. 여성의 성은 전쟁에서나 자본주의 사회에서나 권력자들에 의해 도구적 가치로 이용되어 왔고, 그와 동시에 남성을 중심으로 한 지배문화에서는 그들의 가치 기준에 맞춰 현모양처의 모습을 유지해야만 했다. 이는 과거의 역사를 종결된 역사로 바라보는 것이 아니라 과거와 현재의 역사적 사건들을 현재의 순간에 인식하는 것이다. 과거와 다르지 않은 현재의 모습을 바라보는 화자의 시선은 과거의 역사가 과거에 종결되는 것이 아니라 과거의 역사와 현실 사이의 경계를 허물어야 지금의 상황의 변화를 모색할 수 있음을 드러낸다. 이러한 인식적 각성을 통한 여성 해방에 대한 뜨거운 갈망은 다음과 같이 나타난다.

여자해방 투쟁을 위한 출사표

이제 해동 조선의 딸들이 일어섰도다
위로는 반만년 부엌데기 어머니의 한에 서린 대업을 이어받고
아래로는 작금 한반도 삼천오백만 어진 따님 염원에 불을 당겨
칠천만 겨레의 영존이 좌우되는
남녀평등 평화 민주세상 이룩함을
여자 해방 투쟁의 좌표로 삼으며
여자가 주인되는 정치평등 살림평등 경제평등을 바탕으로
분단 분열 없는 민족공동체 회복을
공생 공존의 지표로 손꼽는다
　　　－「허난설헌이 해동의 딸들에게 － 이야기 여성사 · 4」부분
　　　　　　　　　　　　　（『여성해방출사표』, 2권, 275~276쪽)

이 시는 여성이 주체가 되어 여성의 해방을 선포하고 있다. 남성들에 의해 희생된 "어머니의 한"을 극복하고 미래의 주체가 될 딸들의 염원

을 담아 오랜 억압의 구조를 단절하고자 하는 것이다. 화자는 이러한 여자해방을 위한 투쟁이 남녀평등과 민주주의를 이루는 길이라 외친다. 여성 스스로 고통 가득한 여성의 역사를 타파하고자 하는 의지를 보이는 것이다. 여기서 여성들은 시대를 뛰어넘어 하나의 공동체로 묶여 세상의 주체가 되는 모습을 보여준다. 그리고 이는 "남녀평등"의 가치에서 나아가 "민족 공동체 회복"을 여는 인간해방의 차원으로 나간다.

고정희의 시에 나타나는 집단의 기억은 과거를 통해 현재를 재구성하는 것이다. 어머니의 대업과 따님의 염원이 향하는 것은 "공동체 회복"이다. 화자는 과거를 과거로만 두는 것이 아니라 망각에 묻힌 과거의 기억을 깨어나게 하는 각성을 통해 현재를 재구성할 수 있다는 것을 보여준다. 이것이 고정희의 후기 시에서는 혁명적 실천을 향하는 양상으로 나타난다.

11시집 『모든 사라지는 것들은 뒤에 여백을 남긴다』에는 제 3세계에서 자행되고 있는 억압의 현장이 드러난다. 「밥과 자본주의」 연작에서 시인의 시선은 더 넓은 세계를 향한다.194) 유고시집인 『모든 사라지는 것들은 뒤에 여백을 남긴다』는 「밥과 자본주의」 연작시 26편과 「외경 읽기」로 시집의 대부분이 구성되어 있다. 이 시집의 텍스트는 자본주의 담론과 기독교 담론, 성과 속의 대립 안에서 일어나는 가치관의 해체를 보여준다. 그럼으로써 물신주의 사회에서 야기되는 혼란과 인간 정체성의 위기를 나타내어 인간이 물질에 의해 규정되는 물질주의 사회를 보여준다. 이와 함께 연작시 「밥과 자본주의」는 서정적, 서사적, 극적 양식들이 한 텍스트 안에 함께 한다.195) 앞에서 논의 한 고정희 시의 전

---

194) 졸고, 앞의 책, 279쪽 참고.
195) "장르 혼합은 우리 현대문학의 변화를 가져오는 가장 중요한 요인이다. 왜냐하면 이것은 다른 어떤 변화 요인보다 문학의 폭넓은 가능성의 지평을 제공하고 있기 때문이다. 한 작품에 여러 장르적 요소가 혼합되는 경향은 전통에 적대적인 시기에 흔히 고양되어 왔고 혼합의 가장 두드러진 양상은 시의 서사화이다." 김준오,

작을 이루고 있는 시의 양식들이 혼합적으로 나타나고 있는 것이다.

「밥과 자본주의」라는 연작시의 제목에서도 이 시들이 보여주고자 하는 것을 알 수 있다. 제목인 "밥"은 사전적인 의미로 '끼니'라는 외연적인 뜻을 가지고 있고, "자본주의"는 '생산수단을 자본으로서 가지고 있는 자본가가 이윤획득을 위하여 생산활동을 할 수 있도록 보장하는 사회경제 체재'의 의미를 가지고 있다. 연작시의 제목은 "밥"이 가지고 있는 기본적이고 필수적인 생명 연장을 위한 필요와 물신주의적인 성격으로 점철된 "자본주의"가 "~과" 라는 격조사로 연결되어 있다. 이는 밥과 자본주의가 서로 비교되거나 기준이 되는 대상임을 나타내어 연작시의 의미를 환기 시키는 것이다.

> 경보장치가 없는 아시아에서
> 시장마다 번쩍거리는 저 외제 상표는
> 아시아 사람들의 희망이 아니다
> 거리마다 흘러가는 저 팝송가락은
> 아시아 사람들의 신명이 아니다
> 칼자루를 쥔 제국의 음모가
> 종말처럼 가까이 다가오고 있을 뿐
> ─ 「밥과 자본주의 ─ 브로드웨이를 지나며」 부분
> (『모든 사라지는 것들은 뒤에 여백을 남긴다』, 2권, 422쪽)

> 권력의 꼭대기에 앉아 계신 우리 자본님
> 가진자의 힘을 악랄하게 하옵시매
> 지상에서 자본이 힘있는 것 같이
> 개인의 삶에서도 막강해지이다
> 나날에 필요한 먹이사슬을 주옵시매

『한국현대 장르 비평론』, 앞의 책, 218쪽.

나보다 힘없는 자가 내 먹이 사슬이 되고
내가 나보다 힘있는 자의 먹이사슬이 된 것같이
보다 강한 나라의 축재를 북돋으사
다만 정의와 평화에서 멀어지게 하소서
지배와 권력과 행복의 근본이 영원히 자본의 식민통치에 있사옵
니다 (상향~)

　　　　　　　　　-「밥과 자본주의 - 새 시대 주기도문」
　　　　　(『모든 사라지는 것들은 뒤에 여백을 남긴다』, 2권, 430쪽)

　위의 시들은 집단의 기억 속에 담긴 현실을 보여준다. 우리 사회에 편재하는 모순과 억압은 시대를 달리하면서도 우리 사회에 여전히 남아있고 국가를 달리하면서도 계속되고 있는 것이다. 고정희 시인은 1990년에 필리핀에 있는 아시아 종교 음악연구소 초청으로 아시아의 시인 및 작곡자들의 <탈식민지 시와 음악 워크숍>에 참여하며 이 시를 썼다.[196] 이 시편들은 시인이 제 3세계에서 자행되는 억압의 현장을 생생하게 전달하며 그 의미를 양식화한 것이다.

　「브로드웨이를 지나며」는 강대국의 무차별한 자본 이데올로기에 대한 비판적 의식으로 그 이면을 파헤친다. 화자는 상품의 물신적 성격에 매혹당하고 그것에 환상을 더해나가는 "외제상표"는 결코 진정한 "아시아"의 발전이 아니며 "거리마다"흐르는 "팝송"은 아시아의 진정한 문화라 할 수 없다고 말한다. 화자는 이를 권력이 아시아를 부당하게 착취해 나가는 "제국의 음모"로 바라본다. 자본을 통해 잠식해 들어가는 "제국"의 교묘한 속성[197]을 날카롭게 바라보고 그것이 내포하고 있

---

196) 고정희, 「고정희 연보」, 『고정희 시 전집』 2, 앞의 책, 576쪽.
197) 시인이 날카롭게 직시한 헐리우드로 상징되는 미국문화에 의한 아시아 문화의 잠식은 미국의 경제적인 지배구도를 통해 이루어진다. 2차 세계대전 이후 미국은 마샬플랜과 같은 재정적 원조를 통해 유럽과 일본이 경제재건을 이루도록 하였

는 허위성을 폭로하는 것이다. 전지구적 자본주의는 "상품 형식이 모든 생의 표현에 영향력을 발휘하는 형식, 즉 지배적 형식으로 화한 사회"198)인 것이다. 화자는 "아시아 사람들"이 처한 객관적 현실을 파악하고 집단의 각성을 이끌어 내려 한다.

「새 시대 주기도문」 또한 자본이 가지고 있는 물신의 지배성을 폭로함으로써 집단의 정신이 현실에 대해 인식하고 각성하도록 하는 적극성을 보여준다. "새 시대 주기도문"은 성경 <마태복음> 6장의 「주기도문」을 패러디한 것이다. 이 시에서 「주기도문」에 나타나는 '하늘에 계신 우리 아버지'는 "권력의 꼭대기에 앉아계신 우리 자본님"으로 패러디 되어 신과 자본을 동일한 위치에 자리199)하게 한다. 그러한 자본의 힘은 "정의와 평화"를 "멀어지게 하"고 "지배와 권력과 행복의 근본이 영원히 자본의 식민통치에 있"게 한다. 이로써 자본에 종속된 국가들의 인간적인 행복은 계속하여 서구 지배 권력의 손에 있게 된다. 화자의 시선은 물신주의의 시대 현실의 근본을 통찰한다. 자본이 인간의 본질을 규정하는 사회를 풍자하는 시적 화자의 모습은 그러한 사회에 대한 풍자와 함께 자본주의의 질서 아래 "먹이사슬"의 구조 안에서 자신의 자리를 발견하고 그 구조를 이용하며 살아가는 자신에 대한 비판도 함께 한다.

고, 국제연합, 국제통화기금, 세계은행, 관세와 무역에 관한 일반협정과 같은 국제기구의 설립을 주도하고 후원함으로써 선진자본주의 국가들이 성장할 수 있는 길을 열어주었다. 미국의 경제가 잘 돌아간다면 모든 나라들이 이득을 볼 수 있는 국제체제가 형성된 것이다. 이후 유럽 등지에서 미국을 배우자는 분위기가 확산되어 나갔다. 임혁백, 「서구 자본주의 재생산체제의 변천: 자유자본주의, 조직자본주의, 탈조직자본주의」, 『계간사상』, 1993, 192~193쪽 참고.

198) 게오르크 루카치, 박정호 역, 『역사와 계급의식』, 거름, 1999, 173쪽.

199) 벤야민은 파리를 통해 상품과 군중의 관계를 본다. "유행은 상품이라는 물신이 경배받고자 하는 의식을 규정해준다.(중략) 비유기적인 것의 성적 매력에 굴복하는 물신주의가 그 유행의 생명력이다. 상품숭배는 이러한 물신주의를 이용한다." 발터 벤야민, 최성만 역, 「19세기 수도 파리(1935)」, 앞의 책, 197~198쪽 참고.

이 시의 마지막의 "상향"이라는 표현은 「새 시대의 주기도문」이 제의의 형식임을 알게 한다. '상향'은 제사의 축문에서 '흠향하시라'는 뜻으로 쓰이는데, 흠향은 이 모든 제의를 신이 받아들이길 바라는 것이다. 따라서 이 시는 제사의 형식에서 쓰이는 축문을 패러디한 후 다시한 번 그 내용을 주기도문으로 패러디한 것이다. 그렇다면 이 시에서 제사의 대상은 "자본님"이고 우리는 이전 세대의 "자본님"에게 지금의 자본의 힘을 알리고 더 큰 발전이 있기를 축원하고 있는 것이다. 이는 자본의 힘이 세대를 이어나가는 모습이다. 「새 시대의 주기도문」은 자본이 집단을 구속하는 현실이 응축되어 나타남으로써 자본으로 "나라"를 "식민"지화 하여 억압하고 지배하는 세계 경제구조에 대한 통찰을 드러낸다.[200]

> 반월공단 가는 길
> 남향받이 구릉과 언덕에 들어선
> 제일컨트리클럽 입간판을 지날 땐
> 뚱딴지같이
> 아프리카 난민폭동이 생각납니다
> 난민들은 제일 먼저 골프장으로 달려가
> 푸르나푸른 잔디 밑에 깔려 있는
> 흑인들의 땅문서를 찾아냈다지요
> 푸르나푸른 잔디 밑에 숨겨진
> 압제자의 웃음소릴 삽질했다지요
> 햇빛 찬란한 하늘에
> 사무라이곡선을 그으며 떨어지는 백구 아래서
> 제삼세계 신음소릴 파헤쳤다지요
> 그게 어디 아프리카 난민 이야긴가요

---

200) 졸고, 앞의 책, 280~281쪽 참고.

알몸뿐인 사람들의 출애굽이지요
탄식뿐인 백성들의 재판기록이지요
반월공단 가는 길
남향받이 구릉과 언덕에 들어선
제일컨트리클럽 초원을 지날 땐
바보 하마같이
바르샤바 바웬사가 생각납니다
　　　　　　－「반월시화 4 － 반월공단 가는 길」
　　　　　　　　　（『광주의 눈물비』, 2권, 204쪽）

　　시적 화자는 자본 중심의 개발이 초래한 권력의 구조를 돌아본다.
"제삼세계", "아프리카 난민", "알몸뿐인 사람들", "탄식뿐인 백성들"로
비유되는 착취당하는 사람들과 "압제자"로 비유되는 착취하는 권력자
사이에 존재하는 착취의 구조를 바라보는 것이다.
　　화자는 "아프리카 난민폭동"과 "바르샤바 바웬사"[201]를 가혹한 현실

---

201) 소련과 스탈린을 추종하는 폴란드 노동자당은 1947년 부정선거로 정권을 장악하
　　여 폴란드 통일노동자당을 창당하였고 이후 40여 년 간 사실상 일당독재 체제로
　　폴란드를 통치하며 공산정권의 공고화 시켰다. 이후 1950년대부터 70년대까지
　　끊임없이 민주화 운동이 전개되었고 대규모의 민족운동도 소련을 중심으로한 바
　　르샤바 조약군의 위협으로 무산되었다. 이 후 1970년대 중반부터 거듭되는 경제
　　정책의 실패와 당관료들의 부패로 폴란드에는 불만이 고조되어 가고 1980년 7월
　　육류가격이 인상되자 노동자들의 파업이 일어났으며 그다인스크 레닌 조선소에
　　서 결성된 자유노조운동이 전국적으로 확산되었다. 노동자들을 중심으로 결성된
　　자유노조운동이 교회와 지식인의 지지를 얻으면서 폴란드 정국은 혼란에 빠져들
　　었다. 이 자유노조운동은 '연대'라는 의미의 솔리다르노시치(Solidarność)가 정식
　　명칭이다. 솔리다르노시치의 태동은 조선소의 근로자는 해고된 동료 두 사람과 함
　　께 연대한다는 의미로 파업을 감행했던 것이 시작이다. 처음에 해고된 동료가 바
　　로 자유노조의 위원장인 레흐 바웬사(Lech Walesa)와 안나 발렌티노비치(Anna
　　Walentynowicz)였다. 이러한 위기 상황 하에서 야루젤스키장군은 폴란드를 수호
　　한다는 명목 하에 전국에 계엄령을 선포하고 바웬사를 중심으로 한 수 천 명의 자
　　유노조 관련자들을 체포하거나 연금하였다. 하지만 솔리다르노시치는 종식되지

을 전복하고 저항한 자들로 바라본다. 이들은 체제의 부조리함을 밝히고 국가 이데올로기의 강압에 맞서나간 자들이다. 바르샤바의 레흐 바웬사는 자유노조운동을 지하조직으로 이끌어 폴란드 민주화 운동을 이끌었으며 "아프리카 난민"들은 지배이데올로기에 온몸을 던져 저항한 자들이다. 그들은 계급적 질서와 자본에 의한 지배논리가 존재하는 현실에서 이러한 지배의 질서에 저항하고자 하는 의지를 표출하였다. 화자의 시선은 "제일컨트리클럽"이라는 골프장을 바라보며 이 땅을 지켜온 "알몸뿐인 사람들", "탄식뿐인 백성들"을 환기함으로써 역사적인 모순의 자리에 있는 민중을 향한다. 자본을 독식하는 자가 권력의 "압제자"가 될 수 있는 사회에서 그들의 유희를 위해 만들어진 골프장은 화자의 시선으로 볼 때 지배이데올로기의 폭력성의 실체를 들여다볼 수 있는 곳이다. 이 공간은 가혹한 현실을 대변하는 자리인 것이다.

화자가 아프리카난민과 바르샤바의 바웬사를 소재로 삼고 있다는 점은 역사적 인식의 각성과 저항의 의지를 읽을 수 있게 한다. 이는 법 정립의 부재 속에서 회복을 추구하기 위한 방법이 대립의 구도 밖에 없는 현실을 나타내는 것이다. 이 시는 모순적인 현실에서 법질서와 법에 따른 경계를 무화하고 파괴함으로써 법을 정립하고 보존하려는 것이 아닌, 민중의 분노를 그대로 발현(Manifestation)하는 폭발적 행위[202]를 드러내는 저항의 시적전략을 보여준다.

않고 지하조직으로 활동하며 폴란드 민주화 운동의 상징이 되었다. 1980년대 후반까지 지속적인 지하운동을 통해 솔리다르노시치는 원탁회의를 거쳐 폴란드가 중동부사회주의국가 중에서 가장 먼저 민주화의 길로 접어드는 견인차 역할을 했고 거기서 나아가 주변사회주의 국가들의 민주화에도 크게 기여하였다. 또한 레흐 바웬사는 1990년 폴란드 대통령으로 당선되었다. 김종석, 「폴란드 민족운동사와 저항정신 II -1980년대를 중심으로」, 『동유럽연구』17, 2006, 199~215쪽 참고.
202) 발터벤야민, 최성만 역, 「폭력비판을 위하여」, 앞의 책, 103~106쪽 참고.

하지만 시적 화자는 시의 마지막 부분에서 "바보 하마 같이"라고 말한다. 이는 화자 스스로 바웬사, 아프리카 난민에 대한 생각이 선행하는 누군가를 따라하는 소극적인 행동임을 자각하는 인식을 나타낸다. 모순된 현실이 보여주는 역사의 시간 속에서 극한의 위기감을 예감하고 있을 뿐, "생각"밖에 하지 못하는 자신에 대한 좌절감을 동시에 가지고 있다는 것을 읽을 수 있게 한다.

> 마닐라의 아얄라 박물관을 들어서며
> 당한 역사는 잠들지 않는다, 고
> 필리피나가 내게 말했을 때
> 역사의 신경마다 불이 들어왔다
> 무릎 꺾인 시대의 황토벌 위에
> 긴 채찍 맞으며 서 있는 사람들,
> 머리를 깎이고
> 신발을 빼앗긴 사람들이
> 양순하게 허리를 낮춘 지점에서
> 아시아의 황혼이
> 수난의 비단길과 포옹하는 지점에서
> 허허허허……하느님의 외로움이 불타고
> 하하하하……우상들의 경전이 번개치는 지점에서
> 나는 피묻은 탄피 하나를 가슴에 품었다
>
> 쿠알라룸푸르의 국립박물관을 들어서며
> 역사는 흐른다, 고 말레이시안이 내게 말했을 때
> 제국주의 신경마다 불이 들어왔다
> 잉글랜드 해적선 강탈 앞에
> 모자를 벗어 든 사람들,
> 옆구리를 찔리고

가랭이를 벌린 여자들이
불타는 노을을 향하여 울부짖는 지점에서
아아아아…… 별들이 불을 끄고
우우우우…… 숲들이 쓰러지는 지점에서
나는 칼 맞고 쓰러진 땅의 피묻은 깃발 하나를 심장에 품었다

자카르타 메르데카 광장을 들어서며
당한 사람들은 죽지 않는다, 고
인도네시안이 내게 말했을 때
망각의 신경마다 불이 들어왔다
네덜란드 동인도선 철퇴 앞에
땅문서를 헌납하는 사람들,
미합중국의 대포 앞에 백기를 흔드는 사람들이
골 깊은 슬픔을 접어 종이새를 날리는 지점에서
일본제국주의 사무라이 장칼 아래
어린이를 사열하는 지점에서
아아 제 터를 빼앗긴 사람들이
두 손을 번쩍 든 지점에서
그러나 그러나
메르데카……
메르데카……
메르데카…… 합창이 지축을 흔드는 지점에서
나는 아시안의 피눈물로 얼룩진 독립만세 국기를 혈관에 실었다

당한 역사는 잠들지 않는다,
당한 사람들은 죽지 않는다,
역사는 흐른다, 흐른다, 고 나는 서울을 향해 깃발을 흔들었다
                    ─「외경읽기 ─ 당한 역사는 잠들지 않는다」
        (『모든 사라지는 것들은 뒤에 여백을 남긴다』, 2권, 506~508쪽)

이 시에서 "아시안" "사람들"은 "수난"당하고 "울부짖"고 "깊은 슬픔"에 빠져 있다. 이들이 역사의 흐름 속에서 살아왔던 흔적은 너무나 뚜렷하게 남아있다. 사람들이 "무릎 꺽인 시대"에서, "잉글랜드 해적선 강탈 앞에"서, "네덜란드 동인도선 철퇴 앞에"서, "미합중국의 대포 앞에"서, "일본 사무라이 장칼아래"에서 "피묻"히고 "쓰러지"는 모습은 "박물관"에 결코 사라지지 않고 있는 것이다.

"당한 역사는 잠들지 않는다", "역사는 흐른다", "당한 사람들은 죽지 않는다"라는 말이 반복적으로 이어지는 것은 아시아의 억압당한 시간들을 연상하게 한다. 이는 과거에 억압당하고 처절하게 능욕 당했던 "아시안"들의 시간이 지금, 현재의 시간과 매개되어 있다는 것을 보여준다. 역사는 권력에 의해 쓰인 담론이다. 하지만 화자는 아시아의 곳곳에서 "아시안"이 잊지 못하는, 처절하게 억압당하며 "피눈물로 얼룩"져 죽음으로써도 치열하게 "잠들지 않"는 현장을 본다. 지금의 아시아의 현실이 역사로 서술되고 말해지기까지 이를 작동시키는 권력은 엄청난 사람들을 배제시키고 제외시켰을 것이지만, 그들의 역사는 기억되고 현재를 이어나가고 있는 것이다. "아시안"들에게 있어 억압당한 역사에 대한 기억은 "가슴에 품어"지고 "심장에 품어"지고 "혈관"에 기억된다. 아시아인들의 역사는 과거에서 종결된 것이 아니라 현재에서 다시 기억되어, 집단의 기억으로 확산되어 계속되는 것이다. "외경읽기" 연작인 이 시에서 "외경"은 교회가 성경 중에 정경(cannon)으로 인정하지 않는 성경이다. 외경은 공론화된 역사담론에서는 인정하지 않는 부분으로 제국주의적인 거대 담론에서는 허용하지 않는 부분이라 할 수 있다. 이는 제 3세계 국가들의 역사가 가지고 있는 의미를 끌어내기 위한 장치로 작용한다.

화자는 세계사적인 눈으로 현 시대를 조망한다. 아시아의 현실을 읽어내고 제국주의의 영향력 아래 고통당하고 억압당한 현실을 낱낱이 직시한다. 그리고 그 안에서 "양순하게", "모자를 벗"고 "백기를 흔들"며 아무런 영문도 모른 채 외롭고 고통스럽게 "쓰러지는" 사람들의 억울함과 "수난"을 위령한다. 화자는 과거의 부조리한 현실 세계의 고통을 과거로 종결시키지 않는다. 과거의 기억을 현재의 아시아의 사람들, 우리들이 사는 역사의 흐름과 연결하여 재구성한다. 아시아인인 우리와 우리가 겪은 과거의 일들은 분리된 차원이 아닌 하나로 통합된 차원 속에 되새겨지고 끊임없이 극복되고 재형성된다는 역사의 진리를 "역사는 흐른다"는 되새김 속에 강조하는 것이다.203)

> 어느 태양의 나라에서
> 아시아의 배고픔을 우는 아이야
> 슬픈 이야기가 여기 있구나
> 네가 태어나기 전부터 아시아엔
> 네 탯줄을 결정짓고
> 네 길을 결정짓는 힘이 따로 있었구나
> 네가 네 발로 걷기도 전에 아시아엔
> 네가 두 손으로 절하며 받아야 할
> 밥과 미끼가 기다리고 있구나
> 고개를 똑바로 들려무나 아이야
> 아시아의 운동장을 뛰어가려무나
> 네가 두 손으로 절하며 밥을 받을 때
> 그것은 아시아가 절하는 거란다
> 네가 무릎 꿇며 미끼를 받을 때
> 그것은 아시아가 무릎 꿇는 거란다

---

203) 졸고, 앞의 책, 282~283쪽 참고.

네가 숨죽여 고개 숙일 때
그것은 아시아의 하느님이 고개 숙이는 거란다

크게 소리치려무나 아이야
너는 우리의 살아있는 희망
크게 소리치려무나 아이야
너는 아시아의 평등의 씨알
너는 이제 자본의 하느님을 버려야 한다
아아 너는 이제 평등의 밥으로
평등의 밥으로 울어야 한다
아시아를 깨우는 힘찬 징소리로 징소리로
징~ 징~ 징~ 울려 펴져야 한다
　　　　　　　　－「밥과 자본주의 － 아시아의 아이에게」
（『모든 사라지는 것들은 뒤에 여백을 남긴다』, 2권, 419~420쪽）

　　화자는 아시아가 처한 존재방식을 정확하게 꿰뚫어보고 있다. 화자는
"아시아의 배고픔"을 "배고"과 "우는 아이"로 표현한다. 화자의 시선은
부족하고 가난한 아시아에서 아이가 자라는 현실이 우리의 부정할 수 없
는 현실임을 인정하는 것이라 볼 수 있다. 화자는 세계적인 구조에 대한
환멸을 느끼는 시선으로 아시아를 바라본다. 아시아의 미래가 되는 아이
는 배고픈 현실에서 아시아인의 주체성을 바로 세우지도 못하고 힘의 논
리에 지배당하고 있다. 아시아의 과거사는 화자가 바라보는 당대에 이르
러서도 변함없이 권력에 의해 지배당하고 있는 역사이다.

　　화자는 세계의 힘의 논리에 지배당해온 가난한 아시아의 생존 논리
를 간파한다. "숨죽여 고개 숙이"는 생존원리로 아시아의 사람들은 살
아왔던 것이다. 성장과 발전이라는 물질적 기표가 지배적 위치를 차지
하는 시대에서 아시아의 사람들은 "절"하고 "고개 숙"이고 "무릎 꿇"어

야 하는 인간으로 자신의 주체를 형성하며 살아온 것이다.

이제 화자는 "고개를 똑바로 들"라고 "크게 소리치"라고 말한다. "똑바로", "크게"라는 부사를 통해 "아시아의 아이"의 행동을 더욱 강조하는 것은 기존의 세계를 부정하고 저항하고자 하는 적극적인 태도를 보여주는 것이다. 화자는 세계 지배의 논리를 제대로 보고 자본에 종속된 삶의 양태를 버릴 것을 요청한다. 화자는 아시아를 자본으로 지배한 권력을 몰아내 버리면 "희망"과 "평등"의 아시아를 이뤄낼 수 있을 것이라고 보는 것이다.

마지막 연에서 평등을 향한 아이의 울음소리는 징소리와 연결된다. 징소리는 서로 다른 재료들이 용해되어 방짜쇠로 재탄생 된 하나의 소리이다. 울음소리 같기도 하지만 울음을 벗어난 신명의 소리로 농악놀이에서 힘을 돋우고, 놀이의 간격을 유지하는 조율의 소리가 징소리이다. 그렇기에 징소리는 세계의 하나 됨과 연결의식에서 오는 조화를 은유하는 것이고 아이의 울음소리와 연결되어 아이가 원래 가지고 있는 생산적인 의미를 은유하기도 한다. 시적 화자는 이를 통해 물질적 기표가 아시아를 지배하는 현실에 대한 강력한 비판을 서정적으로 보여준다. 이와 동시에 아이가 가지고 있는 미래에의 희망을 통해 과거와 현재가 가지고 있는 유의미성을 제공한다. 역사 속에 설정된 현재와 과거를 통한 역사적 인식의 각성은 미래를 향하기 때문이다.

이와 같이 고정희 시인의 유고 시집인『모든 사라지는 것들은 뒤에 여백을 남긴다』는 우리 민족의 현실을 넘어 아시아의 현실로 눈길을 넓힌다. 세계 정치와 자본의 역학구도 안에서 제 3세계의 국민들이 처하는 배경에 주목하는 것이다. 전지구적 자본주의는 자본과 상품의 자유로운 이동을 위해 국민 국가적 경계를 무너뜨리면서 전 세계를 하나의 통합된

네트워크로 만들었다.204) 전지구적 자본주의 시대에 자본이 현실을 장악하는 능력은 높아졌다. 국제경쟁시대를 맞이하며 생산은 유연해지고 다국적 기업은 선진국과 개발도상국 간의 경계를 무화시켜버렸다. 자본에 있어서 국경의 의미는 희미해져 가고 화폐와 상품의 흐름이 국제화한 것이다.205) 고정희는 그 속에서 핍박받고 고통 받는 현실 문제를 우리의 현실로 바라본다. 더 넓은 세계인식 속에서 현재를 인식하고 진정한 역사의 순간을 읽어낸다. 공동체는 집단적인 경험을 기초로 역사를 구성해 나간다. 집단의 기억은 지각의 내용을 공유하고 발현함으로써 역사의 새로운 변혁을 이끌 집단의 실천을 촉발한다. 고정희의 후기 시에 나타나는 공동체는 집단의 기억 속에서 역사의 변혁을 향한다.

고정희의 시는 집단의 기억을 통해 현대사를 증언해 나간다. 우리 사회가 안고 있는 본질적인 문제를 과거의 기억으로 해부하는 방법을 통해 현 시대를 그려나가는 것이다. 이러한 집단의 기억을 토대로 하는 시적 형상화의 방식의 바탕에는 치유되지 않은 채로 반복되는 역사를 폭파시켜 과거로부터 희망의 불꽃을 점화하여 역사적 재인식의 기억을 성취하고자 하는 시적 유효성이 드러난다.

고정희의 시에서 과거는 끝난 것이 아니다. 과거 속에는 잠재된 욕망이 있고 실현되기를 요구하고 있는 욕망들이 아직까지 그 안에 있다. 고정희의 시에 나타나는 집단의 기억들과 마당굿시에 나타나는 과거의 인물들은 현재로 이어져 과거의 것이 과거로 끝나지 않음을, 현재로 무한히 이어지고 있음을 보여준다. 전통은 바로 지금, 과거와 현재의 시간적 관계에 의해서 태어난 것이다. 과거의 사실이지만 현재 속에서

---

204) 문성훈, 「벤야민, 지젝, 아감벤의 폭력 개념과 세계화 시대의 인정 투쟁」, 『현대 유럽철학연구』 43, 2016, 108쪽.
205) 임혁백, 앞의 책, 204쪽 참고.

면면히 살아 움직여 나갈 권리가 있고 현재는 그 권리를 성취시켜줄 수 있기 때문에 존재 가치가 있는 것이다. 집단의 기억을 통해 역사는 매 순간 재구성된다.

2. 시적 실천으로서의 마당굿 시

고정희의 시는 경제발전과 정치적 불안의 상황을 폐허로 보면서도 폐허가 되어가고 있는 파편화된 조각들을 모아서 다른 무엇인가를 세 워나가려는 구원의 시선을 보여준다. 그것은 고정희의 시에서 공동체 의 모습을 하고 있는 시적 화자를 통해 드러난다. 마당굿시는 집단의 목소리를 드러내는 탈놀이와 굿이 결합한 마당굿의 대본으로서의 시 로, 현실 풍자와 권력자들의 부당함에 대항하는 목소리를 드러냄과 동 시에 억울하게 죽어간 혼들을 달래는 굿의 형식을 함께 빌려와, 공동체 의 회복을 공동의 목소리로 나타낸다.

고정희는 『초혼제』 「후기」에서 "나는 어떠한 일이 있더라도 우리는 이 어두운 정황을 극복해야 된다고 믿는 한편 조직사회 속에서의 인간 성 회복의 문제가 크나큰 부담으로 따라다녔고, 형식적으로는 우리의 전통적 가락을 여하이 오늘에 새롭게 접목시키느냐가 최대의 관심사 였다. (중략) 그러한 고민의 결과로 생겨난 것이 「사람돌아오는 난장판」, 「환인제」 같은 마당굿 시"[206]라고 말한다. 여기서 시인은 「사람돌아오 는 난장판」, 「환인제」를 마당굿시라 명명하며 이 시집의 가치를 어두 운 정황의 극복과 사회의 인간성 회복, 전통적 가락의 접목에 두었다고

---

206) 고정희, 『고정희 시전집』 1, 앞의 책, 296쪽.

직접적으로 밝히고 있다. 그렇다면 마당굿시는 현실의 모순과 갈등을 공동체적 관심으로 부각시키려는 현실 개혁의 의지를 돌파하기 위한 장르로서 그것의 효과적인 수단이라고 할 수 있을 것이다. 고정희는 시적 저항의 표현형태로 마당굿시를 전경화하였다고 볼 수 있는 것이다.

고정희는 동시대에 공존하는 공동체에 대한 정치, 경제적 압박 속에서 멜랑콜리에 직면한다. 하지만 그는 동시에 시대적 현실을 극복할 수 있는 방향을 시적 방법으로 확보해 나간다. 시인의 첨예한 사회의식은 체험에 바탕을 둔 리얼리즘 정신[207]으로 연결되는 양상을 보이는데, 고정희는 당대 시인들과 그 인식을 함께하며 공동체의 목소리를 문학적으로 복원해 나가는 시적 방법론을 구체적으로 개진해 나간다. 고정희는 과거의 민중적 예술 양식을 현재 속에서 역사적으로 대결 시켜 새로운 시대에 적절하게 대응할 수 있는 공동체의 현재적 실천 가능성을 제시해 나가고자 한다.[208]

벤야민은 새로운 인간학의 목표로 지배와 착취없는 사회를 인류의 원사적인 꿈으로 상정하고 이를 '인간학적 유물론'이라 지칭한다.[209] 그에 따르면 인간이 공동체적 지각을 공유하는 집단으로 거듭난다면 지배와 착취 없는 사회는 실현 가능해지리라는 것이다. 벤야민의 인간학적 유물

---

207) 이승하 외, 앞의 책, 310쪽.
208) 전통 리듬의 수용은 다음과 같이 평가받고 있다. "유사 판소리, 유사 민요, 유사 무가의 형식은 배제하는 현대시의 황폐화를 3음보 또는 4음보 전통적 리듬으로써 극복하고 감성의 회복을 가능하게 했을 뿐만 아니라 70년대 산업사회의 산문적 현실에서는 새로운 미적 정서와 등가되는 가치를 서정 양식에 부여했다." 김준오, 『현대시와 장르비평』, 앞의 책, 76쪽.
209) "벤야민이 '인간학적 유물론'이라는 용어를 처음 사용한 것은 이 「초현실주의」에세이에서였다. 이 에세이에서 그는 자신이 추구하는 역사적 유물론의 방법과 인식론을 스스로 '인간학적 유물론'으로 특징짓는다." 최성만, 『발터벤야민 기억의 정치학』, 앞의 책, 171~172쪽.

론은 비역사적인 개별 신체를 논하고 있는 게 아니라 역사적으로 형성되어 온 공동체210)의 실체를 문제 삼는 것이다. 인간학적 유물론에서 근대 집단의 현재 과업으로 의무화하는 혁명은 지배와 착취 없는 사회를 향한 공동체의 실천이다. 그렇기에 고정희의 마당굿 시를 벤야민의 인간학적 유물론의 역사적 방법론으로 분석하는 것은 유리하다.

　고정희는 그의 시세계를 통해 삶과 역사에 대한 주체적 반응을 이끌어 나간다. 고정희는 그의 시에서 현대사의 폭압의 고통을 겪으며 역사 속에서 억울하게 죽어야 했던 사람들을 고통에 민감한 시선으로 바라본다. 시인에게 과거 시간은 폐기되어 기억에 대상으로만 남아있는 시간이 아니다. 고정희의 시에는 과거에 대한 기억을 통한 각성과 현재의 재인식이 계속하여 나타난다. 끝없는 해체와 갱신, 투쟁과 대립은 현재에 낡고 해진 것으로 남아 있거나 과거로 흘러간 것을 향해 가려는 퇴행의 시간을 뒤집어 놓는 것이다. 고정희는 진실이 가려지고 타성과 편견에 가득한 순응적인 역사인식에 맞서고자 한다. 과거의 역사적 사실을 종결의 역사로 바라보는 것이 아니라 과거를 검토하고 해명하여 현재와 연결해 다시 재구성하는 역사적 재해석을 이루어 나가는 것이다. 이 가운데, 억압된 전통과의 진실한 유대가 생겨나211)고 현실은 인식의 깨어있음을 통해 재구성 할 수 있다. 고정희는 적극적으로 역사적 현실에 대응해 나가고자 하는 시적 사유를 마당굿시라는 형식적 방법을 통해 드러낸다.

　이 절에서 논의하고자 하는 고정희의 세 번째 시집이자 첫 번째 장시집212)인 『초혼제』는 1983년 '대한민국 문학상'을 받으며 1980년대 문

---

210) 노르베르트 볼츠 · 빌렘 반 라이엔, 김득룡 역, 『발터벤야민: 예술, 종교, 역사철학』, 서광사, 2000, 114쪽.
211) 문광훈, 앞의 책, 990쪽.

학계에서 적지 않은 주목을 받았다. 『초혼제』는 「우리들의 순장」, 「화육제별사」, 「그 가을 추도회」, 「환인제」213), 「사람 돌아오는 난장판」의 5부로 구성되어 있다. 이 중 「우리들의 순장」은 시적 대상인 "폐하"에게 장례의 과정을 보고 하는 내용을 취하여 시적 화자가 처한 현실을 "순장"으로 비유하여 보여주고 있다. 두 번째 시 「화육제별사」에 나타나는 "화육제"는 고정희가 재학하였던 신학대학인 한신대학교의 축제이름이다. 또한 이 학교의 개교기념일은 4월 19일로 고정희가 『초혼제』의 「후기」214)에서 밝히고 있듯 이 시는 시인의 자전적 요소가 결합된, 현실에서 맞닿는 고통이 나타난 시라고 볼 수 있다. 『초혼제』의 세 번째 시인 「그 가을 추도회」의 배경은 "고민해 여사"의 1주기 추도식으로 이 시의 시간적 배경은 8 · 15 해방에서 1980년 5 · 18민중항쟁에까지 이르며 고민해 여사의 삶을 통해 현대사를 관류한다. 네 번째 시인 「환인제」는 죽은 혼인 "우리 임"을 불러내는 과정, 즉 초혼의 과정을 담은 시로서, 그 각각의 구성이 "조왕굿", "푸닥거리", "삼신제" 등으로 이루어져 있어 집안에서 이루어지는 가족 단위의 굿의 성격을 띤다. 이 글에서 논의할 『초혼제』의 다섯 번째 시인 「사람 돌아오는 난장판」은 마당극의 탈놀이와 굿의 형식을 차용하고, 죽음의 원인과 죽음의 위로, 살아 있는 자들을 위한 굿으로 구성되어 마당굿으로서의 구성이 치밀하다.

고정희의 마당굿 시인 「사람 돌아오는 난장판」은 거대한 역사의 틈

---

212) 고정희의 장시집으로는 이 외에 『저 무덤위에 푸른 잔디』, 창작과 비평사, 1989. 가 있다.

213) 「환인제」는 2시집 『실락원 기행』에 먼저 상재되었고 3시집이자 장시집인 『초혼제』에 재수록한 것이다.

214) 고정희는 『초혼제』 「후기」에서 "화육제별사는 대학 4년 동안 고난주간과 축제기간만 돌아오면 홍역처럼 우리를 따라다녔던 젊은 날의 고민과 갈등과 신념을 그리려 했다."라고 밝히고 있다.

에서 힘없이 소외당할 수밖에 없었던 민중의 보편적 표상을 재현한다. 구체적인 민중의 모습이 마당굿시라는 장르 안에서 선명하게 제시되어 있다. 고정희의 마당굿시는 1980년대의 민중의 삶을 구속하는 정치, 경제적 압박을 분명한 시적 형상으로 면밀하게 대응하고 있다. 고정희의 마당굿시의 시적 주제는 '현실극복'과 '인간성 회복'이다. 이를 주제로 고정희는 강한 현실감각과 흡인력 있는 사회의식을 가진 자신의 생각을 마당굿시로 풀어나간다.

그동안 고정희의 마당굿시에 대한 연구로는 고현철과 양경언의 논의[215]가 대표적이다. 이 논의들은 고정희의 두 번째 장시집인『저 무덤 위에 푸른잔디』를 주요 대상으로 삼는다. 이 책에서 대상으로 삼는 고정희의 첫 장시집인『초혼제』에 대한 논의로는 송영순의 글이 있다. 송영순은 「사람 돌아오는 난장판」이 고정희 장시의 창작과정과 특성을 드러내는 굿시[216]로서 카니발적인 언어유희를 보여준다고 평가하여, 고정희의 장시가 지닌 시의 특질을 체계적으로 이해할 수 있게 한다. 하지만 시를 통해 고정희가 드러내고자 하는 시적 주체의 실체가 무엇인지, 그것이 사회 현실과는 어떤 관계를 맺고 있는지 포착하지 못해 아쉬움을 남긴다.

이에 본 절은 고정희의 마당굿시가 공동체의 역사를 만들어 나가는 데 필수적인 형식이자 촉매의 장으로 현실사회의 인간과 자연에 만연한 억압과 착취를 극복할 역사적, 사회적 기능을 부여하[217]는 역할을

---

215) 고현철, 앞의 책, 138쪽. 양경언, 앞의 책, 85쪽.
216) 송영순은 「사람 돌아오는 난장판」을 주요 대상으로 삼아 이 시를 굿시라 명명하여 논의한다. 그러나 고정희의 시에서 마당굿시는 마당극과 굿을 이중으로 패러디하고 있으며, 시인 자신 또한 '마당굿을 위한 장시'라는 부제를 달았던 만큼 '마당굿시'라는 명칭을 '굿시'라고 바꾸는 것 보다 '마당굿시'라는 명칭을 그대로 쓰는 것이 더 적확하다고 본다.

한다는 것을 규명해 보려 한다. 공동체가 집단적인 경험을 바탕으로 역사를 구성해나가는 경로는 다양하다. 고정희의 마당굿시는 공동체 내에서 그러한 집단적인 경험 형성과 역사 구성에 기여하는 매체로 작용한다고 볼 수 있다. 예술 속에서 집단의 무의식적 상상력과 지각의 내용이 발현되며 그것이 다시 집단적으로 공유됨으로써 역사의 새로운 변혁을 이끌 집단의 실천을 촉진할 수 있는 것이다.[218]

1) 구조적 모순에 대한 비판의식과 장르적 실천성

고정희의 마당굿시는 거대한 역사의 틈에서 힘없이 소외당할 수밖에 없었던 공동체의 보편적 표상을 재현한다. 구체적인 공동체의 모습이 마당굿시라는 장르 안에서 선명하게 제시되는 것이다. 고정희의 마당굿시는 1980년대의 민중의 삶을 구속하는 정치, 경제적 압박을 면밀하게 관련시켜 분명한 시적 형상을 창출해 내고 있다.

> 등장인물/ 도깨비탈을 쓴 청 · 홍 · 은 도깨비,
> 무당 · 박수 · 남정네, 마당 사람들 외.
> 때 · 곳/ 1900년대 어느 가을 혹은 봄 · 여름 굿청
> 첫째마당(징소리 크게 한 번)
> 제1과장 홍도깨비춤
> 제2과장 청도깨비춤
> 제3과장 은도깨비춤
> 제4과장 상여꾼의 춤
> <고사>

---

217) 발터 벤야민, 최성만 역, 「역사의 개념에 대하여」, 앞의 책, 324쪽 참고.
218) 강수미, 앞의 책, 324쪽 참고.

길놀이를 끝낸 사람들 굿청에 하청하면 마당놀이를 시작하기 전
에 제상을 차려 놓고 고사를 지내는데 쇠머리(돼지), 삼색과일(사과·
배·감·밤 등), 시루떡, 술 등을 제상 원칙대로 차린다. 그리고 상
앞에 청도깨비탈, 홍도깨비탈, 은도깨비탈을 차례로 놓고 둘째줄에
무당·박수·무구를 배열한다. 그 다음 헌주를 올리고 놀이꾼 전원
이 절을 한 다음 고삿말을 낭독하고 소지를 올리며 고인이 된 놀이
꾼과 선열들의 명복을 빌고 고사떡을 관중들에게 나누어준 후 곧 놀
이에 들어간다.

(…)

– 「사람 돌아오는 난장판」 부분 (『초혼제』, 1권, 256쪽)

도입부이자 이 시의 성격을 규정하는 1~4행은 이 시가 마당극의 대
본이면서 또한 굿의 성격을 가지고 있음을 알게 한다. 이 시에서 도입
한 마당극은 채희완과 임진택에 의해 식민주의적 사관에서 탈피한 시
각으로 민족 고유의 전통 민속 연회를 그 정신과 내용, 형태면에서 창
조적으로 계승하여 오늘에 거듭나게 한 주체적 연극이라고 정의된
다.219) 마당극은 민중의 체험과 욕구를 담아낼 그릇으로서 내용에 있
어서 서사성의 회복이고 형식에 있어서 민중적 미의식의 재발견으로
작용한다.220) 마당극은 민중의 의지가 분출된 장르로서 70년대, 80년
대에 전국의 대학생층이나 지식인, 농촌 및 공장의 생산 담당층 등 각
층의 많은 사람들의 참여를 이끌어 내었던 장르였다.

이와 동시에 고정희의 시는 마당극과 굿의 특징을 취한다. 위의 시 「사
람 돌아오는 난장판」은 '마당굿을 위한 장시'라고 부제를 붙였고, 이 시
집에 있는 다른 시인 「몸통일 마음통일 밥통일이로다」는 '통일 굿마당'

---

219) 채희완, 임진택, 「마당극에서 마당굿으로」, 정이담 외, 『문화운동론』, 도서출판
    공동체, 1985, 104~107쪽.
220) 위의 책, 110~111쪽.

이라는 부제가 붙어 있어 장르상 마당극과 무가를 패러디 한 시 임을 알 수 있다. 또 다른 장시인 「저 무덤위에 푸른 잔디」는 전체가 마당으로 구성되어 있고, 「환인제」 또한 '첫마당'부터 '다섯마당'까지로 구성되어 있다. 이는 고정희의 이 시가 마당극의 대본이자, 굿으로서의 역할을 위한 시임을 알 수 있게 한다. 그렇다면 이 시들이 형식적으로 패러디한 굿은 어떤 의미를 가지고 있는지 살펴볼 필요가 있다.

인류학적으로 굿은 종교적 기능과 마찬가지로 사회 연대의식을 유지시키며 현존하는 사회 질서를 정신적으로 강화하는 통합 기능을 가진다. 이와 함께 사회적으로 억압된 약자와 소수 그룹의 긴장 및 불만을 심리적으로 해소시키는 보상기능으로 작용하여 사회의 안정에 이바지 한다.[221] 굿은 종합 예술의 한 원형으로서 우리의 굿 행위는 종교적 제의와 함께 연희예술이 혼재되고 있는 형태다. 이러한 연희 전승으로서의 굿은 놀이로서 원초적 인간의 유희 공동체를 묶어 드러내는데, 굿은 주술적 차원으로 고양된 생의 현실성이었고 제의적 연극이었으며 그 무대는 '세계'를 의미한다.[222]

이와 동시에 주강헌은 『굿의 사회사』에서 굿이 단순히 복을 비는 개인적인 차원의 신앙만을 의미하는 것이 아니었음을 밝히고 있다. '굿 났다', '굿판 같다', '굿 벌인다'는 말의 속뜻에는 민중적 삶의 건강함이 깃들여 있으며, 농악기를 '굿물'이라 부르며 '굿 친다'는 말은 장고 등으로 풍물굿을 행함을 뜻해왔다는 것이다. 굿은 민중의 노동양식, 집회양식, 놀이양식, 신앙양식 등 민중생활의 전형적인 생활양식을 의미하는 범칭어였다.[223] 이렇게 볼 때 고정희가 보여주는 마당굿시가 무가의

---

221) 이상일, 앞의 책, 219쪽.
222) 위의 책, 220~221쪽 참고.
223) 주강헌, 『굿의 사회사』, 웅진출판, 1992, 16~21쪽 참고.

장르로서의 굿이기도 하지만 마당극과 굿의 이중 장르의 패러디라는 것에서 표출하는 형식적 의미가 있다는 것을 찾을 수 있다. 고정희의 마당굿시는 무가로서의 굿뿐만 아니라 주강헌이 말하는 사회적 범칭어로서의 굿의 의미를 나타낸다고 할 수 있는 것이다.

마당굿은 고정희가 창안한 장르가 아니다. 마당극 작품들은 제목 자체에 '굿', '풀이', '놀이', '굿놀이' 등의 용어를 사용하고 있어 왔다. 이는 고정희가 마당굿시를 쓴 것이 고정희만의 독창적인 개념이 아닌 당대 문화운동을 시에 접목시킨 것임을 알 수 있게 한다. 굿이나 놀이 등의 민속연희로부터 단순히 표현방식만을 가져온 것이 아니라 마당극이 가지고 있는 굿이나 놀이적 성격이 고정희의 마당굿시에도 반영되어 있음을 시사한다. 채희완과 임진택은 "굿은 마당극을 함께 포괄하면서도 이를 넘어서는 새로운 형태의 만남이자 어울림"[224]이라고 말한다. 마당극은 민중 공동체적 사회의식의 예술인 민속 연희의 주요 기능을 전적으로 받아들여 현 시대의 모순과 갈등을 공동체적 관심의 표적으로 부각시키고 거기에서 성취된 사회의식을 행동화하여 다시 확대재생산하는 표현 구조를 창출해 나간 장르라는 것이다.

장르 차원에서 봤을 때에도 전통구비장르에 대한 패러디는 개인적 주체 차원의 서정시에 민중집단 주체의 전통구비장르를 결합시킴으로써 개인과 사회의 내면적 결합을 꾀하는 이른바 '집단적 저류(collective under current)'로도 이해된다. 이는 곧 현대의 삶이 인류에게 강요하고 있는 이중적 곤경, 즉 사회 조직에 대한 인간들의 단자적인 저항과 이 사회조직 안에서 작용하는 인간들의 자기 소외의 기능을 극복한다.[225] 굿시는 시인이 자기 확대와 공존의식을 통해 시대적 소명의식을 부각

---

224) 채희완, 임진택, 앞의 책, 115~116쪽.
225) 폴 헤르나디, 김준오 역, 『장르론 – 문학분석의 새 방법』, 문장, 1983, 109~110쪽.

시키고 특정한 이데올로기적 지향을 뚜렷이 드러내기 위한 시적 방법론인 것이다.226)

「사람 돌아오는 난장판」은 크게 세 마당으로 구성되어 있다. 첫째마당에서는 제1과장에서부터 제4과장까지 도깨비와 상여꾼의 춤으로 시작하고 둘째마당에서는 5과장에서 8과장까지의 무당, 박수, 살풀이, 원귀들의 춤으로, 셋째마당에서는 9과장에서 11과장이 시작을 이루며, 예수칼춤, 이승환생춤, 난장판춤이 나타난다. 과장은 탈놀이에 있어서의 다양한 에피소드 전개 구조를 일컫는 말이다. 본래 탈놀이에서 각 과장은 춤 과장들과 이야기 과장들로 나누어진다.227) 고정희의 시에 나타나는 과장은 춤 과장으로서 그것은 굿에서 나타나는 연극적 제의 요소와 같다.228)

「사람 돌아오는 난장판」은 굿의 형식과 마당극 형식을 이중으로 패러디한 것이지만 동시에 탈놀이229)의 형식이 함께한다. 이는 판에 동원될 수 있는 각종 표현매체들과 결합하고자230) 한 마당극이 가지고 있는 성격에서 온 것이다. 앞에 제시한 「사람 돌아오는 난장판」의 첫 연에 나타나 있듯이, 이 시의 등장인물인 도깨비 탈을 쓴 청·홍·은 도깨비는 첫째마당의 발화자이다. 이 시의 첫째마당은 20쪽, 둘째마당 12쪽, 셋째마당은 8쪽으로 구성231)되어 「사람 돌아오는 난장판」에서

---

226) 고현철, 「굿시의 양식적 특성과 문화전략」, 『한국문학논총』 17, 1995, 124쪽.
227) 이미원, 『한국 탈놀이 연구』, 연극과 인간, 2011, 89쪽.
228) 무당굿에서 세습무의 춤은 극히 예능화되어 있어 영남지역의 경우 춤이 1~6장으로 다양하다. 김익두, 『한국민족공연학』, 지식산업사, 2013, 266쪽.
229) 탈놀이는 탈춤, 탈놀음, 탈놀이 등의 여러 명칭을 가지고 있는데, 본 논문에서는 「사람 돌아오는 난장판」 256쪽 <고사>부분에 "놀이를 시작한다"는 시에서 나타난 명칭을 차용하여 '탈놀이'라 부르고자 한다.
230) 채희완, 임진택, 앞의 책, 116쪽.
231) 「사람 돌아오는 난장판」(『고정희 시 전집 1』)에서 '첫째마당'은 256~275쪽, '둘째마당'은 276~287쪽, '셋째마당'은 288~295쪽이다.

첫째마당의 주 발화자인 도깨비 탈을 쓴 도깨비들의 발화가 이 시 전체에서 큰 비중을 차지하고 있음을 알 수 있다. 이와 같이 이 시는 마당극과 굿의 형식을 차용한 마당굿시이자 탈놀이로서의 성격을 지니고 있다. 마당극이 취한 형식은 폭이 넓어 전통 탈놀이나 굿의 형식을 취하기도 하고 서사극이나 사실적 연극양식, 또는 노래극이나 마임의 형태를 취하기도 한다.232) 그렇기에 마당굿시가 취한 탈놀이의 차용은 마당극의 범위 안에서 상통하는 것이다.

　　홍도깨비 벌여보세 벌여보세 도깨비잔치 벌여보세 인육(人肉)에 초장치고 도살잔치 벌여보세
　　(거드름 장단으로 한 바퀴 칼질하고 외사위로 빠르게 망나니 폼으로 춤추다가 중앙에 자리를 잡으며)

　　(…)
　　이곳에 당도하여 사면을 둘러보니
　　도깨비불이 너울너울하고
　　허수아비들 넙죽넙죽 절을 하니
　　보기도 좋고 기분도 좋다마는
　　내 오늘 잔칫날 불원천리 달려왔는디
　　(달려왔는디, [추임새] ─ 장고 떵쿵.)
　　아 이게 뭔 냄새여?
　　티우 방귀냄샌가 아민 똥 냄샌가
　　뭐가 이다지도 향긋혀?
　　(코를 쫑긋거리다가 고개를 끄덕이며)

　　오호, 알것다 알것어

232) 이미원, 앞의 책, 212~213쪽.

한 상 떡 벌어지게 바치라 하였는디
땀 냄새 눈물냄새 가난 냄새렷다
칠칠맞은 여편네 속곳 냄새
떼거지들 몰려앉은 궁상 냄새렷다
수년 만의 잔칫상에 합수 냄새 대접사라!
(엄하고 화난 투로)

으흐응, 이런 고얀 것들
아 이게 내 잔치라고 벌인 거여?
오냐, 두고 봐라
이 밤이 새기 전에 요절 복통 내주리라
주제넘는 것들 풍비박산 만들리라
　　　－「사람 돌아오는 난장판」부분 (『초혼제』, 1권, 257~259쪽)

위의 시는 "인육에 초장치고 도살잔치를 벌리"려 온 도깨비의 목적
이 나타난다. 「사람 돌아오는 난장판」첫째마당에 등장한 도깨비들은
사람들을 죽이고자 한다. 그들은 사람들에게 "한 상 떡 벌어진" "잔칫
상"을 받고자 요청한다. 도깨비의 발화를 통해 묘사되는 "땀 냄새 눈물
냄새 가난 냄새"가 가득한 사람들의 모습은 처절한 가난의 모습이다.
여기서 도깨비 탈을 쓴 도깨비[233]들은 당대의 권력자의 모습을 표상한
것임을 짐작할 수 있다.

이 시에서 도깨비는 탈을 쓴 탈놀이의 주체이다. 당대의 권력자인 도
깨비는 우리의 전통적인 신화 속에 존재하는 자이다. 전통적인 신화의

---

233) 한국인에게 전해오는 도깨비 이야기에서 도깨비는 한국인의 성격 속에 있어온 것
　　으로서 권위자의 지대한 권력을 드러낸다고 할 수 있다. 권위자의 권력과 그 앞에
　　서의 양가감정을 다스리며 적응한 인간의 심리적 의미를 보여준다는 것이다. 이득
　　영, 「심리학적 측면에서 본 도깨비」, 임석재 외, 『한국의 도깨비』, 열화당, 1981,
　　68~72쪽 참고.

주인공인 도깨비를 마당굿시의 발화자로 자리하게 하는 것은 과거의 신화적인 면모를 현재의 사유 안으로 끌어들이는 것이다. 역사를 현재에서 새롭게 인식하는 것은 과거에서부터 계속되는 억압의 역사와 지배담론을 현재의 인식가능성 안에서 재구성하기 위한 개입이다. 도깨비는 주변의 "허수아비들"에게서 "넙죽넙죽 절을" 받는 자이다. 그는 가난한 자들을 "주제넘는 것들"로 바라보는 인식을 가지고 있다. 이러한 도깨비를 통해 궁극적으로 고정희가 보여주고자 하는 것은 과거로부터 계속되어 온 당대 권력의 지배문화와 담론을 폐기하고자 하는 것이라 할 수 있다. 이 시에서 발화의 주체인 도깨비가 표상하는 것은 억압의 연속사에 과감하게 개입하기 위한 고정희의 깨어 있는 정신이다. 그러한 역사적 인식은 아래 제시한 시에서도 나타난다.

> 민심도 흉흉한데 내 어디
> 청도깨비 이놈을 불러내어
> 춘풍낙엽 좋을시고
> 귀신권력 한 상 떡벌어지게 차려보자
> (홍도깨비 삼현청 앞으로 가서 타령조로 목청뽑아 청도깨비를 부른다)
>
> (…)
> 청 · 홍도깨비 설죽인 놈 다 죽이고
> 되살아나는 놈 능지처참하고
> 미쳐버린 놈 앞장세우고
> 반항한 놈 재갈 물려(장고—쿵떡)
>
> 벌여보세 벌여보세
> 도깨비잔치 벌여보세

(도깨비잔치 좋을시고, [추임새])
땅따먹기 돈까먹기
외팔이 불러 놀아보세
시월상달 달 밝은 밤에
니캉 내캉 미쳐 보세
(땅따먹기 돈따먹기 지화자 끄르륵. [추임새] 청은 물러나는 동
작으로 춤을 추고 홍은 양주 여닫이로 시작하여 권력 상징의 춤을
춘다.)

(…)
청도깨비 너 본 지 오래다. 그래 그동안
이 애비 청부사업 책임완료하였느냐?
은도깨비 (고개를 끄덕이며)
분부 거행하였습니다. 호－호
청도깨비 (은도깨비 앞으로 들이대며
그래. 백지징세 인구세 호흡세 양심세
가난세 동정세 지집세 외박세
살짝 웃어 아부세 뒷구멍 은혜세
엎어져 분노세 일어나 상승세
인정사정 안보고 징수하였느냐?

(…)
은도깨비 (고개를 끄덕이며 신명난 타령조로)
완수했네 완수했네
세금징수 완수했네
유산세 불로소득세 갑근세 노동세
화간세 강간세 간통세 파티세
출판세 베스트셀러세 땅세 오물세
헛간마다 그득그득
곳간마다 차곡차곡

지하 십층 돈푼 노적
　　낟가리 쌓아놓고
　　빗장 고이 질렀으니
　　　－「사람 돌아오는 난장판」 부분(『초혼제』, 1권, 260~266쪽)

　사람들 위에 군림하는 권력층에 대한 인식이 직접적으로 표현된 이 시는 도깨비가 표상하는 권력의 범위가 나타나있다. 이 시의 "도깨비" 들은 당대의 특권 지배층의 비리와 피지배 집단을 수탈하는 권력자들의 반민주적 지배 행위를 통렬하게 풍자하고 있다. 도깨비를 통해 "달 밝은 밤"의 현실 속에서 보려 하는 것은 권력자들에게 죽임을 당하는 이 땅의 피지배집단의 고통과 참상이다.

　이 시의 도깨비의 발화는 성장 위주의 발전으로 인한 전통적 가치관의 훼손과 물질주의적 가치관이 인간을 추동하는 근본을 이루는 사회의 현실을 보여준다. 자본주의적인 삶의 원리는 사회의 구조적 모순을 초래해 나가는데, 1980년대에 비약적으로 발전한 경제 발전과 동시에 자본에 의한 물신주의는 지배적 위치를 차지하는 것이다. 상품의 유행은 맹목성을 지닌다. 자본주의 시대에서 사물의 숭배는 유기적인 것을 대체하고 중독된 구매욕망은 소비적 차원을 넘어선다. 인간은 자신을 에워싼 주변 조건을 사유하지 못하고 비판능력은 사라져간다. 인간의 우매함은 재생산되어 물신의 계급 관계는 영구적으로 고착화 한다.234) 상품의 세계는 사람들을 물질에 의해 도취시키고, 상품을 사는 사람들이 소외군중이 되어버리는 것이 바로 판타스마고리(Phanttasmagoria)이다.

　고정희는 이 마술 환등상 같은 물신주의235)의 세계에서 어떻게 깨어

---

234) 문광훈, 앞의 책, 312쪽.
235) 벤야민은 대도시의 공간에 대해 주목하여 14년 간 파사주베르크를 집필하였으나, 그의 저서는 유고로 남겨졌다. 파사주베르크는 내용적 측면에서 대도시의 일

날 것인가 하는 것을 특별한 시선을 갖고 바라본다. 매혹적인 물질의 풍요로움과 그것에 도취된 맹목적인 욕망을 도깨비의 횡포를 통해 집약적으로 드러내는 것이다. 도시공간에 대한 절망과 고통은 전지구적인 자본의 확대와 그로 인한 차별 속에서 더욱 깊이를 더한다. 피지배집단은 자신이 생산한 상품을 직접 사용하는 것에서는 배제되고 자본주의적인 소비 관계에 얽매인다. 이들은 권력층의 더 큰 이익의 증대를 위해 그들이 고안한 경제적 구조 속에 둘러싸인다. 위의 시에서 "도깨비"가 외치는 각종 세금과 그들이 "쌓아놓은" "돈푼 노적"들은 상품의 물신성이 가득한 사회 속에 처해있는 피지배집단의 모습을 보여준다. 그들은 물신의 환등상 속에 새롭게 착취당하고 있는 것이다. 고정희가 경험한 현실은 정치, 경제, 사회, 종교에 이르기까지 물신(物神)성을 드러내는 것이었다. 고정희는 이러한 세계를 각성의 시선으로 바라보며 통렬하게 비판해 나간다. 이러한 현실의 질곡은 도깨비탈놀이라는 이 시의 형식적 우회로를 통해 말해진다. 그럼으로써 사람들의 서러움을 강렬하게 드러낸다.

> 홍도깨비 에익, 청신아 – 이것들이 뉘 어전이라고
> 말대답 넙죽넙죽 턱운동이라드냐,
> 어서 니 철퇴 휘둘러서 팔운동하자꾸나
> 실눈을 뜨고 쳐다보는 저놈과(남쪽을 가리키며)

상과 일상의 경험을 파사주, 유행, 쇼핑몰, 거리의 모습, 사진, 광고 등을 총 36개의 항목으로 구성하였다. 여기서의 대도시의 일상적 공간은 벤야민에게 있어 미적 대상이자 새로운 미적 범주로 작용한다. 또한 파사주베르크는 서술적 측면에서 보면 벤야민이 19세기 파리의 모든 것에 대한 자료와 그 자료에 대한 자신의 견해를 서술하는 방식을 취하고 있다. 즉 몽타주와 같은 방식으로 각각의 자료들이 서로 내적 긴장 관계를 이루면서 전체를 구성하고 있는 것이다. 심혜련, 「새로운 놀이 공간으로서의 대도시와 새로운 예술체험 : 발터벤야민 이론을 중심으로」, 『시대와 철학』14-1, 2003, 232~233쪽 참고.

고개 뻣뻣이 치켜든 저놈과(북쪽을 가리키며)
재잘재잘 대답하는 저 연놈을(동서를 가리키며)
모조리 끌어내어 지체 말고 처단하렷다!
(…)
청도깨비 오라─주동자는 너렷다. 네놈이 바로 '귀신
축출가'를 지어서 이 골목 저 골목에 퍼뜨린
그놈이지야?
사 람 1 (두 손을 싹싹 빌며 타령조로)
성은이 망극하신 나리님, 나으리님
이 놈이 죄 있다면 조상문답 물려받아
농사지은 죄뿐이요 일년 사시사철
오곡농사 거둬들인 죄뿐이올시다요
(…)
청·홍·은 여봐라, 어서어서 애들을 풀어서
앞뒤 가리지 말고 남녀노소 할 것 없이
소리나지 않게 교통정리하여라(청홍은 도깨비 마구잡이로 마당
사람들을 죽이고 앉히고 뭉개고 쑥대밭을 만든 후 연풍대를 하면서
퇴장. 마당에 불이 꺼진다. 어둠 속에서 당피리 향피리 세피리 대금
구슬프게 연주된 뒤……)
─「사람 돌아오는 난장판」 부분(『초혼제』, 1권, 270~273쪽)

위의 시는 경험적 현실에서 배태되었을 것이 분명한 사람들의 서러
움과 억압의 문제에 초점이 맞춰져 있다. 도깨비에 의해 "농사지은 죄
뿐이 없"는 사람이 죽임을 당한다. 여기에 등장하는 "앞뒤 가리지 말
고", "남녀노소 할 것 없이", "소리나지 않게" 등의 시구들은 권력층의
무자비한 폭력성을 구체적으로 환기시킨다. 도깨비들은 사람들을 죽
이는 것을 "교통정리"라고 표현하는데, 이러한 시어는 우회적으로 권
력층의 탄압에 대한 격렬한 부정의 정신을 드러낸다. "죽이고 앉히고

뭉개고 쑥대밭을 만든"의 반복에 의한 율동감은 사람들이 당하는 폭압을 가볍게 보이게 함으로써 반어적으로 도깨비들에 대한 강력한 부정성을 드러내는 것236)이다.

고정희는 집단공동체가 처한 현실적 고통의 근원으로 여전히 작용하는 정치적 억압에 대한 분노를 드러낸다. 위의 시에서 표면적으로는 도깨비의 횡포와 권력의 억압이 생동감 있게 나타나고 있다. 하지만 오히려 이러한 마당굿시의 배면에는 역설적으로 시대를 살아가는 "사람들"의 현실에 대한 절망이 포괄적으로 드러난다. 집단공동체가 처한 생존의 현실은 위협적이었고 "조상문답 물려 받"은 시간아래 "사시사철" 계속되는 것이었다. 시인은 과거로부터 계속된 현실을 완결된 것으로 바라보지 않는다. 신화 속 인물인 "도깨비"를 현재에 자리하게 하여 현시대의 모순과 갈등을 부각시킨다. 시인에 의해 도깨비는 집단의 사회의식을 행동화 하는 문화운동 장르인 마당굿시의 발화자로 위치한다. 도깨비를 통해 현재를 살아가는 집단공동체는 과거를 바라보게 된다. 이로써 고정희의 마당굿시에서 "도깨비"는 과거에서부터 존재하는 신화적 인물로 집단공동체를 억압하는 것의 실체로 작용한다. 과거로부터 이어진 삶의 일상적 모습 속에서 현재를 각성된 인식으로 바라봄으로써 충일한 집단적 신경감응이 나타나는 것이다.

---

236) 도깨비는 우리의 마음속에 있는 초인적임 힘, 창조적 능력, 의식을 능가하며 동물들의 육감에 해당하는 본능, 어디에 보배가 있는가 어디에 진실성이 있는가를 꿰뚫어 보는 직관, 자유분방한 거친 원시적 감정, 때로는 파괴력으로 변환될 수 있는 미증유의 리비도의 투사상이다. 이것은 융의 집단적 무의식의 내용에 해당된다. 융은 집단적 무의식에 의식을 능가하며 의식 활동에 활력을 주는 창조의 원천이 있고 변환의 원동력이 있다고 보았는데, 도깨비는 바로 무의식의 그러한 층에서 나온 원형상이다. 이득영, 앞의 책, 72~73쪽 참고.

상여꾼들 (어둠 속에서 하얗고 긴 호방산을 받쳐들고 요령을 흔들며 등장하여)

허어여 허어여 어허 허허 허이여—

가네 가네 나는 가네

낙화유수 나는 가네—

금지옥엽 귀한 몸도 죽으니 흙이로다

독야청청 곧은 절개 죽으니 먼지로다

서방정토 간다더니 황천길 웬 말이냐

허이여 허이여 어허 허허 허이여—

어이 가리 어이 가리 고향길 어이 가리

정든 산천 굽이굽이 그리움만 남겨두고

한번 가면 다시 못 올 북망산천 가는구나

(…)

꿈도 정도 풀어놓고 훠이훠이 가자스라

눈물 콧물 씻어내고 훠이훠이 가자스라

소용없다 부귀영화

헛되도다 일장춘몽

산너머 구천세계 시간문제 아니런가

오장육부 다 태워서라도 장수오복 기리런만

시방세계 사람 흉년 무슨 수로 당하랴

팔자소관 한탄 말고 훠이훠이 가자스라

허이여 허이여 어허 허허 허이여—

(마당을 한 바퀴 돌아 상여소리 굿청 밖으로 점점 사라지면 어둠 속에서 애끓는 호곡소리 은은히 들리고 잠시 침묵. 어둠 속에서 징소리 연타.)

　　—「사람 돌아오는 난장판」 부분 (『초혼제』, 1권, 273~275쪽)

이는 죽은 사람들이 상여꾼들에 의해 발화하고 있는 부분이다. 상여꾼에 의해 발화하는 죽은 사람들의 목소리는 자신의 모습을 추억하는 목소리이고 현재의 시간 속에 과거의 죽은 인물을 그들 스스로가 형상화하는 목소리이다. 그들은 "금지옥엽 귀한 몸"이기도 하고 "독야청청 절개"를 지키던 자이기도 하고, "서방정토"로 가는 꿈을 꾸기도 한 사람들이었다. 한번 가면 다시 못 올 고향 길을 떠나는 죽은 사람들이 "꿈도 정도 풀어놓고" "눈물콧물 씻어내고" "휘이휘이 가자스라"라고 반복하는 시어들은 차마 떠나지 못하는 죽은 사람들의 정서를 반어적으로 보여준다. 모든 경험의 현재적 순간에는 과거와 현재의 시간적 경계가 무화되어 나타난다. "낙화유수", "일장춘몽", "휘이휘이"는 지나가고 흘러가는 속성을 나타내는 시어로써 지나간 것에 대한 그리움을 드러내기도 한다. 이러한 이미지는 "허이여 허이여 어허 허허 허이여"와 이어져 반복에 의한 음성 효과를 나타낸다. 이들 시어는 날아가는 의미로, 죽은 사람들의 혼들이 날아가게끔 하는 이미지를 더해 한의 이미지가 두드러지게 한다.

이와 같이 「사람 돌아오는 난장판」의 첫째마당은 도깨비 탈을 쓴 도깨비들을 등장시켜 사람들이 처한 상황이 도깨비들에 의해 죽음을 맞이하는 상황임을 나타낸다. 이러한 절박한 상황은 당대 권력에 의해 핍박받는 집단공동체에 대한 안타까움이 나타난 것으로 볼 수 있다.

이 시는 분노와 저항의식을 표출하는 방식으로 탈놀이[237] 양식을 끌어와[238] 각 마당을 '과장'으로 시작하고 있다. 그 중에서도 특히 첫째마당

---

[237] 김욱동은 『탈춤의 미학』에서 탈놀이 굿놀이와 상당히 밀접하게 관련되어 있으며, 굿에서 탈춤이 유래하였다고 말한다. 탈춤은 시간이 지나면서 원시적인 굿의 형태를 벗어나 보다 연극적인 형태로 이행하였다는 것이다. 이를 볼 때 이 시에 나타난 마당굿과 탈놀이의 융합은 전통적으로 계속되어온 한국 무속의 원형을 따라간 것이라 볼 수도 있을 것이다. 김욱동, 『탈춤의 미학』, 현암사, 1994, 109~110쪽 참고.

의 등장인물은 탈을 쓴 도깨비들로 마당굿 중에서도 탈놀이의 양식을 강조한다. 마당극은 "현 사회 고발을 의도로 현재 사회의 살아가는 모순을 그리"[239]는 장르이다. 마당극은 그 근본을 전통에서 찾는다. 그렇다면 마당극 안에서의 탈놀이의 수용은 탈놀이가 가지고 있는 민중지향성이나 사회 풍자의 성격을 강하게 드러내고자 하는 것이라 볼 수 있다.

「사람 돌아오는 난장판」의 "첫째마당"에서의 도깨비 탈놀이[240] 또한 사회 권력층을 풍자하기 위한 장치로 작용한다. 도깨비는 시인이 전술적으로 선택한 간접성을 가진 신화 속의 인물로 과거로부터 그들의 권력은 사람을 죽일 수 있을 만큼 강한 것이다. 도깨비들의 행태는 사회 현실의 절박한 문제를 환기시키기 위한 것이며 과거의 기억을 과거에 완결시키지 않고 현재로 가져와 열려있게 하는 역할을 한다. 이는 도깨비를 매개로 과거로부터 계속 된 지배계층에 의한 억압을 우회적으로 비판하는 기능을 한다. 현재를 과거로부터 관찰하게 하고 과거를 현재에서 바라보게 하는 위의 시편들은 과거를 역사적 관점으로만 보는 것이 아니라 정치적 관점으로도 바라보게 해, 지금의 시간을 재구성 한다.

이 시에서는 과거의 신화 속 인물인 도깨비가 발화하여 현 사회의 고발을 의도한다. 이는 현재 사회의 살아가는 모순을 그리는 마당극의 성격이 도깨비의 역할을 통해 첫째 마당에 분명히 드러나는 것이다. 도깨비는 사람들을 죽이기도 살리기도 하는 신으로서 당대 최고 권력의 힘을

---

238) 조동일은 무당굿놀이와 꼭두각시놀음, 탈춤을 우리 민속극의 세 가지 기본적인 형태로 분류하며, 이 세 가지 양식이 서로 밀접한 관련을 가지고 형성되었고 성장하였다고 논의하며, 일상생활에서 존중되는 권위를 파괴하는 공통점을 가지고 있다고 말한다. 조동일, 『탈춤의 역사와 원리』, 기린원, 1991, 158~173쪽.

239) 이미원, 앞의 책, 212쪽.

240) "탈놀음은 한 사람 또는 여러 사람의 연기자가 가면으로 얼굴이나 머리 전체를 가리고 본래의 얼굴과는 다른 인물이나 동물 또는 초자연적인 존재 등으로 분장하여 극적인 장면을 연출하는 연극을 말한다." 김익두, 앞의 책, 271쪽.

보여준다. 지배특권층인 도깨비는 민중을 착취하고 온갖 세금을 거두어들여 그 돈으로 부를 축적한다. 이는 생산수단을 소유한 권력계층의 모습으로서 자본주의의 경제체제 속에 나타나는 생산과 소비의 착취현상을 보여준다. 이와 동시에 도깨비는 지배자의 권력으로 사람들을 죽이는 모습으로 나타난다. 그러한 도깨비들의 모습은 앞서 논의했듯이 집단을 억압하고 수탈하는 당대 지배권력의 모습이 과거로부터 계속되어 왔다는 것을 보여주기 위한 마당굿시의 전략이라 할 수 있을 것이다. 이 시에는 집단 공동체가 지배 권력의 폭압구조로 인해 착취당하는 모습과 자본주의의 물신성 속에 생산관계에서 소외되는 모습이 나타난다. 도깨비로 형상화된 지배권력의 모습은 과거로부터 현재까지 계속되는 권력자들의 모습이다. 이는 현재의 자본주의의 경제체제 속에서의 모습이 현재의 문제에 그치는 것이 아니라 과거로부터 계속되어오고 있다는 역사적 인식이다. 고정희는 역사를 완결된 것으로 보지 않는다. 과거에 대한 기억을 통한 현재의 재구성으로 현실을 집약적으로 표현하는 것이다.

이후 지배층인 도깨비들이 인간의 가장 원초적인 삶의 욕망을 억압하는 행동은 집단공동체의 죽음으로 그 힘을 상실한다. 이 시의 둘째마당 이후에서는 무당의 시선이 나타나 죽은 집단 공동체를 천도한다.

2) 시를 통한 부정적 질서 개편과 구원모색

아래의 시는 「사람 돌아오는 난장판」의 둘째마당으로, 무당의 시선을 취한다. 이상일은 굿의 형식적 특성을 공통화하여 이렇게 말한다. "일반적으로 우리가 굿이라고 했을 때는 무속제의 12절차를 가리킨다. 이 열두 '거리'는 열두 가지의 작은 제사 형식을 집대성해서 광의의 굿을 형성하는데, 그 하나하나의 굿거리는 그 자체로서 ①부정한 것을 몰아내고 신성을 불러들이는 부정거리, 그리고 난 다음 ②불러들인 신을 모셔드리는 영신(迎神) ③맞아들인 신을 즐겁고 기쁘게 해 드리는 오신(娛神)리제, 그 다음에 ④흡족해 하는 신의 이름으로 내리는 신탁형식인 공수, 마지막으로 ⑤그 신과 신의 수행원들을 보내드리는 뒷전거리가 주축을 이루게 된다."[241] 이렇게 볼 때 마당굿시인 이 시의 주제 변화과정을 위와 같은 굿의 전개과정으로 구분해 보고 굿을 차용한 데서 오는 의미가 있는지 알아볼 필요가 있다. 굿의 전개과정으로 이 시를 구분해 보면 「사람 돌아오는 난장판」의 첫째마당은 굿에서의 부정거리에 속하고 둘째마당은 영신, 오신리제, 공수거리의 내용이 나타난다. 또한 셋째마당은 굿에서의 뒷전거리의 내용을 담고 있다고 볼 수 있다. 첫째마당은 도깨비탈을 쓴 부정한 권력을 보여주고, 상여꾼들에 의해 죽은 사람들의 한을 말하기에 부정거리에 속한다고 볼 수 있다. 이후 둘째마당에서는 무당을 통해 "구천의 옥황상제님"을 불러들여 그들의 한을 노래하고 극락환생의 춤을 추며 극락환생을 노래함으로써 신을 모시는 영신과 신을 즐겁게 하고 기쁘게 하는 오신리제와 함께 신에게 극락환생을 기원하는 공수거리가 함께한다. 이후 셋째마당에서는 "우리 임"의 환생을 통한 기쁨을 말하며 새로운 해가 뜨는 것을 말하는데, 이는 신이 물러나는 뒷전거리로 볼 수 있다. 이렇듯 이 시는 앞서 논의한 바와 같이 확대 재생산하는 마당극의 표현구조에서 굿을 포괄시킨 문화운동의 한 장르인 마당굿을 표방하고 있다. 또한 시인 스스로 마당굿시라고 명명하고 있다. 이 시는 마당굿이 표명하는 민중적 전형성과 상황적 진실성[242]을 그려내고 있는 것이다.

---

241) 이상일, 앞의 책, 156쪽.
242) 채희완 · 임진택, 앞의 책, 117쪽.

둘째마당(징소리 크게 두 번)

제5과장 무당춤
제6과장 박수춤
제7과장 살풀이춤
제8과장 원귀들의 춤
굿청 주위에 다시 횃불이 타오르고 마당 한가운데 장작불이 전화
되면 소복한 무당과 박수 방울을 들고 제상 앞에 등장하여 끔찍한
것을 보는 듯한 애끓는 목소리로 주문과 발림

무 당 어따 오메! 피 냄새야
　　 어―따 오메! 원한 냄새야
(…)
박 수 하늘과 땅 사이에 호곡소리 가득하니
　　 천지간에 제신인들 이 어찌 편할소냐

무 당 물러가라 물러가라
　　 원한귀야 물러가라
　　 피 냄새 원한 냄새 천리만리 물러가라
　　 소금물에 넋을 씻고
　　 정한수에 원한 씻어
　　 신선놀음 멍석 밟고
　　 극락장생 해 오시라
(…)
박 수 여보 할멈, 살풀이 한 마당에 춤 한 상 덩실 올려옥황상제
　　 알현하고 사람 살려 옵시다― (장고소리―북소리―제금소
　　 리―징소리 어우러지고 무당·박수 살풀이장단에 맞춰 동
　　 서남북으로 합장재배한 다음……)

무 당 상제님네 상제님네

구천에 옥황상제님네
전라도 남원 박수 무당 합장 재배하옵고
상제님 이전에 빌고 또 비나이다
도깨비들 한바탕 이승을 쓸고간 뒤
아 글쎄 몇 해째 사람가뭄이 들어서
곡식단 넘쳐나도 거둘 사람이 없고
산천초목 푸르러도 노랫가락 끊어지니
이승 저승 구별 짓기 어렵나이다

기왕지사 베푼 김에
이번에 떠난 혼령 되돌려주사이다
앞뒤 재지 마시고 되돌려주사이다
(되돌려주사이다. [추임새])
　　　　　　　　　　－「사람 돌아오는 난장판」 부분
　　　　　　　　　　（『초혼제』, 1권, 276~280쪽)

　　무당의 시선으로 바라보는 세상에는 "피 냄새", "원한 냄새"가 가득
하다. "하늘과 땅 사이에 호곡소리 가득"한 이 세상의 모습은 피지배집
단의 고통스런 삶을 정직하게 대면하는 무당의 시선이다. 무당에 의해
연기되어진 신화의 세계는 그것이 믿어졌을 때에는 제의가 되고 그것
이 믿어지지 않을 때 놀이가 된다.243) 그것은 제의이자 놀이로서 진지
한 제사와 흥겨운 판놀이가 함께하는 것이다. 둘째마당에서는 무당에
의해 제의 형식의 '거리'가 이어지는데, 그 내용은 옥황상제님에게 원
한귀의 극락장생을 비는 것이다. 이러한 망자를 위한 무속의례의 형식
은 우리나라 무당굿의 대종을 이루는 사령굿의 형태이다.244) 무당은

---

243) 이상일, 앞의 책, 176~177쪽.
244) "망자를 위한 무속의례인 사령(死靈)굿은 우리나라 무당굿의 대종을 이룬다. 이는

억울하게 죽어 원귀가 된 집단의 넋을 달랜다.

굿의 행위는 과거 사건의 재현이다. 굿의 무속제의 절차의 주체인 무당은 죽은 자들, 즉 과거에 사라진 자들을 현재로 불러와 과거를 기억하게 한다. 이는 굿을 바라보는 수용자의 입장에서 지각반응을 경험하게 한다. 굿은 과거의 신화를 기억하는 공동체의 전승행위[245]인 것이다. 고정희는 「사람돌아오는 난장판」 "둘째마당"에 과거의 기억을 재현하는 굿의 행위적 양상과 무당의 발화가 시의 내용을 이루는 의미적 양상을 결합시킴으로써 생겨나는 추가된 의미를 드러낸다. 마당굿시에서 무당이 발화하는 양상을 통해 시의 형식에서 나타나는 의미에 또다른 의미를 덧붙이는 것이다. 고정희는 무당의 시선으로 과거를 기억해낸다. 그리고 과거에서 소환한 집단의 기억들을 "도깨비들 한바탕 이승을 쓸고 간 뒤"의 불모의 현실로 수용한다. 이는 "피냄새", "원한냄새" 가득한 세상으로 구체화 되며 현재의 현실과 교차된다. 이로써 과거의 기억 속에 당대의 지배세력의 폭압에 의한 인간성 상실의 현장은 현재의 시간에도 계속되고 있음을 사실적으로 구성해낸다. 화자인 무당의 발화가 나타내는 것은 혼령이 되돌려지길 바라는 마음이다. 이는 과거의 역사를 구원의 관점에서 바라보는 고정희의 역사성을 드러낸다. 고정희는 과거의 기억 속에 상실된 생명가치가 현재에 이르러 구원되기를 바라는 역사적 인식을 보여주며, 과거의 기억을 깨어있는 의식으로 자각하고 그것을 재구성해 나간다.

지역에 따라 명칭이 다양하여 함경도는 망묵굿, 서울, 경기도, 황해도에서는 지노귀굿, 동해안에서는 오구굿, 평안도는 수왕(十王)굿, 전라도는 씻김굿등으로 불린다. 그 내용은 대동소이하다." 황루시, 「절제된 한풀이의 미학 – 상징적 의례로서의 씻김굿」, 김수남 외, 『한국의 굿 6 – 전라도 씻김굿』, 열화당, 1985, 76~77쪽.
245) 이상일, 앞의 책, 129쪽 참고.

무 당 물러가라 물러가라 농촌귀신 물러가라
　　　　일 년 사시절 피땀으로 절은 농사
　　　　반절은 인충이 먹고 반절은 수마가 먹고
　　　　비료세 소득세 전기세 라디오 티브이세 물고 나면
　　　　가을수확은 검불뿐이니 사ー람ー이 죽었구나
　　　　(우당탕탕 삼현청 장단에 맞춰 무당·박수 한 바퀴 길닦는
　　　　춤……)
박 수 물러가라 물러가라
　　　　새터니야 물러가라(큰불림)
무 당 물러가라 물러가라 도시 귀신 물러가라
　　　　꼭두새벽부터 일어나 식은 밥 한숟갈 뜨는둥 마는둥
　　　　십리 공장길 걸어 지하 3층으로 내려가
　　　　한여름 같은 기계실에 혼 빼주고 넋 빼주고
　　　　한 달 수입이 3만 5천원이라
　　　　구내식당비 5천원 주고
　　　　인세 갑근세 주민세 사글세 문화세 주고 나면
　　　　빈ー주먹이나 먹어라 사람 없구나
　　　　(징소리ー장고소리ー북소리에 맞춰 한 바퀴 칼춤을 휘두른
　　　　뒤 박수 고개꺾기.)
박 수 물러가라 물러가라
　　　　어즈바니야 물러가라(큰불림)
무 당 물러가라 물러가라 감옥귀야 물러가라
　　　　식솔에 갇히고 직장에 묶이고
　　　　신문에 길들고 시간에 얽매이고
　　　　척, 하면 퇴직이요 척, 하면 실직이라
　　　　간 곳마다 장님이요 간 곳마다 벙어리라
　　　　간 곳마다 얼간이요 간 곳마다 떠중이라
　　　　인명이 제천이라 하였거늘
　　　　하늘을 죽였으니 사람 없구나
　　　　(제금ー장고ー징ー북소리ー부채춤. 박수는 활개꺾기 하고

나서……)

박 수 물러가라 물러가라
  불신풍조 물러가라
무 당 당파풍조 물러가라
  인척풍조 물러가라
박 수 물러가라 물러가라
  가난풍조 물러가라
무 당 상업풍조 물러가라
  착취풍조 물러가라
  지연 · 혈연 · 세습 풍조 썩썩 물러가라
(…)

무 당 여보시오 동네사람—
마 당 네, 네
무 당 임은 안아야 맛이 나고
  사람은 만나야 맛이 나고
  죽음은 살려야 맛이 나제?
마 당 네— 네—
무 당 원은 이뤄야 맛이 나고
  고는 풀어야 맛이 나고
  세상은 평등해야 맛이 나제?

                    —「사람 돌아오는 난장판」부분
                    (『초혼제』, 1권, 281~285쪽)

　인용된 「사람 돌아오는 난장판」 둘째 마당의 이 부분은 둘째 마당이
사령굿의 성격과 동시에 넓게 하나로서 대동하기 위한 대동굿의 성격을
함께 가지고 있음을 보여준다. 이는 이 시의 큰 틀인 마당극이 가지고 있
는 혼종성으로 인해 가능한 것이라 보인다. 둘째마당의 앞부분은 원귀의

극락장생을 옥황상제에게 비는 부분이었음에 반하여 인용된 부분은 농촌과 도시에서 감옥 같은 직장과 현실적인 생활에 얽매인 삶을 사는 피지배 집단의 삶을 나타낸다. 위의 시의 화자 또한 무당과 박수이다. 무당과 박수는 죽은 자를 불러와 그들의 질서를 회복하고자 하는 굿의 제의 주체이다. 그렇기에 위의 시의 내용은 과거의 기억임을 알 수 있다.

무당과 박수에 의해 첫 번째로 "물러가라"고 기원 드려지는 것은 농촌의 핍진한 삶의 현실이다. 1960년대 이후 계속된 도시화와 산업화의 급속한 추진은 농어촌을 붕괴시키고 전통적인 삶의 문화를 해체시켰다. 무리한 경제개발계획의 모순이 누적되면서 농어촌은 "이런 사시절 피땀으로" "농사"지어도 "사람이 죽"을 수밖에 없는, 사회적 제반이 갖춰져 있지 않은 현실로 둘러싸여 있었다. 핍진한 삶의 현실은 도시 노동자라고 다르지 않다. 이 시에서 무당과 박수에 의해 불려 진 대상은 "도시 귀신"으로 형상화되고 있다. 도시 귀신은 도시 공장 노동자를 일컫는다. 종속적 경제구조 속에서 심각한 빈부격차를 겪을 수밖에 없는 모순적 삶이 당시 공장노동자들의 현실이었던 것이다. 이와 동시에 "감옥귀"로 형상화 된 것은 삶의 가치를 생각해 볼 겨를도 없이 살기 위해 "묶이고" "얽매인" 삶을 사는 피지배집단의 삶이다. 그들은 주어진 삶을 살아내기 위해 "장님", "벙어리", "얼간이", "떠중이"의 삶을 자처한다. 그것이 피지배집단이 처한 삶의 현실인 것이다. 이 시는 농민, 도시 공장 노동자 등, 주어진 삶을 사는 것에만 급급할 수밖에 없는 사람들의 현실을 무당의 발화를 통해 농촌 귀신, 도시 귀신, 감옥귀로 형상화하여 과거의 사실을 지금 이 시간으로 가져온다. 제의의 주체자인 무당을 통해 과거의 기억을 현재에서 구성하는 것이다.

이 시의 화자는 귀신이 없는 세상을 기원하고 있다. 이는 한국사회가 처해있는 현실이 현재에만 드러나는 것이 아님을 나타낸다. 과거에도, 지금도 계속되는 이 암울한 현실을 극복하기 위해서는 과거의 기억을 통해 현재를 각성하고, 그러한 역사적 인식 속에 농촌, 노동자, 민중들 모두의 연대가 필요하다는 것을 무당의 목소리로 형상화한 것이다. 사회 구성원들 간의 폭넓은 연대는 공동체로서의 문제의식을 인식하게 하면서 공통의 윤리감각을 일깨운다. 현재에 대한 각성이 시적현실이 처한 과거의 기억의 공간 안에서 깨어나는 것이다. 한국 사회의 폐습인 "불신", "당파", "인척", "착취", "지연, 혈연, 세습" 풍조 "물러가라"는 무당의 외침은 한국 사회의 문제들을 재인식하고 기억하는 자세를 보여준다.

과거의 기억을 끌어내는 무당의 목소리의 바탕에는 현실에 대한 풍자가 놓여있다. 풍자는 있는 그대로의 현실과 있어야 하는 현실의 차이를 날카롭게 의식하는 데서 비롯[246]된다. 그렇기에 마당굿의 형식적 전략은 화자가 현실의 세계와 무당에 의해 생각되어진 세계를 오가는 단서를 마련해 주어 독자로 하여금 당대의 현실에 대해 일정한 비판적 거리를 유지하게 한다.

풍자의 대상인 "세상"의 현실은 무당과 박수에 의해 "농촌 귀신", "도시 귀신"으로 불리어 지며 당대의 농촌과 도시의 문제를 죽음을 일으키는 원한으로 자리하게 한다. 이를 통해 고정희는 정치권력의 부도덕성과 그로인한 현실의 피폐함을 비판하면서, 모순을 폭로한다. 이는 권력에 의해 억압당하는 현실을 말하는 것으로서 현실에 대한 정서적이고 지적인 동의를 이끌어내 행위를 촉발하고자 하는 것이라고 볼 수 있을 것이다.

고정희는 계급문제나 사회적 소외, 성적 불평등과 정치권력에 의해 자행되는 자유의 억압을 마당굿시라는 장르적 패러디를 통해 재구성하는 사유

---

246) 김준오, 『시론』, 앞의 책, 264쪽.

를 보여준다. 이는 부정적 현실에 대한 깊은 고민과 숙고의 자세에서 나오는 것으로 시대적 정당성을 날카롭게 인식하여 요구하는 것이라 할 수 있다.

　고정희의 마당굿시는 마당극과 굿의 연극성을 통해 허구화 전략을 들여옴으로써 현실을 우회적으로 표현한다. 마당굿시에 나타나는 풍자는 극의 양식을 통하는 것이다. 시적 화자의 세계를 보는 눈은 연극을 통해 객관화되어 시를 읽는 자를 납득시킨다. 화자가 현실의 세계와 허구의 세계를 자유롭게 오갈 수 있게 함으로써 당대의 현실에 대해 일정한 비판적 거리를 유지하는 것이다. 이를 통해 현실의 부정성을 철저하게 반영하여 비판한다. 벤야민은 예술의 창작과 수용의 그 심미적 경험이 삶의 온전화에 철저히 복무해야 한다고 말한다. 그리하여 사실적 세계를 정확하게 직시하면서도 이 표면 현실에서 드러나지 않는 삶의 은폐된 암흑지대를 우리는 조금씩 밝혀나가야 한다는 것이다. 좋은 작품의 경험은 감각적, 사고적 갱신 속에서 우리를 정신적으로 무장시켜주기 때문이다. 이 무장을 통해 우리는 어긋난 현실의 부당한 힘들에 대한 저항력을 기를 수 있다. 예술경험 자체가 인간을 적응시키는데 기여하여 예술이라는 도구를 통해 해방되는 것이 비로소 가능하게 된다.[247)

　　　　무당 · 박수 (함께)
　　　　　　하늘에는 무명성이 있고
　　　　　　땅에는 무명초가 있네
　　　　　　무명성과 무명초 한데 혼을 섞어
　　　　　　동네잔치 사람잔치 밤 가는 줄 모르네
　　　　　　그 나머지 희비는 내 알 바 아니네
　　　　　　인간 세상의 더러움

---

247) 발터벤야민, 최성만 역,『발터벤야민 선집2: 기술복제시대의 예술작품』, 앞의 책, 48~58쪽, 문광훈, 앞의 책, 864~865쪽.

다 함께 깨끗해지고
온 세상 울퉁불퉁한 것
모두 변하여 고르게 되었네

박 수 높은 잠을 깨울 만한 일이
　　다시는 없으리라(큰불림)
무 당 (극락환생의 소복춤을 춘다)

　마당 점점 어두워지며 무당 · 박수 퇴장. 이때 소복한 한 묶음의
원귀들 묶여 등장.

　원귀들 (장단—북에 맞춰 서서히 줄을 풀고 환생의 춤을 춘다.)
　　　　　　　　　　　　　　　　　　－「사람 돌아오는 난장판」 부분
　　　　　　　　　　　　　　　　　　　（『초혼제』, 1권, 287쪽）

　위의 시는 마당굿이면서도 그 굿의 내용은 대동굿의 속성을 그대로
보여준다. 대동굿은 집단의 대망이 구체적인 현장에서 연행되는 제축
적 반란의 놀이로 수평적인 결속력을 요구하는 강인한 연대감을 기초
로[248] 한다. 마당굿의 목적성이 공동의 삶을 직시하게 하여 사회적 진
실 즉 현재의 진실을 드러나게 하려는 것[249]이기에 대동굿의 성격은
마당굿 안에 포섭될 수 있다. 이 시에서 나타내고자 한 민중의 대망이
무엇인지는 위의 인용시의 하단부에서 자세히 나타난다. 무당은 마당
의 사람들에게 "세상은 평등해야 맛이"난다고 말하고 마당의 사람들은
"네—네—"로 화답한다. 그리고 무당은 "인간 세상의 더러움/ 다 함께
깨끗해지고/온 세상 울퉁불퉁한 것/ 모두 변하여 고르게 되었"다고 말

---

248) 주강헌, 앞의 책, 46쪽.
249) 채희완 · 임진택, 앞의 책, 118쪽.

한다. 무당의 목소리로 발화되고 마당 사람들이 대답하는 이 말은 마당 사람들이 기억하여 현실을 재구성하는 집단의 목소리라 할 수 있을 것이다. 이와 같이 대동굿의 속성을 가진 고정희의 마당굿시는 공동체가 처한 과거의 기억과 현재의 현실이 신체와 언어를 통한 이미지 공간으로 서로 깊이 침투하게 한다. 그럼으로써 억압의 연속사를 중단하려 한다. 과거의 기억과 각성을 통한 새로운 역사 인식으로 현재의 폭력과 억압을 중단하는 것은 과거의 기억을 통한 역사적 구원을 향하고, 신체적인 집단적 신경감응으로써 혁명적 긴장을 갖게 하는 작용을 한다.

공동체는 현실에 가득한 반민주주의적 문제들을 통찰하여 폭압적인 권력에 구속되지 않은 민중해방, 평등세상의 진경을 꿈꾼다. 이와 동시에 공동체는 역사의 수난 속에서 억울한 죽음을 당한 자들과 그들의 고통을 말한다. 「사람 돌아오는 난장판」은 마당굿시의 외형 아래 역사적 진실을 발견하고 슬픔을 달래고, 고통에 처해 있는 자들을 해원(解冤)한다.

이 시의 셋째 마당은 죽은 자들의 영혼을 위무하여 극락으로 천도시키는 과정이 나타난다.

　　　셋째마당(징소리 크게 세 번)

　　　제9과장 예수칼춤
　　　제10과장 이승환생춤
　　　제11과장 난장판 춤

　　　굿마당 한가운데 흰시루떡과 동동주 푸짐하게 차려놓고 흰 도포
　　　의관 갖춰 입은 남정네 쌍부채를 들고 등장. 그 뒤에 일곱 명의 소리
　　　꾼 등장하여
　　　　남정네 (…)
　　　　　　성인 노소 다 나와서

금의환향 우리—임 맞으시라

(…)

소리꾼 만나보세 우리—임

　　보듬아보세 우리—임

　　죽어서도 살아오는

　　우리—임과 불 밝히세

남정네 (단모리로)

(…)

소리꾼 (자진휘모리로)

　　날아보세 훨훨

　　뛰어보세 덩더쿵

　　독점같은 세상살이 한시름 던져놓고

(…)

남정네 (사설조로)

　　베겟머리 위에서는 별들이 움직이고

　　침상 곁에는 표범이 잠을 자니

　　임 오시는 천리길 목 빼고 바라보네

(…)

남정네 (다시 휘모리로)

　　동쪽 마을 예쁜 처녀

　　새 단장 하고서

　　백마 타고 오는 낭군

　　당도하기 기다리니

(…)

남정네 (다시 진양조로)

　　왔구나 왔어 왔구나 왔어

　　천신만고 끝에 우리 임 돌아왔어

　　땀 냄새 눈물 냄새 한 냄새 바르고

　　얼씨구 우리 임 돌아왔네

(…)

소리꾼 어화어화 벌여보세

　　사람잔치 벌여보세

인정에 안주삼고
이웃사촌 동무삼아
사람잔치 방방곡곡
태평성세 어화어화
(어화어화 태평성세 사람잔치 벌여보세. [추임새])

(…)

남정네 (목소리를 가라앉혀)
임 반기는 횃불이야
누대에 비치리니
이 밤이 샐 때까지 체면 위신 던져두고
우리― 임과 어우러져
나라잔치 벌여보세―(우당탕 삼현청 장단에 맞춰 마당사람
들 한꺼번에 얼싸안고 보듬거니 안거니 비비거니 난장판
춤을 춘다. 온갖 풍악 어우러져 고조된 분위기. 장단이 누
그러지면 사람들 자연스럽게 원으로 둘러서서 손과 손을
맞잡는다……이때 남정네만 원의 중앙에 자리잡고……)

남정네 (쓰다듬는 목소리로)
붉은 꽃은 만 송이
푸른 잎은 즈믄 줄기
첫 번째 봄바람은 어디서 불어오는가?
노래와 춤 삼현소리 일제히 그치니
동녘에 붉은 해
새로 뜨는 시간이로구나
(괄게 타던 장작불이 사그라지고 마당사람들 조용히 허밍으로 이
별가 혹은 '위 쉘 오버컴'을 부른 뒤 평화의 포옹을 나누며 긴 침묵
뒤에 징소리 연타. 마당을 거둔다.)

　　　　　　　　　　　　　―「사람 돌아오는 난장판」 부분
　　　　　　　　　　　　　　　　　(『초혼제』, 1권, 288~295쪽)

주지하듯이 마당극은 전통적인 민속 연희를 창조적으로 계승한 연극의 장르이고, 굿은 집단의 종교적 제의와 연희예술이 함께 기능하여 인간의 세계를 재구성하는 연극적 제의 형식이다. 이 시는 마당굿이 표명하는 민중적 전형성과 상황적 진실성250)을 그려내고 있다.

바우라는 시에 있어서의 정치성의 조건을 말한다.251) 우선 시에 있어서 정치성의 대상은 다수의 인간과 관계가 있는 것이며 풍문에 의해 알려진 것이다. 여기서 말하는 풍문에 의해 알려진 대상이라는 것은 모든 사건을 시인 자신이 직접 겪어 쓸 수 없는 현실에서 구체적 역사적 현실을 매스컴 기관이나 다른 사람에게서 듣고 공동체적 감각을 지니게 되는 것을 말한다고 할 수 있다. 또한 정치성의 내용은 현재에 대한 해석이다. 시의 정치성은 철저하게 현실의 문제에 대한 해석이어야 한다는 것이다. 또한 박현수는 시의 정치성의 조건을 말한다. 시의 정치성의 대상으로는 다수의 인간과 관계가 있는 현실적인 사건을 다루어야 하며 정치성의 내용은 현재에 대한 해석이어야 하고, 정치성의 표현 방식에 있어서 정치적 의도를 명시적으로 드러내어야 한다고252) 보는 것이다. 이렇게 볼 때 고정희의 마당굿 시는 마당굿의 본질253)인 민중적 전형성

---

250) 채희완·임진택, 앞의 책, 117쪽.

251) "정치시의 본질은 다수의 인간과 관계가 있고 즉각적이고 개인적인 체험으로서가 아니라 주로 풍문에 의해 알려지고 간략하면서도 종종 추상적인 형식으로 표현된 일들로서 파악되는 그러한 사건을 다루는 데 있다. (중략) 정치적 시인은 상상적인 과거를 구축하는 것이 아니라, 거대한 현재를 붙들고 이것을 해석하려 든다." 씨엠 바우라, 김남일 역, 『시와 정치』, 전예원, 1983, 15~16쪽.

252) 박현수, 앞의 책, 331~332쪽.

253) 채희완, 임진택은 마당굿의 성격을 다음과 같이 정의한다. "민중적 전형성은 현장적 운동성에 계속적인 새 힘을 부여해주며 현장적 운동성은 집단적 생활 속에 잠재하여 신명성을 끊임없이 자극하고 집단적 신명성은 다시 상황적 진실성을 부단하게 촉구하는 순환이 이루어진다. 이것이 바로 마당굿의 본질적 실체라 말할 수 있을 것이다." 채희완·임진택, 앞의 책, 119쪽.

과 현장적 운동성, 집단적 신명성, 상황적 진실성의 성격을 시로 표현해
내어 시에 있어서의 정치성의 조건을 선명하게 드러낸다.[254]

이처럼 「사람 돌아오는 난장판」은 마당굿으로서의 현실비판적인 측
면과 시가 드러낼 수 있는 정치성을 선명하게 표현해 낸 시로서 현실의
맥락을 제대로 인식하게 한 시이다. 이 시는 급진적인 경제 개발과 정치
의 비민주화 과정 속에서 민중들이 요구하는 민주화, 노동자의 권리문
제, 도시중심의 개발정책 속에서 소외되는 농민의 분노와 울분이 도깨비
들이라는 절대권력에 의해 죽은 자로 형상화한다. 도깨비들로 나타나는
지배권력은 자본주의 경제논리로 집단 공동체를 억압하고 경제 개발의
목적이자 주체가 되어야 할 피지배계급들을 위협한다. 이는 시가 전개되
는 각 마당에서 집단이 직면한 한국사회의 문제들을 통해 선명하게 드러
난다. 이 시의 주체가 되는 사람들은 죽은 자의 혼을 천도하는 과정에서
무당의 목소리와 신명난 마당굿판을 통해 사회의 온갖 경계들을 무너뜨
리는 실천을 행하려 한다. "첫번째 봄바람" "새로 뜨는" "동녘의 붉은
해"를 기다리며 사람이 사람답게 살 수 있는 참다운 삶의 모습을 기다리
는 모습 속에 정치경제적 분열과 대립 갈등의 상처를 치유하는 시간을
기다리는 것이다. 마당굿시의 굿 한 판은 현실의 폭력성을 준열하게 마
주하고 문제 시각을 공유하는 시간임과 동시에 민중이 가지는 회복의 힘
을 확대 시키는 시간이다. 집단이 정치를 통해 그것들을 내 것으로 만들
고, 그것들로부터 역사가 생성되기 전까지 현실의 폭력성과 억압은 영원
히 동일한 것의 순환 속에 머물게 되[255]기 때문이다.

---

254) "정치가 역사에 대해 우위를 차지한다. 게다가 역사적 사실들은 방금 우리에게 부
닥쳐 오는 것이 된다. 그 사실들을 확인하는 것이 기억이 하는 일이다."라는 벤야
민의 역사 인식론은 파사주를 중심으로 추적해 온 19세기에 대한 벤야민의 유물
론적 역사기술이 바로 이러한 정치적 자각의 행위로 수렴하는 것을 보여준다. 최
성만, 「벤야민에서 기억과 집단적 무의식」, 『현대사상』 11, 2013, 43쪽.

고정희는 마당굿의 집단적이고 참여적인 성격에 주목하여 마당굿의 문학적 활용가능성을 적극적으로 탐색한 것이다. 이를 통해 전통적인 마당굿을 시에 결합하여 집단의 기억을 정치적으로 해석해 나간다. 이러한 고정희의 마당굿시는 현실적인 주체의 문제를 도출하는 것에 그치지 않고, 역사적 과정에 대한 정치적 참여의 가능성을 탐색한다. 마당굿시를 통한 언어의 이미지는 더욱 강렬하게 인간의 의식과 의지에 영향을 끼쳐 현실을 움직이는 직접적이고 정치적인 힘으로 작용하게 한다. 집단적 신경감응에 의해 공동체가 정치적 실천의 주체로서 작용할 수 있는 가능성을 고정희의 시는 보여준다. 역사는 바로 지금의 인식 가능성의 현재 속에서 과거의 기억을 통해 현재를 재인식하며 이루어진다.

이와 함께 「사람 돌아오는 난장판」이라는 마당굿시가 가지는 시로서의 성격을 다시 한 번 되짚어볼 필요가 있다. 위에 제시한 고정희의 「사람돌아오는 난장판」의 마지막 장은 고정희의 마당굿 시가 가지고 있는 시적 지향을 드러낸다. 굿의 형식에 마당극을 결합시킴으로써 과거의 기억을 현재로 가져오는 추가된 의미를 이끌어내는 것이다. 이렇게 고정희는 시적 형식과 시의 내용을 통해 시적 효과를 재구성한다. 이미 존재하는 형식들의 새로운 결합은 재구성을 통해 기존의 것을 새롭게 보게 하는 시적 방법론으로 작용한다. 고정희는 자유로운 인식의 각성을 통해 기존의 형식을 모방하고 결합하여 변형한다. 이는 의미의 고착화를 막고 재구성하고 다시 기억하는 구원의 방식이다. 이러한 시인의 시적 태도는 마당굿시의 내용에서도 다시 확인된다.

위의 인용 시에서 등장인물은 남정네와 일곱 명의 소리꾼이다. 이들은 무당의 천도를 받은 "우리 임"을 맞이하고 있다. 하지만 여기서 "우

---

255) 발터 벤야민, 「노트와 자료들」, 조형준 역, 『아케이드 프로젝트』 2, 앞의 책, 908쪽.

리 임"은 영혼의 모습이다. 이는 제의적 연극의 요소를 계속해서 나타내고 있는 것이다. 남정네는 온 사방의 동네 사람들을 다 불러모으고 춤과 함께 육자배기 가락으로 셋째마당을 시작한다. 이후에도 셋째마당은 우리 가락의 리듬이 단모리, 자진 휘모리에서 사설조로 바뀌었다가 휘모리, 자진타령, 진양조, 쓰다듬는 목소리로 계속해서 변화한다. 이와 함께 "우리 임"을 맞으며 "날아보세 훨훨", "뛰어보세 덩더쿵"의 몸짓까지 더해져 「사람 돌아오는 난장판」의 셋째마당은 마당굿에 참여한 모든 이의 신명을 더하게 하는 과정을 보여준다.

　신명은 '신난다'고 표현되는 해방의 구체적 발현이다. 굿을 통하여 재앙이나 질병 따위의 맺힘의 상태를 풀어짐(解)의 상태로 만드는 과정이 신명의 과정256)이다. 해원(解冤)과 신명의 신바람 속에서 이 시에 나타나는 마당 사람들, 즉 집단공동체는 성취감과 해방감을 발현시키는 모습을 보인다. 남정네, 소리꾼, 마당이 합을 이뤄 함께 장단을 맞추고 춤을 추는 이 과정은 공동체로서의 신명을 발휘하는 과정이다. 하지만 굿에 있어서 신명은 단순한 '풀이'에만 그치지 않는다. 신명은 공동체적 유대를 통해 이루어진 성취감과 해방감의 발현인 것이다. 신명은 단순한 놀이의 신바람이 아니라 억눌린 계급의 의식이 공통의 태도를 이루어 공동체 구성원의 결집된 힘이 폭발하는 과정이다. 그렇기에 신명은 새로운 결단을 촉구하는 자기결단의 의식으로 작용한다.257) "쓰다듬는 목소리로" "동녘의 붉은 해/ 새로뜨는 시간"에 죽은 임을 다시 보내는 "이별가"를 부르는 마당사람들의 목소리는 그 자체에 자기 결단의 의지를 내포하고 있는 것이다.

　유동하는 세계에서 마당사람들의 목소리로 드러나는 공동체는 과거

---

256) 주강현, 앞의 책, 82쪽.
257) 위의 책, 83~85쪽 참고.

의 기억으로의 침투를 통하여 우리 의식을 지배하는 과거의 기억의 의미들을 끊임없이 해체하고 변형해 나간다. 이를 통해 과거의 기억들을 현재에 재구성함으로써 과거의 기억이 만들어내는 새로운 가치들에 새로운 변형을 가한다. 과거의 기억 속에 머물러 "죽어"있는 기억들을 현재에 재구성하는 것은 "죽어서도 살아오는" 역사적 구원의 과정이고 이를 통해 현재에 처해 있는 사람들은 정신적인 해원, 즉 신명의 과정을 통해 과거의 억압을 풀어내는 의미의 변형을 가져온다. 이는 현재의 시간이 현재에만 머물러 있지 않음을, 과거의 시간의 기억을 통해 현재를 재구성하는 깨어있음이 역사를 열려있게 한다는 것을 드러낸다.

고정희는 현재의 억압적인 현실을 과거의 시선으로 드러내는 시적 형식 속에 해원(解冤)이라는 은유를 개입시키는 시적 상상력을 발휘한다. 이러한 고정희의 시적 상상력은 현실을 변형하고 재구성하는 깨어있는 의식 아래 과거의 일을 현재의 관심과 이어나간다. 고정희에게 중요한 것은 현재가 보여주는 것에 대한 깊은 탐색이다. 지금 이 시간에 대한 각성을 통해 현실을 문제시 하는 것이다. 이와 동시에 고정희는 내면의 깊이와 깊은 탐색을 통해 역사는 시간이 흐르면서 무한히 진보하는 것이 아니라 완결되지 않은 것임을 진지하게 탐색한다. 역사는 과거에 일어난 일을 기억하고 재구성해야 하는 구원의 대상인 것이다.

V.

지금, 여기의 역사성

: 결론을 대신하여

V. 지금, 여기의 역사성: 결론을 대신하여

고정희 시의 문학사적 의미는 그의 텍스트가 드러내는 '역사성'에서 찾을 수 있다. 고정희는 우리 현대시사에서 삶의 실재성에 토대를 두고 억압적인 현실의 세계를 견고하게 노래한 시인이다. 그녀가 10여년의 시력(詩歷)을 통해 무려 11권의 시집을 출간하며 구현하려고 했던 것은 한국 사회의 모순과 당대 현실을 살아가는 민중에 대한 시적 재현이었다. 그녀는 시 속에서 구체적이고 살아있는 민중의 형상을 과거와 현재를 오가며 새롭게 창출해 나가는 시인이었던 것이다. 고정희는 끝없이 과거를 통해 현재가 매순간 재구성되는 역사적 성격을 바라보았다. 그녀의 초기 시부터 후기시에 이르기까지 지속적으로 나타나는 이러한 역사성은 과거를 재탐구함으로써 현실을 재인식하려 하는 정신으로 연결되는 것이다.

고정희가 활동하던 1980년대는 정치적, 사회적, 경제적으로 격변기이면서 동시에 현실의 폭력성이 여과없이 드러나는 시기였다. 1980년대는 정치적으로 1979년 10·26 사태, 12일 신군부 쿠데타, 1980년 '서울의 봄'으로 불리는 민주화 운동과 광주 민주화 항쟁, 1987년 6월 항쟁으로 이어진다. 사회적으로는 비정상적인 경제 성장으로 인한 계층간의 빈부 격차와 노동력 착취의 한계와 경제 성장에서 발발한 노사갈등, 학생운동과 노동자의 연대 투쟁, 신군부 정권의 언론 통제, 신군부 정권에서 정책적으로 이루어진 각종 프로 경기의 출범, 대중문화의 전성이 계속되어 왔다.

이러한 1980년대의 산업화와 정치적 통제는 여러 가지 대립과 사회적 갈등 양상을 낳았다. 이를 극복하려는 민중주의를 바탕으로 새로운 가치관을 형성하려는 노력은 문학에 있어서는 민중문학으로 발현되었다. 민중문학은 사회적으로 소외받는 사람들의 권익을 보장하고 그들의 삶을 온전하게 하고자 하는 문학적 노력이었다. 이러한 1980년대에 민중시라고도 일컬어지는 현실주의 경향의 시, 서정주의 경향의 시, 해체주의 경향의 시가 다양하게 발표되었다. 하지만 당시의 시인들은 자신의 문학적인 지향과 상관없이 부정적이고 억압적인 현실에 직면해 있었다.[258] 고정희의 시는 서정시로서 시대의 폭력에 대한 비판적 인식을 내면화하고 비유적으로 표현하여 서정적으로 처리한다. 또한 현실을 직접적으로 제시하거나 일반적이고 보편적인 상황으로 승화시키는 현실주의 시의 면모를 보이기도 한다. 이와 동시에 왜곡된 현실에 대한 그로테스크한 반응을 드러내거나 마당굿시 등을 통해 자신만의 개성적인 시적 영역을 쌓아나갔다. 이렇듯 고정희는 당대의 민중시 즉 현실주의 경향의 시에서도 다양한 미학적 인식과 그것의 시적 구체화가 역동적으로 이루어진 시세계를 보여주었다. 고정희의 시는 당대 시사를 가르는 계열적 분류를 두루 포괄하는 사유의 힘을 지니고 있었던 것이다.

이러한 시적, 사회, 정치적 자장 속에서 고정희의 시는 현실과 대응하며, 시문학의 역사적 흐름을 계승해 나갔다. 고정희는 그의 시에서

---

258) 박현수, 「산업화 시대의 시」, 오세영 외, 『한국현대시사』, 앞의 책, 476쪽.

현실에서 양립되는 조건들이나 모순되는 전제들, 이질적이고 광포한 기억들을 종합하고 반증하는 일을 끊임없이 계속해 나간다. 고정희의 초기 시가 바탕을 두고 있는 현실은 신군부 정치세력의 탄압과 이에 저항하는 민주화 운동과 경제적 불평등의 심화가 이어지는 시대였다. 이러한 시대적 상황 아래에서 고정희는 자신이 처한 객관적 현실을 비판적으로 바라보고, 작품 속에 반영한다. 이때 그가 세계를 바라보는 감정은 '멜랑콜리'이다. 멜랑콜리(Melancholy)는 어떤 대상과 만났을 때 감응하여 만들어지는 슬픔의 상태이다. 고정희는 정치적인 억압과 경제적인 불평등의 세계를 파국으로 보고, 삶의 안전이 보장되지 않고, 미래에 대한 위험이 자리한 시대에 불안을 느낀다.

비교적 초기의 시세계에서 주로 멜랑콜리의 자세와 알레고리의 수사적 장치가 제시되고 있다. 고정희는 삶은 안락해지고 있으나 사회, 윤리적으로는 퇴행하는 현실을 균열된 것으로 바라보고 멜랑콜리에 빠진다. 고정희는 자신이 둘러싸여 있는 세계와의 관계 양상에서 느끼는 멜랑콜리의 감정을 시로써 표현한다. 죽음과 어둠을 통해 초기 시에서 형상화 된 멜랑콜리는 이후 애도의 언술로 변화한다. 고정희는 세계의 불안과 우울 속에서 그것을 넘어, 깨어있는 자의 시적 능력으로 삶을 통찰한다. 멜랑콜리를 사유하는 힘으로 자신을 둘러싼 세계를 이해한 바를 시로써 표현해 낸 것이다. 벤야민에 의하면 역사는 자연사의 기호로서 끊임없이 이어지는 쇠락의 과정이다. 벤야민이 비애극에서 보여주는 감정은 이러한 멜랑콜리의 감정이다. 멜랑콜리는 균열을 바라본다. 세계는 항구적 전락가능성 아래 서 있기에 개념이나 언어도 지배력을 상실하고 만다. 이때 멜랑콜리의 감정은 피할 수 없다. 사물과 언어, 기호와 의미의 상호관계는 전적으로 불안정하고 불투명하기 때문이다. 폐허를 관조하고 침잠하는 멜랑콜리적인 시선은 진정한 역사의 구제를 위한 변증법적 도약의 계기이다.

고정희는 억압적인 현실을 파국이라고 보고 그것의 참혹함을 보여준다. 이는 균열된 세계를 바라보는 멜랑콜리에 바탕하고 있다. 그러나 고정희는 역사의 새로운 의미를 발견하며 멜랑콜리의 부정적 감정을 애도로 승화하고 능동적인 '역사적 주체'로 거듭나는 모습을 보여준다. 역사적 주체가 정립되는 과정은 주로 알레고리의 방식을 통해 형상화된다. 패러디와 명명하기, 우화 등이 구체적인 시적 표현의 방식이다.

고정희는 자신의 시에서 역사적 현실을 알레고리적인 요소로 드러낸다. 알레고리는 현실의 균열지점을 몽타주하면서 역사와 현실의 총체성을 현재적으로 재구성한다. 이로써 고정희의 시에 나타나는 알레고리는 진실한 것의 숭고한 힘을 드러낸다. 알레고리는 말하는 것에 스민 의미 생성의 균열을 암시하는 수사법으로 역사적 사실의 참 모습을 드러내는 것이다. 고정희의 시에서 알레고리의 이중적이고 다중적인 움직임은 전환하며 변혁을 추구한다. 알레고리의 힘은 부단한 변신과 움직임을 요구하여 현실을 둘러싼 삶의 조건과 테두리를 돌아보게 한다. 일련의 알레고리적 관점을 드러내는 시들은 고정희 시의 특성을 규정하는 일부를 이루며 밀접한 관련을 가지고 파편화된 현실을 관통해 나가는 역사인식을 지닌다. 이렇게 고정희의 시는 역사에 대한 인식을 통해 전체주의적인 정치적 억압과 불평등으로 가득 찬 80년대 현실의 모습과 역사적 부조리에 맞서나간다.

고정희의 시는 역사적 현재에 몰입하면서 현실 변혁을 추구하는 힘을 느끼고, 죽음을 극복하고 회복하는 새로운 관계정립의 양상이 나타나면서 적극적인 회복에의 시세계로 서서히 이행해 간다. 벤야민이 말하는 멜랑콜리란 덧없음에 대한 자각의 증세로 그는 이러한 애도의 감정을 창조적인 것으로 보았다. 왜냐하면 멜랑콜리의 주체는 그러한 덧없음의 자각을 통해서 과거의 가상이라는 굴레로부터 벗어날 수 있기 때문이다. 이러한 애도의 과정은 7시집『저 무덤위에 푸른잔디』에 이르면 '씻김굿'의 형식을 통해 적극적이고 실천적인 방식으로 이루어진다.

고정희의 시 안에서 과거의 역사적 사건들은 단순한 과거의 사실로 지나가는 것이 아니라 구원의 욕망을 일으킨다. 과거의 사실이지만 현재 속에서 면면히 살아 움직여 나가 역사를 구성해 나가는 것이다. 개인의 고통에 민감하게 반응하는 시인은 과거를 살아있는 시간으로 받아들여 현재 진행되는 역사를 재구성 해 나간다. 즉, 부정적인 현실을 절망적으로 바라보는 소극적 주체에서 역사적 인식을 가지고 현실을 새롭게 구성하는 역사적 주체로 정립해가는 것이다. 당대의 현실에서 기인된 멜랑콜리를 넘어 기억에서 지워져 버린 죽음을 애도하던 고정희는 당시 현실의 불길함을 파편화된 인식으로 알레고리화 한다. 이후 삶의 구체적인 현실과 그 현실의 현장을 담아내는 고정희의 시는 변화와 지향을 위해 끊임없이 과거를 재탐구하며 현재를 재인식하는 과정을 보여준다.

고정희의 시는 세계에 대한 재현을 지향하고 있다. 고정희는 자신이 세계를 바라보는 인식을 끊임없이 성실하게 시 텍스트 속에 옮긴다. 고정희는 한국 사회 현실의 구체적인 모순을 바라보며 시대 현실을 총체적으로 파악해 시로써 적극적으로 수용하여 드러낸다. 이를 통해 시인의 충실한 시세계는 의미적으로도 세계의 미메시스를 전경화한다. 이는 인식론적인 것뿐만 아니라 시적 형식의 측면과도 연관되어 다양한 측면의 미메시스적 양상으로 구성된다. 서술시를 기반으로 한 고정희의 시는 삶에 대한 관찰과 의식의 확장을 보여준다. 고정희의 서술시에서 볼 수 있는 주관적인 묘사의 표현 방식은 세계에 대한 객관적인 재현으로 당대를 사실적으로 반영하는 리얼리즘적인 성격을 드러낸다. 이와 함께 서정시로서 주체의 내면과 외부의 상황에 따라 발생되는 발화의 구조가 지니는 차이점은 소통의 구조로 분석할 수 있다. 고정희의 시는 미메시스를 통해 인식의 확장을 보여주고 소통의 구조, 사건의 재현을 중심으로 미메시스의 양상을 나타내고 있는 것이다.

여기서 미메시스적이라는 것은 물론 언어를 통하는 것을 말한다. 벤야민에 의하면 언어는 가장 순수한 의미에서 전달의 매체이다. 유일하게 신으로부터 언어능력을 부여받은 인간은 이 언어능력으로 자신의 이름뿐만이 아니라 신을 대신해 자연의 피조물을 명명한다. 이 명명행위가 벤야민이 말하는 이름언어이다. 신의 언어적인 본질이 인간의 이름언어 속에 가장 깊은 모사로 반영되고 인간의 언어는 말없는 언어가 가진 전달가능성을 수용한다. 언어는 외부 인식을 전달하는 수단이 아니라 정신적인 본질을 전달하는 매체인 것이다. 인간의 미메시스는 대상과의 조응 속에서 이루어진다. 그러므로 우리는 이 유사성 속에 깃든 진실을 한 순간에 읽어내야 한다. 진리를 드러내는 일은 모든 언어행위의 핵심이다. 그렇게 할 수 있다면 미메시스적 행위는 그 자체로 공식적 담론과 지배문화로부터 제외된 것을 드러낼 수 있다. 서술시의 기본 자질인 이야기로서의 성격은 보다 넓은 범위의 현실을 시 속에 담아 현실인식을 강화한다. 기호로 언어화된 이야기로 유사성을 창출해 내는 인간의 미메시스적인 능력을 보여주고 있는 것이다.

고정희의 서술시는 초기부터 서술의 층위가 다양한 방식으로 존재한다. 서술시는 사상, 감정을 표현하는 서정시로서 화자의 판단과 정서에 따라 사건의 묘사와 서술이 달라진다. 고정희의 시는 개인의 경험이 아닌 타자의 경험을 바탕으로 한 이야기를 보여준다. 텍스트 생산의 의도성과 텍스트 생산의 배경이 되는 당대 역사적 상황이 긴밀하게 연계되어 있는 것이다. 이는 시를 통해 역사적 현실을 드러내려고 하는 의도 속에서 서술성을 수용하게 되었음을 짐작하게 한다. 미메시스적 서술의 성격을 가지는 고정희의 시적 양식은 당대의 현실 속에서 개연성을 지니는 이야기를 가져오는 방식을 취한다.

고정희의 서술시의 특징은 묘사 양식이다. 문체를 기준으로 서술시와 묘사시가 나뉜다. 문체는 제재의 차이에 따라 선택된다. 서술시가 가지고 있는 묘사의 특징은 세계에 대한 사실적인 재현이다. 서술시는 행위나 사건을 묘사함으로써 삶의 장면들을 리얼하게 반영하여 삶 자체에 대한 관심을 표출시킨다. 시인은 대상화된 세계를 객관적으로 바라보는 관찰자적 시선으로 현실에 대한 관심을 서술시의 리얼리즘적 구조 안에서 확보한다. 현재적 자아가 세계에 대한 재현을 서술시를 통해 표면화하는 것이다. 고정희의 시는 화자의 삶과 삶의 태도를 행위의 객관적 상관물로 형상화하여 사실적인 시가 되게 한다. 미메시스의 충실한 실현을 통해 당대를 재구성하는 세계의 기록으로서의 역할을 해내는 것이다.

고정희의 서술시에서 소통 구조를 파악해 보는 것은 서술시가 서정시로서 화자의 판단과 정서에 따라 주관적 묘사를 시에 드러내고자 하는 차이점을 세밀하게 천착하여 해명하는 일이다. 즉 서정시의 언술이 주체의 내면과 객관적 외부가 서로 교섭하는 과정에서 발생하는 것이라 보았을 때, 고정희의 서술시는 그러한 주관성을 통해 어떤 상황에서 발화가 발생하는 것인가를 논의해 보는 것이다. 서술시는 함축적인 이야기를 서술자의 화법으로 표현한다. 이때 고정희 시 텍스트 내부의 대화적 성격은 텍스트 외부의 독자를 향해 텍스트 내부의 목소리가 세분화되는 양상을 보인다.

고정희는 시를 본격적으로 쓰기 시작하는 1970년대 후반부터 공동체적 인식을 보인다. 초기의 시세계에서부터 고정희는 '우리들', '그대들', '우리'의 복수 인칭대명사를 호명하며 시적 배경을 공동체가 처한 상황으로 보여주는 경우가 많다. 이는 고정희 시인이 가진 공동체적 자의식과 관련이 있다. 그의 시세계의 바탕에는 인간의 삶은 공동체와 밀접하게 연관되어 있다는 인식이 있는 것이다. 이는 공동체가 고정희의 시세계의 중요한 맥락을 이루고 있음을 의미한다. 고정희의 텍스트에서 드러나는 주된 집단의 기억에 대한 인식은 초기 시에서는 공동체가 침묵하고 수동적인 것으로 나타난다. 중기의 시에 드러나는 공동체는 현실을 직시하고 다음 세대의 희망을 노래하는 모습을 보여준다. 이후 후기의 시에서 보여지는 공동체는 역사의 비극을 적극적으로 말하고 그것을 변화시키고자 한다. 고정희의 시에서 화자가 호명하는 공동체가 가지는 시각의 변화는 고정희의 시가 변화하는 과정과 일치하는 것이다. 이렇듯 고정희의 시는 집단공동체를 통해 고정희가 드러내고자 하는 역사에 대한 재인식을 구현하고 있다.

고정희의 시에서 집단공동체, 즉 '우리들'은 역사가로서 과거로부터 희망의 불꽃을 점화할 수 있는 재능이 주어진 사람, 벤야민 식으로 말하면 과거 속에서 끊임없이 현재 속으로 뛰어 들어오려고 하는 굉장한 폭발력을 지닌 뇌관에다가 불을 붙이는 사람, 즉 과거의 희망에 불을 붙이는 사람을 구현하는 것임을 알 수 있다. 벤야민 사유 방법론 중 예술의 정치사회성 및 역사성이라는 문제와 관련하여 큰 중요성을 가지는 문제가 '집단의 기억'의 문제이다. 벤야민 역시 인간학적 유물론에서 인간 집단의 지각과 현존의 생생한 경험, 그리고 집단이 현실을 변혁할 실천적 행위의 기제와 사회적 방식을 논한다. 벤야민에게 공동체의 혁명은 집단적인 신체를 통해 형성한다. 집단적인 신체는 집단의 무의식 속에 잠들어 있는 '지배와 착취 없는 사회'라는 꿈을 이미지로 기억해내고 집단적인 지각과 경험을 공유하면서 현재를 변혁하기 위해 행동하는 것이다. 기억의 개인적인 동시에 사회역사적인 성격, 언어와 이미지의 차원에서 기억이 역사성을 응축해내는 형식과 방식에 대한 비판적 이해와 실천이 없다면, 지금 이 시간도 없다.259) 역사와 현실의 총체성을 현재적으로 재구성하는 것은 끊임없는 공동체적 기억의 환기를 통해서만 가능하다.

고정희의 시는 역사의 구성을 이루는 주체들의 삶의 시대적 변화를 드러낸다. 고정희는 서정성을 바탕으로 세계에 대한 비판적인 전망을 기독교적 구원의식에 기대거나, 죽음의 현실을 극복하고 회복할 수 있다는 의지, 현실에 대한 날카로운 비판과 함께 비참한 현실을 강요하는 기존의 질서에 대한 저항 등을 노래한다. 고정희의 이러한 세계에 대한 태도는 세계에 대한 적극적인 관심과 긍정을 바탕으로 한다고 할 수 있다. 고정희 시의 문학적 과업은 개인과 민족의 차원에서 아시아인 전체를 향하며, 과거의 장면에서 사람과 사람들, 개인과 공동체의 삶, 그들의 혼과 희생이 결집된 투쟁의 시간과 장면들을 기억해 낸다. 고정희의 시에 재현된 과거의 시간은 현재로 다시 자리하여 구체적인 삶의 숨결로 포착된다. 고정희의 시가 가진 역사성은 기억의 역동성과 불멸성이 생동하여

---

259) 정의진, 「발터 벤야민의 역사 유물론적 문학예술론이 제기하는 예술과 정치성의 문제」, 앞의 책, 106~107쪽 참고.

다시 지금의 시간을 만들어 내는 강력한 힘을 지니고 있는 것이다.

마당굿시는 집단의 목소리를 드러내는 탈놀이와 굿이 결합한 마당굿의 대본으로써의 시로, 현실 풍자와 권력자들의 부당함에 대항하는 목소리를 드러냄과 동시에 억울하게 죽어간 혼들을 달래는 굿의 형식을 함께 빌려와, 공동체의 회복을 공동의 목소리로 나타낸다. 고정희의 마당굿시는 1980년대의 민중의 삶을 구속하는 정치, 경제적 압박을 분명한 시적 형상으로 면밀하게 대응하고 있다. 고정희의 마당굿시의 시적 주제는 '현실극복'과 '인간성 회복'이다. 이를 주제로 고정희는 강한 현실감각과 흡인력 있는 사회의식을 가진 자신의 생각을 마당굿시로 풀어나간다.

고정희의 시에는 과거에 대한 기억을 통한 각성과 현재의 재인식이 계속하여 나타난다. 끝없는 해체와 갱신, 투쟁과 대립은 현재에 낡고 해진 것으로 남아 있거나 과거로 흘러간 것을 향해 가려는 퇴행의 시간을 뒤집어 놓는 것이다. 고정희는 진실이 가려지고 타성과 편견으로 가득한 억압적이고 순응적인 역사인식에 맞서고자 한다. 과거의 역사적 사실을 종결의 역사로 바라보는 것이 아니라 과거를 검토하고 해명하여 현재와 연결해 다시 재구성하는 역사적 재해석을 이루어 나가는 것이다. 고정희는 적극적으로 역사적 현실에 대응해 나가고자 하는 시적 사유를 마당굿시라는 형식적 방법을 통해 드러낸다.

고정희의 시는 역사의 방향을 다른 관점에서 인식하게 하여 복합적인 시선의 교호작용을 이루게 한다. 과거의 전통성과 현재의 현실성이 고정희의 시에서 시인의 생생한 구현으로 구체적인 역사의 차원에서 새롭게 조망되어 재구성된 것이다. 그렇기에 고정희의 시에 내재한 역사성은 역사와 사회와 문학의 복합적인 상호작용을 통해 이를 총체적으로 파악하고 앞으로 지향해야 할 현대성을 끊임없이 지속해 나간다. 고정희는 이렇듯 과거의 기억을 지금의 시간에 만나게 해 역동적 힘을 발휘하여 한국 시의 지평을 넓힌 시인이었다. 그녀의 시는 1980년대의 한국 시가 이루어 낸 문학적 성취를 집약적으로 내재하고 있으며, 그녀의 시적 행보는 다양한 서정시와 현실주의 계열의 시에 문학사적 자양분으로 영향을 주고 있는 것이다.

참고문헌

1. 기본서

(1) 작품집

고정희, 『고정희 시 전집』 1 · 2, 또 하나의 문화, 2011.

(2) 논문

고정희, 「김정환의 현실감각에 대하여」, 『문학평론』, 대한기독교서회, 1982.

고정희, 「무의미시론고」, 『김춘수연구』, 학문사, 1982.

고정희, 「한국 여성문학의 흐름」, 또하나의 문화 동인, 『열린사회 자율적 여성 − 또 하나의 문화 2호』, 도서출판 또하나의 문화, 1986.

고정희, 「인간회복과 민중시의 전개− 조태일, 강은교, 김정환 론」, 『문학평론』, 대한기독교서회, 1987.

고정희, 「광주민중항쟁과 여성의 역사: 광주 여성들, 이렇게 싸웠다」, ≪월간중앙≫, 1988,5.

고정희, 「여성주의 문학 어디까지 왔는가, 소재주의를 넘어 새로운 인간성의 실현으로」, 『문학 사상』, 1990,2.

2. 단행본

강수미, 『아이스테시스: 발터벤야민과 사유하는 미학』, 글항아리, 2011.

강영안, 『레비나스의 철학: 타인의 얼굴』, 문학과 지성사, 2005.

고정희 엮음, 『예수와 민중과 사랑 그리고 시』, 기민사, 1985.

고현철, 『현대시의 패러디와 장르이론』, 태학사, 1997.

곽명숙, 『한국 근대시의 흐름과 고원』, 소명출판, 2015.

권영민 편, 『한국현대문학대사전』, 서울대학교 출판부, 2004.

권영민, 『한국현대문학사 2』, 민음사, 2014.

권용선, 『세계와 역사의 몽타주, 벤야민의 아케이드 프로젝트』, 그린비, 2009.

권혁웅, 『시론』, 문학동네, 2013.

김동규, 『멜랑콜리 미학』, 문학동네, 2010.

김부식, 이강래 옮김, 『삼국사기』 II, 한길사, 1998.

김수남 외, 『한국의 굿 6 - 전라도 썻김굿』, 열화당, 1985.

김용직, 『현대시원론』, 학연사, 2008.

김욱동, 『탈춤의 미학』, 현암사, 1994.

김욱동, 『은유와 환유』, 민음사, 2000.

김윤식 · 김재홍 외, 『한국현대시사 연구』, 시학, 2007.

김윤식 외, 『한국현대문학사』, 현대문학, 2008.

김익두, 『한국민족공연학』, 지식산업사, 2013.

김재홍, 『현대시와 역사의식』, 인하대학교 출판부, 1988.

김주언, 『한국의 언론통제』, 리북, 2008.

김준오, 『한국현대 장르 비평론』, 문학과 지성사, 1990.

김준오, 『시론』 제4판, 삼지원, 2002.

김준오, 『현대시와 장르비평』, 문학과 지성사, 2009.

김혜숙, 『포스트모더니즘과 철학』, 이화여자대학교 출판부, 1995.

또하나의 문화 동인, 『평등한 부모 자유로운 아이-또하나의 문화 1호』, 평민사,
        1985.

또하나의 문화 동인, 『열린사회 자율적 여성-또하나의 문화 2호』, 도서출판 또
        하나의 문화, 1986.

또하나의 문화 동인, 『여성해방의 문학-또하나의 문화 3호』, 평민사, 1987.

또하나의 문화 동인, 『지배문화, 남성문화-또하나의 문화 4호』, 청하, 1988.

류순태, 『한국현대시의 방법과 이론』, 푸른사상, 2008.

류승렬, 『뿌리깊은 한국사 샘이깊은 이야기- 현대』, 솔출판사, 2003.

문광훈, 『가면들의 병기창: 발터 벤야민의 문제의식』, 한길사, 2014.

문학사와 비평 연구회, 『1950년대 문학연구』, 예하, 1991.

문학사와 비평 연구회, 『1970년대 문학연구』, 예하, 1994.

문혜원, 『비평, 문화의 스펙트럼』, 작가, 2007.

문혜원, 『한국 근현대 시론사』, 역락, 2007.

문혜원, 『한국 현대시와 시론의 구조』, 역락, 2012.

박현수, 『모더니즘과 포스트모더니즘의 수사학』, 소명출판, 2008.

박현수, 『시론』, 예옥, 2011.

신은경, 『한국 페미니즘 시학』, 동화서적, 1988.

오규원, 『현대시작법』, 문학과 지성사, 1993.

오세영 외, 『한국현대시사』, 민음사, 2007.

오세영, 『현대시와 실천적 비평』, 이우출판사, 1983.

오세영, 『한국 현대시 분석적 읽기』, 고려대학교 출판부, 2009.

유성호, 『한국 시의 과잉과 결핍』, 역락, 2005.

유시욱, 『한국 현대 시 백년 현대시인 백인』, 서강대학교 출판부, 2008.

유종호, 『문학이란 무엇인가』, 민음사, 1994.

윤여탁, 『리얼리즘시의 이론과 실제』, 태학사, 1994.

이근삼, 『이근삼 전집 4: 희곡』, 연극과 인간, 2008.

이기상, 『존재와 시간: 인간은 죽음을 향한 존재』, 살림, 2006.

이미원, 『한국탈놀이 연구』, 연극과 인간, 2011.

이상일, 『한국인의 굿과 놀이』, 문음사, 1981.

이승하 외, 『한국현대시문학사』, 소명출판, 2005.

임석재 외, 『한국의 도깨비』, 열화당, 1981.

전국역사교사모임, 『살아있는 한국사 교과서 2』, 휴머니스트, 2004.

전라북도 편, 『전라북도의 민속예술』, 원광대학교 민속학 연구소, 1997.

정끝별, 『오룩의 노래』, 하늘연못, 1996.

정끝별,『패러디 시학』, 문학세계사, 1997.

정영자,『한국 여성시인 연구』, 평민사, 1996.

정이담 외,『문화운동론』, 도서출판 공동체, 1985.

조동일,『탈춤의 역사와 원리』, 기린원, 1991.

조형 외 엮음,『너의 침묵에 메마른 나의 입술: 여성해방문학가 고정희의 삶과
　　글』, 또 하나의 문화, 1993.

주강현,『굿의 사회사』, 웅진출판, 1992.

최성만,『발터 벤야민 기억의 정치학』, 도서출판 길, 2014.

태혜숙,『탈식민주의 페미니즘』, 여이연, 2004.

통계청,『통계로 보는 한국의 모습』, 2000.

표인주,『남도민속문화론』, 민속원, 2000.

한국여류문학인회,『한국여류문학전집』6, 삼성출판사, 1967.

한국정치연구회 사상분과 편저,『현대민주주의론』II, 창작과 비평사, 1992.

한정숙,『여성은 이렇게 말했다』, 도서출판 길, 2008.

현대시학회 편,『한국 서술시의 시학』, 태학사, 1998.

현대시학회 편,『20세기 한국시의 사적 조명』, 태학사, 2003.

황현산,『잘 표현된 불행』, 문예중앙, 2012.

Agamben, Giorgio, 박진우 역,『호모 사케르—주권권력과 벌거벗은 생명』, 새물
　　결, 2008.

Badiou, Alain, 이종영 역,『조건들』, 새물결, 2006.

Badiou, Alain, 서용순 역,『철학을 위한 선언』, 도서출판 길, 2010.

Badiou, Alain, 조재룡 역,『사랑 예찬』, 도서출판 길, 2010.

Barthes, Roland, 이상빈 역,『롤랑바르트가 쓴 롤랑바르트』, 강, 1999.

Benjamin, Walter, 조형준 역,『아케이드 프로젝트』1·2, 새물결, 2005.

Benjamin, Walter, 김영옥·윤미애·최성만 역,『발터 벤야민 선집 1: 일방통행
　　로, 사유 이미지』, 도서출판 길, 2007.

Benjamin, Walter, 최성만 역,『발터 벤야민 선집 2: 기술복제시대의 예술작품』,
　　도서출판 길, 2007.

Benjamin, Walter, 윤미애 역,『발터 벤야민 선집 3: 1900년경 베를린의 유년시

절, 베를린 연대기』, 도서출판 길, 2007.

Benjamin, Walter, 최성만 역, 『발터 벤야민 선집 5: 역사의 개념에 대하여, 폭력 비판을 위하여 초현실주의 외』, 도서출판 길, 2008.

Benjamin, Walter, 최성만 역, 『발터 벤야민 선집 6: 언어일반과 인간의 언어에 대하여, 번역자의 과제 외』, 도서출판 길, 2008.

Benjamin, Walter, 김유동 · 최성만 역, 『독일 비애극의 원천』, 한길사, 2009.

Benjamin, Walter, 김영옥 · 황현산 역, 『발터 벤야민 선집 4: 보들레르의 작품에 나타난 제2 제정기의 파리, 보들레르의 몇 가지 모티프에 관하여 외』, 도서출판 길, 2010.

Benjamin, Walter, 최성만 역, 『발터 벤야민 선집 9: 서사, 기억, 비평의 자리』, 도서출판 길, 2012.

Benjamin, Walter, 최성만 역, 『발터 벤야민 선집 10: 괴테의 친화력』, 도서출판 길, 2012.

Benjamin, Walter, 김남시 역, 『발터 벤야민 선집 14: 모스크바일기』, 도서출판 길, 2015.

Bolz, Norbert · Reijen, Willem van, 김득룡 역, 『발터벤야민: 예술, 종교, 역사철학』, 서광사, 2000.

Bowra, C.M, 김남일 옮김, 『시와 정치』, 전예원, 1983.

Buck-Morss, Susan, 김정아 역, 『발터벤야민과 아케이드 프로젝트』, 문학동네, 2004.

Cooper. J. C, 이윤기 역, 『그림으로 보는 세계문화상징사전』, 까치, 2010.

Eco, Umberto, 서우석 역, 『기호학 이론』, 문학과 지성사, 1985.

Freud, Sigmund, 윤희기 역, 『정신분석학의 근본개념』, 열린책들, 2014.

Gayatri Chakravorty Spivak, 문학이론 연구회 역, 『경계선 넘기: 새로운 문학 연구의 모색』, 인간 사랑, 2008.

Gebauer, Gunter · Wulf, Christoph, 최성만 역, 『미메시스 사회적 행동—의례와 놀이—미적생산』, 글항아리, 2015.

Hernadi, Paul, 김준오 역, 『장르론— 문학분류의 새 방법』, 문장, 1983.

Heidegger, Martin, 최동희 역, 『형이상학이란 무엇인가』, 서문당, 1999.

Jakobson, Roman, 신문수 역, 『문학 속의 언어학』, 문학과 지성사 1989.

Hosn, jeremy M, 정정호 외 역,『현대문학이론 용어 사전』, 동인, 2003.

Kristeva, Julia, 서민원 역,『공포의 권력』, 동문선, 2001.

Lukacs, Georg, 박정호 역,『역사와 계급의식』, 거름, 1999.

Lakoff, Goerge & Johnson, Mark, 노양진 · 나익주 역,『삶으로서의 은유』, 도서
출판 박이문, 2008.

Mcdowell, Linda, 여성과 공간 연구회 역,『젠더, 정체성, 장소-페미니스트 지리
학의 이해』, 한울아카데미, 2010.

Millet, Kate, 김전유경 역,『성 정치학』, 이후, 2009.

Nancy, Jean-Luc, 박준상 역,『무위의 공동체』, 인간사랑, 2010.

Reboul, Oliver, 박인철 역,『수사학』, 한길사, 1999.

Selden, Raman, 현대문학이론 연구회 역,『현대 문학 이론』, 문학과 지성사,
1998.

Todorov, Tzvetan, 곽광수 역,『구조시학』, 문학과 지성사, 1977.

Tong, Rosemarie, 이소영 역,『페미니즘 사상』, 한신문화사, 1995.

White, Heyden, 천형균 역,『19세기 유럽의 역사적 상상력』, 문학과 지성사, 1991.

3. 논문

고현철,「굿시의 양식적 특성과 문화전략」,『한국문학논총』17, 1995.

고현철,「서술시의 소통구조 연구」,『한국문학논총』21, 1997.

곽명숙,「1970년대 한국시에 나타난 민중의 의미화와 재현 양상」, 서울대학교
박사학위 논문, 2006.

구명숙,「80년대 한국 여성시 연구: 고정희 시에 나타난 여성성 일탈 양상을 중
심으로」,『한국학 연구』6, 1995, 34~56쪽.

구명숙,「고정희 시에 나타난 타자성 연구」,『한민족문화연구』28, 2009.

권성훈,「고정희 종교시의 폭력적 이미지 연구」,『종교문화연구』21, 2013.

김경희,「고정희-그이름 고정희」,『현대시학』, 1991.8.

김동택,「한국사회와 민주변혁론: 1950년대에서 1980년대까지」, 한국정치연구
회 사상분과 편저,『현대민주주의론』II, 창작과 비평사, 1992.

김동호, 「「도마복음」에 나타난 하나님 나라의 현재적 내재성-「도마복음」의 신비성과 관련하여」, 『종교연구』 66, 2012.

김란희, 「한국 민중시의 언어적 실천 연구-1970,80년대 민중시에 나타난 '부정성'의 의미화 양상을 중심으로」, 서강대학교 박사학위 논문, 2010.

김문주, 「고정희 시의 종교적 영성과 '어머니 하느님'」, 『국제비교한국학회』 19-2, 2011.

김미영, 「고정희 시에 나타난 패러디 연구」, 조선대학교 문예창작학과 석사학위 논문, 2014.

김승희, 「상징질서에 도전하는 여성의 목소리, 그 전복의 전략들」, 『여성문학연구』 2, 1999.

김승희, 「한국 현대 여성시에 나타난 제국주의의 남근 읽기」, 『여성문학연구』 7, 2002.

김승희, 「전후시의 언술특성: 애도의 언어와 우울증의 언어」, 『한국시학연구』 23, 2008.

김승희, 「고정희 시의 카니발적 상상력과 다성적 발화의 양식」, 『비교한국학』 19-3, 2011, 9~37쪽.

김애령, 「여성, 타자의 은유: 레비나스의 경우」, 『한국여성철학』 9, 2008.

김영혜, 「고독과 사랑, 해방에의 절규」, 『문예중앙』, 1991.

김정일, 「환유에 대하여」, 『슬라브학보』 21-3, 2006.

김종석, 「폴란드 민족운동사와 저항정신 II-1980년대를 중심으로」, 『동유럽연구』 17, 2006.

김준오, 「서술시의 구조주의적 접근」, 『광장』 172, 1987.

김준오, 「서술시의 서사학」, 『한국현대문학연구』 5, 1997.

김진희, 「서정의 확장과 시로 쓰는 역사」, 『비교한국학』 19-2, 2011.

김향라, 「한국 현대 페미니즘시 연구-고정희, 최승자, 김혜순의 시를 중심으로」, 경상대학교 박사학위논문, 2010.

김현자, 「봄날 지리산에서 일어서는 빛-고정희의 지리산의 봄」, 『서정시학』 16, 2006.

김형주, 최정기, 「공동체의 경계와 여백에 대한 탐색-공동체를 다시 사유하기 위하여」, 『민주주의와 인권』 14-2, 2014.

김홍중, 「멜랑콜리와 모더니티」, 『한국사회학』 40-3, 2006.

나희덕, 「시대의 염의를 마름질하는 손」, 『창작과 비평』 29, 2001.

문성훈, 「벤야민, 지젝, 아감벤의 폭력 개념과 세계화 시대의 인정 투쟁」, 『현대 유럽 철학연구』 43, 2016.

문혜원, 「서술시 논의의 확산과 가능성」, 『민족문학사 연구』 13-1, 1998.

문혜원, 「고정희 연시의 창작 방식과 의미-『아름다운 사람하나』를 중심으로」, 『비교 한국학』 19-2, 2011.

박미경, 「고정희 시에 나타난 사랑의 양상과 의미 연구」, 단국대학교 교육학석 사학위논문, 2014.

박상희, 「고정희 시에 나타나는 인유의 양상 연구」, 서강대학교 석사학위논문, 2013.

박영욱, 「바로크 비애극과 알레고리로서의 이미지」, 『시대와 철학』 23-1, 2012.

박유미, 「고정희 시의 화자 연구」, 전남대학교 석사학위논문, 2003.

박죽심, 「고정희 시의 탈식민성 연구」, 『어문논집』 31, 2003.

박현정, 「고정희 시 연구: 상상력과 언술방식을 중심으로」, 이화여자대학교 석 사학위논문, 2001.

박현채, 「문학과 경제」, 『실천문학』 4, 1983.

박혜경, 「연시와 통속성의 문제」, 『한길문학』 8, 1991.3.

백낙청, 「시민문학론」, 『창작과 비평』 4-2, 1969, 461~509쪽.

서석화, 「고정희 연시 연구」, 동국대학교 문화예술대학원 석사학위논문, 2003.

서용순, 「철학과 정신분석-둘이라는 관건」, 『라깡과 현대 정신 분석』 9-1, 2007.

서지영, 「조선시대 기녀 섹슈얼리티와 사랑의 담론」, 『한국고전여성문학연구』 5, 2002.

서지영, 「한국 현대시의 산문성 연구」, 서강대학교 박사학위 논문, 1998.

서진영, 「여성비평적 관점에서 본 한국 현대 여성시의 과정 고찰」, 『어문학』 113, 2011.

손정인, 「도미전의 인물형상과 서술방법」, 『어문학』 80, 2003.

송명희, 「고정희의 페미니즘 시」, 『비평문학』 9, 1995.

송영순, 「고정희 장시의 창작과정과 특성」, 『한국문예비평연구』 44, 2014.

송현경, 「고정희 시의 공동체 의식 연구-타자윤리를 중심으로」, 이화여자대학교 석사학위논문, 2014.

송현호, 「고정희론: 리얼리즘의 시」, 김용직 외, 『한국현대시연구』, 민음사, 1989.

심혜련, 「새로운 놀이 공간으로서의 대도시와 새로운 예술체험: 발터벤야민 이론을 중심으로」, 『시대와 철학』 14-1, 2003.

안남연, 「황진이의 재조명」, 『한국어문학연구』 49, 2007.

윤희경, 「안젤름 키퍼의 작품에 재현된 역사의 이미지」, 『현대미술사연구』 35, 2014.

양경언, 「고정희 시에 나타난 의인화 시학 연구」, 서강대학교 석사학위 논문, 2010.

엄경희, 「서술시의 개념과 유형의 문제」, 『한국 근대문학연구』 6-2, 2005.

오세영, 「「국경의 밤」과 서사시의 문제」, 『국어국문학』 75, 1977.

오세영, 「80년대 한국의 민중시」, 『한국현대문학회 학술발표회자료집』, 2001.2.

유성호, 「고정희 시에 나타난 종교의식과 현실인식」, 『한국문예비평연구』 1, 1997.

유인실, 「고정희 시의 모성 연구」, 전북대학교 석사학위 논문, 2007.

유인실, 「고정희 시의 탈식민주의 연구-연작시 <밥과 자본주의>를 중심으로」, 『비평문학』 36, 2010.

윤경숙, 「고정희 시의 계절 상징 연구」, 부산대학교 석사학위논문, 2010.

윤여탁, 「1930년대 후반의 서술시 연구: 백석과 안용만을 중심으로」, 『선청어문』 19, 1991.

윤인선, 「『저 무덤위의 푸른 잔디』에 나타난 자서전적 텍스트성 연구」, 『여성문학연구』 27, 2012.

윤향, 「고정희 페미니즘 시 연구」, 성균관대학교 석사학위논문, 2003.

이경수, 「고정희 전기시에 나타난 숭고와 그 의미」, 『비교한국학』 19-3, 2011.

이경희, 「고정희 연시 연구- 시집 『아름다운 사람 하나』를 중심으로」, 『돈암어문학』 20, 2007.

이경희, 「고정희 시의 여성주의 시각연구」, 『돈암어문학』 21, 2008.

이경희, 「고정희 시 연구」, 성신여자대학교 박사학위 논문, 2010.

이소희, 「"고정희"를 둘러싼 페미니즘 문화정치학」, 『젠더와 사회』 6, 2007.

이소희, 「<밥과 자본주의>에 나타난 "여성민중주의적 현실주의"와 문체혁명: 「몸바쳐 밥을 사는 사람 내력 한마당」을 중심으로」, 『비교한국학』 19-3, 2011.

이숙인, 「貞淫과 德色의 개념으로 본 유교의 성담론」, 『철학』 67, 2001.

이연화, 「한국 현대시에 나타난 탈식민성 연구」, 강원대학교 박사학위논문, 2013.

이은영, 「고정희의 『아름다운 사람하나』에 나타난 사랑의 의미」, 『한국언어문학』 94, 2015.

이은영, 「고정희의 시에 나타나는 역사에 대한 인식의 양상」, 『여성문학연구』 36, 2015.

이은영, 「고정희의 시의 공동체 인식 변화양상」, 『여성문학연구』 38, 2016.

이혜원, 「1970년대 서술시의 양식적 특성: 김지하, 신경림, 서정주의 시를 중심으로」, 『상허 학보』 10, 2003.

이홍태, 「피할 수 없는 즐거움, 풍자와 배설의 땅: 최영미와 유하의 시를 중심으로」, 『국토』, 1997.

인하연, 「고정희 시에 나타난 죽음의식 연구」, 숙명여자대학교 석사학위논문, 2011.

임혁백, 「서구 자본주의 재생산체제의 변천: 자유자본주의, 조직자본주의, 탈조직자본주의」, 『계간사상』, 1993.

정끝별, 「현대시에 나타난 알레고리의 특징과 유형」, 『한국문학이론과 비평』 21, 2003.

정복임, 「고정희 시의 탈 식민주의적 연구」, 단국대학교 문예창작학과 박사학위논문, 2008.

정의진, 「발터 벤야민 알레고리론의 역사 시학적 함의」, 『비평문학』 41, 2011.

정의진, 「발터 벤야민의 역사 유물론적 문학예술론이 제기하는 예술과 정치성의 문제」, 『서강 인문논총』 40, 2014.

정제호, 「『삼국사기』 소재 「도미설화」의 구비 전승과 변이에 대한 연구」, 『인문논총』 72-2, 2015.

정종민, 「한국 현대 페미니즘 시 연구 —사적 전개 양상을 중심으로」, 성균관대학교 박사학위논문, 2008.

정효구, 「고정희론— 살림의 시, 불의 상상력」, 『현대시학』, 1991.

조영희, 「고정희 시의 이미지 연구」, 경희대학교 석사학위논문, 2005.

조창환, 「한국 현대시사 연구의 문제점과 전망」, 『한국시학연구』 19, 2007.

조창환, 「현대시 운율 연구의 방법과 방향」, 『한국시학연구』 22, 2008.

최성만, 「유사성」, 『현대사상』 1, 2007.

최성만, 「발터 벤야민의 인간학적 유물론」, 『뷔히너와 현대문학』 30, 2008.

최성만, 「벤야민에서 기억과 '집단적 무의식'」, 『현대사상』 11, 2013.

최현식, 「다중적 평등의 자유 혹은 개성적 차이의 자유―유신기 시 비평의 두 경향」, 『민족문화연구』 58, 2013.

팽경민, 「고정희와 최승자 시에 나타난 모성성」, 『비평문학』 47, 2013.

홍문표, 「기독교 문학의 새로운 인식과 과제」, 『한국문예비평연구』 1, 1997.

황동규, 「<어떤 개인날>에서 <몰운대행>까지 시인의 시론: 알레고리와 상징의 밀회」, ≪작가세계≫ 4, 1992.

∴ 이은영

지은이 이은영은 아주대학교 대학원 국어국문학과에서 석사, 박사 학위를 받았다. 2015 년 「1950년대 여성시에 나타나는 애도와 우울: 김남조와 홍윤숙의 시를 중심으로」, 「고정희의 『아름다운 사람하나』에 나타난 사랑의 의미」, 「고정희의 시에 나타나는 역사에 대한 인식의 양상」, 2016년 「고정희 시의 공동체 인식 변화양상」, 2018년 「박서원 시에 나타나는 부정의 멜랑콜리와 그로테스크의 양상」의 논문을 썼다. 2017년 아주대학교 대학원 '2016년 강래성 우수논문상'을 수상하였다. 현재 경희대학교 후마니타스칼리지에서 강의하고 있다.

고정희 시의 역사성

초판 1쇄 인쇄일	| 2018년 4월 25일
초판 1쇄 발행일	| 2018년 5월 3일

지은이	| 이은영
펴낸이	| 정진이
편집장	| 김효은
편집/디자인	| 우정민 박재원
마케팅	| 정찬용 정구형
영업관리	| 한선희 이성국
책임편집	| 우민지
인쇄처	| 국학인쇄사
펴낸곳	| 국학자료원 새미(주)

등록일 2005 03 15 제25100-2005-000008호
경기도 파주시 소라지로 228-2 (송촌동 579-4)
Tel 442-4623 Fax 6499-3082
www.kookhak.co.kr
kookhak2001@hanmail.net

ISBN	| 979-11-88499-40-3 *93810
가격	| 20,000원

* 저자와의 협의하에 인지는 생략합니다.
  잘못된 책은 구입하신 곳에서 교환하여 드립니다.
  국학자료원·새미·북치는마을·LIE는 국학자료원 새미(주)의 브랜드입니다.
* 이 도서의 국립중앙도서관 출판예정도서목록(CIP은 서지정보유통지원시스템 홈페이지(http://seoji.nl.go.kr)와 국가자료공동목록시스템
  (http://www.nl.go.kr/kolisnet)에서 이용하실 수 있습니다.(CIP제어번호: CIP2018012269)